서정주 시정신

김정신 저

국학자료원

서정주 시정신

김정신 저

머리말

　내가 서정주 시를 연구하게 된 것은 10년 전 『미당 서정주 시전집』을 읽고 그 시 한 편 한 편에 녹아 있는 시인의 천부적 재능이랄까 끼가 느껴졌기 때문이다.

　개인적으로 첫 학술서적이 될 이 책은 시인 이성복 선생님의 강의를 듣던 중 '세계를 병원'으로 보는 관점에서 감(感)을 잡은 것이 계기가 되었다.

　그러나 미당이 고인이 된 지금, 미당 시를 전체적으로 조망할 필요가 있다는 주위의 권고에 이미 작성된 바 있는 필자의 박사논문과 그 연장선상에서 작성된 소논문(목차의 에필로그 부분)을 정리하여 함께 엮게 된 것이다.

　이 책을 쓰기까지 학문의 세계로 나를 이끌어준 유기룡 선생님과 이주형 선생님, 침묵으로 지켜봐 주시는 권기호 지도교수님께 감사드린다. 이밖에 출판을 허락해준 정찬용 사장님과 관계자들, 원고 교정에 힘써준 경북대학교 현대시 전공자들에게 감사드린다.

　끝으로 먼길을 마다 않고 시 연구를 위한 스터디 참여를 도와주고 학위받기까지는 물론 지금도 물심양면 지원을 아끼지 않는 신랑에게도 고마움을 전한다.

2002년 4월

김 정 신

차 례

Ⅰ. 서론

I. 서 론

1. 문제제기와 연구사 검토

세계는 큰 병원이고 인류는 치료받아야 할 환자라는 인식은 근대의 소산이다. 이성과 계몽성에 기초를 둔 근대가 폭력을 휘두르며 광기의 세계로 달릴 때, 세계는 바닥을 알 수 없는 허무의 심연으로 다가오고 그 허무의 공포를 전율로써 경험한 자가 자신이 본 바를 시로 나타내기란 쉬운 일이 아니다. 시작(詩作)은 우리의 마음이 도달하는 궁극적 경지의 세계를 언어로 붙잡아 영속하게 하는 일이다. 허무에의 공포, 그 심연의 깊이에서 자신의 죽음의 얼굴을 본 자가 시인이라면, 언어라는 그물로 질서를 부여하는 이도 시인인 것이다. 불가능에의 끝없는 도전과 죽음의 깊이를 횡단하여 부활하면서 새로운 가능성, 즉 훌륭한 작품을 마련하는 것이 '바로 시인들의 투기(投企)'(Richard)이다.[1] 이 허무의 심연이 1930년대 후반의 현실에 정신적 자장을 형성할 때 서정주는 시적 출발을 한다.

그런 서정주에 대한 지금까지의 논의는 다양하다. '언어의 정부', '이 나라의 제 1시인'이라는 찬사 외에도 '접신술가'라는 비판의 소리도 만만치 않다. '始原的 이미지로 말하는 시인은 千의 목소리를 지닌다.'는 평가는 서정주 시의 다양성 뿐 아니라 서정주 시 연구의 방대함도 나타낸다.

우선, 1930년대에 시적 출발을 한 서정주에 대한 찬사는 그의 치열

---

1) 송 욱, 『시학평전』, 일조각, 1971. p.164

한 생명의식과 육체성을 부각시킨 초기시에 몰려 있다. 이 시대 그의 시는 서구적인 것과 전통적인 것 사이에서 대립·갈등의 양상을 보이며 이성지배주의 시대에 반이성주의적인 본능에의 추구와 육체에의 함몰을 보여준다. 또한 인간의 숙명적인 한계를 인식한 가운데 생을 긍정하고 초극하려는 면을 보이기도 한다.

김동리는 "그 深淵의 記錄이 저 『花蛇集』이라면, 深淵에서 다시 "三月의 하늘가에 숨쉬는 꽃봉오리"를 바라보게끔 된 것이 이 『歸蜀途』일 것이다"[2]라면서 『花蛇集』에서부터 소리치며 일어서게 된 것을 『歸蜀途』로 보았다. 이것은 혼돈과 광기와 죽음의 세계에서부터 전통과 질서와 재생의 세계로 전환한 서정주의 시적 특징을 지적한 것이다. 당시 유력한 인기평론가였던 임화는 "〈행진곡〉이라는 시를 들어 딱한 이나라의 제 1시인은 서정주"[3]라고 추켜 세웠다. 박재삼은 "나는 예나 지금이나 한국 제일의 시인을 꼽는 데는 언제나 徐廷柱씨를 쳐왔었다. 또 그것은 당대만에 한하지 않고 前代에서 지금까지 가장 높은 봉우리에 좌정해 있다고 믿는다."[4]고 했다. 유종호 역시 시와 시인의 근대성에 관한 척도가 있다면 그것은 직업윤리의 자각과 직업윤리에 대한 자각적 충실이고, 서정주는 그런 최초의 시인인 정지용을 이어받아 "시인부락의 명실상부한 족장이며 가장 큰 우리말 시인"[5]임을 인정했다. 그러면서 좋은 시가 좋은 시를 낳고 훌륭한 시인이 훌륭한 시인을 낳는 것을 전통이라 했다.

김재홍은 서정주의 시에는 현실과 영원, 육신과 정신, 물질과 영혼, 동양과 서양이 함께 하나의 인간주의로 어울려 있으며, 그것이 바로 미

---

2) 金東里, 「『歸蜀途』의 跋」, 서정주, 『歸蜀途』, 선문사, 1948. p.312
3) 서정주, 〈뜻아니한 인기와 밥〉, 『팔할이 바람』, 혜원출판사, 1988. p.107
4) 박재삼, 「자유자재한 것」, 서정주, 『안 잊히는 일들』, 현대문학사, 1983. p.142
5) 유종호, 『시란 무엇인가』, 민음사, 1995. p.97
6) 김재홍, 「미당 서정주 시의 전통성과 영원주의」, 박노준·이창민 외, 『현대시의 전통과 창조』, 열화당, 1998. p.177

당 영원주의 시학이요 생명주의 시학의 현상이자 본질6)이라면서 서정
주를 '시 앞에서는 언제나 '신인'인 현재진행형인 시인'이라 했다.

　다음으로 앞의 논자들과는 달리 서정주 시에 대한 부정적인 평가가
놓여 있다. 이들은 초기시에서 보여주던 치열함이라든가 갈등의 양상과
는 달리 서정주가 전통세계로 빠져들어간 데 대해 비판한다. 이들은 전
통지향적인 시를 근대의 폭력에 대한 대타 개념으로 발생한 것으로 본
다. 긴 방황 끝에 서정주는 역사적인 개념인 '신라'를 발견하고 거기에
시적 상상력을 발휘해 '영원성'을 부여하여 물신화하는 경지에까지 이
른다. 그가 창조한 시적 현실은 현실과는 동떨어진 서정주 시인의 심리
적인 실재를 말한다. 그러므로 그의 영원주의는 현실과는 유리된 비현
실적 공허성을 불러 일으킨다는 것이다.

　서정주에 대한 기존 연구는 활발히 전개되어 왔는데, 대체로 몇 가지
유형별로 정리하면 다음과 같다.

　첫째로 『花蛇集』을 중심으로 한 서구사상과의 영향관계를 분석한 글
이다.7) 이들은 『花蛇集』을 니체, 보들레르와 상징주의 및 기독교적 원

---

7) 이용훈, 「개인적 생명의식에의 집념—서정주론」, 『국어교육』 16호, 1970.2
　　송　욱, 「서정주론」, 『서정주연구』, 동화예술선서, 1980
　　김춘수, 「『귀촉도』 기타」, 앞의 책
　　김학동, 「서정주시인론」, 앞의 책
　　강우식, 「서정주시의 상징연구—초기시집을 중심으로」, 한양대석사논문, 1983
　　김은전, 「상징주의의 수용과 그 전개」, 김용직 외 편, 『문예사조』, 1986
　　조은희, 「한국 현대시에 나타난 다다이즘·초현실주의 수용양상에 관한 연구」,
　　　　　서울대석사논문, 1987
　　조연현, 「원죄의 형벌」, 김시태 편, 『한국현대 작가·작품론』, 이우출판사, 1988
　　오형엽, 「서정주 초기시의 의미구조 연구—이원성과 그 융합의 의지를 중심으로」,
　　　　　고려대석사논문, 1989
　　박노균, 「1930년대 한국시에 있어서의 서구 상징주의 수용연구」,
　　　　　서울대박사논문, 1992
　　김용직, 「초인의 역정, 또는 마그마 미학—서정주론」, 『시와 시학』 23호
　　　　　(미당 서정주 문학 60년 특집), 1996년 가을호
　　신범순, 『한국 현대시의 퇴폐와 작은 주체』, 신구문화사, 1998

죄의식, 그리고 초현실주의의 영향과 관련지어 파악하고, 『歸蜀途』에 이르면 전통적 세계로 변모해 세계와 정신적 화해를 이루고 있는 점에 주목하였다. "이 시인의 西歐的인 표현이 완전히 성공하지 못한 것은 강력한 육체적인 정열을 들여다보고 처리할 수 있는 明快하고도 透明한 知性, 다시 말하자면 보들레르에서 볼 수 있는 靈魂의 黑鬪와 知性의 透明함을 動的으로 結晶시킬 수 있는 美學이 없다"[8]는 송욱의 지적은 서구의 문학을 절대적인 기준으로 삼아 서정주 시를 논한 한계가 있다.

둘째, 이미지를 시인의 의식과 연계시켜 논한 글이다.[9] 여기에는 우선 바슐라르의 시학을 중심으로 기본이미지를 추출하여 그 변화를 시인의 의식과 결부시켜 논한 경우와 신화적 세계관과 신화성의 의미 탐구야말로 서정주의 시 세계를 이해하는 관건으로 보는 경우, 원형 이론을 끌어와 시인의 심리를 인류의 보편적인 문제와 결부시키는 경우가 포함된다. 이들은 초기시의 분열적이고 이원적인 세계인식이 관조적 거

<hr>

유성호, 「서정주 『花蛇集』의 구성원리와 구조연구」, 『한국문학논총』 제22집, 1998.6
유제식, 「프랑스 상징주의 시의 수용과 그 한국적 변용」, 이보영 외 공저,
　　　『한국 문학 속의 세계문학』, 규장각, 1998
김학동, 「서정주의 시에 미친 보들레르의 영향-〈원수〉와 〈국화 옆에서〉를 중심으로」,
　　　박철희 편, 『서정주』, 서강대출판부, 1998
강우식, 『한국 상징주의시 연구』, 문학아카데미, 1999
8) 송 욱, 「서정주론」, 앞의 책
9) 하재봉, 「서정주 시에 나타난 물질적 상상력 연구」, 중앙대석사논문, 1981
　황인교, 「서정주 시의 상상력 연구」, 이화여대석사논문, 1983
　김화영, 『미당 서정주의 시에 대하여』, 민음사, 1984
　김은자, 「한국현대시의 공간의식에 관한 연구」, 서울대박사논문, 1986
　이진흥, 「서정주시의 심상연구」, 영남대박사논문, 1988
　육근웅, 「서정주시 연구」, 한양대박사논문, 1990
　이몽희, 『한국현대시의 무속적 연구』, 집문당, 1990
　김창근, 「한국현대시의 원형적 상상력에 관한 연구」, 부산대박사논문, 1992
　임문혁, 「한국현대시의 전통 연구-설화의 수용을 중심으로」, 한국교원대박사논문,
　　　1992
　문정희, 「서정주 시 연구」, 서울여대박사논문, 1993
　이운룡, 「사소설화와 단군신앙의 시적 의미-서정주의 시」, 『한국현대시인론』, 지평,
　　　1990

리를 유지하다가 세계와의 화해를 향한 발전과정으로 파악함으로써 서
정주 시의식이 역사적 성찰을 결여하고 있는 점을 간과하고 있다.

셋째, 문학사적인 측면에서 〈시인부락〉을 중심으로 전개된 '생명탐
구'에 초점을 둔 글이다.10) 일제 시대의 근대주의는 훼손된 근대의 모
습으로, 그 주체가 일제라면 한민족이 이에 맞설 수 있는 기저는 반근
대주의일 수밖에 없다.11) 근대의 파국 및 그 파탄에 맞서는 방법으로
인간 존재에 대한 탐구가 시작되는데, 〈시인부락〉 출현의 시대적 요청
이 여기에 있는 것이다. 〈시인부락〉은 휴머니즘에 바탕을 둔 '생명'의
추구에 그 시적 의의를 두고 있다. 오세영은 1930년대 창작방법론이었
던 휴머니즘론의 결과로 〈시인부락〉을 중심으로 한 생명파의 시적 전
개가 가능하다고 본다. 김용직은 〈시인부락〉을 시문학파의 시에 대한
미적 구조나 정지용류의 감각적 시의 극복을 위해 인간 본연의 생에 대
한 집념을 깊이있게 추구한 한국현대시사 최초의 집단이라고 평하고 있
다. 그러나, 서정주, 김동리 등의 휴머니즘은 당대의 역사적 의식과의
교섭에서 나온 태도의 문제라기보다는 인간의 존재론적 운명 탐구라는
실존적 휴머니즘의 추구이다.

또한 서정주 시 전체에 일관된 원리를 탐구하는 글이 있다.12) 윤재웅
은 '바람'을 서정주 시에 있어 최고의 형이상학적 가치인 생명(몸)과 영
원성(신화)의 상징임과 아울러 서정주 60년 시력의 우주적 파노라마로
본다. 그리고 이것을 유럽 근대성에 대한 일종의 도전으로 이해함으로써

정효구, 『20세기 한국시의 정신과 방법』, 시와시학사, 1995
정효구, 『20세기 한국시와 비평정신』, 새미, 1997
10) 오세영, 『20세기 한국시 연구』, 새문사, 1989
김용직, 「직정미학의 충격파고-서정주론」, 『현대시』 3의 2, 1992.2
김준오, 「원시주의와 자학-생명파의 시적자아」, 『가면의 해석학』,
        이우출판사, 1987
11) 김윤식, 「문협정통파의 정신 구조-생의 구경적 형식」, 『한국근대문학사상비판』,
        일지사, 1987. pp.190-191
12) 윤재웅, 『미당 서정주』, 태학사, 1998

한국문학의 개성과 가능성을 진단하려고 시도했다. 이러한 시도는 '생명'의 의미를 '몸性'이라는 의미에서 새로운 가치를 부여한 의미있는 작업이다. 또 그는 『질마재 神話』를 『가르강튀아와 팡타그뤼엘』[13]과 비교하여 민중의 건강한 미학과 몸생명의 위대함의 찬가로써, 문화사적으로 인간 해방에 대한 중요한 각성의 계기라는 점에 주목하여 비교문학적인 차원으로 연장시켜 놓았다. 그런 점에서 서정주를 '살아 있는 문학사' 또는 '20세기 한국을 통째로 살아온 현대시의 거장'이라 했다.

네째로, 초기시에서는 자신의 개인적 문제를 민족의 보편적인 문제로 치환하는 데 성공했으나, 후기시에서는 '신라정신'이라는 전통으로 함몰되어 현실과의 구체적인 연관관계를 상실함으로써 현실에서 벗어난 순응주의로 안착하고 말았다는 비판적 글들이 있다.[14] 김인환은 "고통을 자각하는 정도가 점점 희박해진다."고 했고, 최두석은 서정주 시를 일제말의 친일이라는 순응주의, 곧 일제의 파쇼 체제 아래에서 살아남기 위한 방편으로 보았고, 그것은 시적 리얼리즘의 성취 뿐만 아니라 민족의 삶을 외면하지 않는 민족문학의 정도에서 멀어지는 결과를 초래했다고 했다. 김종길 역시 『新羅抄』의 시들이 '이성적 구조'를 결하고 있으며, 시인이 '靈媒'가 된 듯한 경향을 보인다고 혹평했다.

마지막으로 서정주 시를 근대성과의 연관 하에 보는 글들이 있다.[15] 최현식은 서정주의 초기시를 낭만주의에서 끌어온 '미적 자율성' 또는

---

13) 윤재웅, 『문학비평의 규범과 탈규범』, 새미, 1998
14) 김인환, 「서정주의 시적여정 -『화사』에서 『질마재신화』까지의 거리」, 『문학과 지성』 8, 1972년 여름호
   최두석, 「서정주론」, 『미당연구』, 민음사, 1994
   신현락, 「서정주 시의 시간의식-『花蛇集』, 『歸蜀途』를 중심으로」, 『批評文學』 제11호, 1997. p.257
15) 김석준, 「서정주 초기시 연구-사상적 변화를 중심으로」, 서울대석사논문, 1994
   최현식, 「서정주 초기시의 미적 특성 연구」, 연세대석사논문, 1995
   임재서, 「서정주 시에 나타난 세계 인식에 관한 연구-비극적 세계관과 시간성의 관련 양상을 중심으로」, 서울대석사논문, 1996
   손진은, 「서정주 시의 시간성 연구」, 경북대박사논문, 1995
   황동규, 「탈의 완성과 해체」, 『미당연구』, 민음사, 1994

'미적 근대성'의 개념으로 파악해 근대에 저항하는 소극적인 반근대성
으로 읽지만, 방법론 자체가 근대성의 범주에 속한 것이어서 서정주 시
의 반근대성이 역사적 진보의 한 계기로 이해될 소지가 있고, 궁극적으
로는 근대성의 사유구조로 환원시켜 버린 한계가 있다. 임재서는 서정
주 초기시를 시간성과의 관련양상을 중심으로 근대적 시간관에 저항하
는 비극적 세계관에 내재한 탈근대성으로 파악하였다. 손진은은 서정주
초기시에 나타난 시간 인식의 태도를 발전과 진보에 바탕을 둔 선형적
시간인 근대에 대한 저항으로 보았다. 근대성의 맥락에서 다룬 이들 연
구는 서정주 시를 바라보는 새로운 시각을 열어준 셈이다. 그러나, 이
들은 서정주 시의 반근대성을 근대에 대한 반작용 또는 저항의 의미로
만 읽는 서구적인 시선을 면치 못하고 있다. 황동규는 서정주 초기시의
특징을 유럽 모더니즘의 영향(엉뚱한 이미지들의 병치, '객관적 상관
물'의 수법)과 토속성의 결합에서 찾고, 특히 탈의 수법이 드러남으로
써 근대성을 획득한다고 했다. 황현산 역시 서정주는 정서의 깊은 뿌리
를 농경 사회에 두고 있으면서 근대적 시의 개념을 깊이 이해한 것으
로 보았다. 이승훈은 서정주 초기시의 특성을 갈등의 형식 또는 대립의
구조로 파악하여 단절의식을 내포하는 근대성의 개념과 결부시켰다. 송
기한은 직선적인 시간관을 내포하는 근대의 부정적인 면을 들면서, 서
정주 시를 신화적인 상상력과 결부시켜 분석하였다.

 이외에 정신적 외상(外傷, trauma)에 입각하여 서정주 시를 분석한
글이 있다.[16] 이러한 글은 프로이트의 무의식 이론에 입각한 것으로 상

 황현산, 「서정주, 농경 사회의 모더니즘」, 『미당연구』, 민음사, 1994
 이승훈, 「서정주 초기시에 나타난 미적 현대성」, 『한국 현대시의 이해』, 집문당,
  1999
 송기한, 『한국 전후시와 시간의식』, 태학사, 1996
16) 김유중, 「〈화사〉의 정신분석적 연구—작품 〈화사〉에 잠재하는 외디푸스적 양상에 대
  한 고찰」, 『운당 구인환 교수 정년퇴임기념논문집』, 서울대 국어교육과, 1995
 서익환, 「서정주 시 연구—하나의 시도로써 정신분석학적 접근」, 『한국현대문학과
  현실인식』, 새미, 1998
 송희복, 「서정주 초기시의 세계」, 『한국시:감성의 계보』, 태학사, 1998

상의 혁명을 부르짖은 초현실주의와도 맥락이 통하는 글들이다.

본고는 1930년대라는 우리 민족의 특수한 식민지적 상황 속에서 시적 출발을 한 서정주를 고려해 볼 때, 식민지적 근대에서의 서정주의 정신적 외상을 중요하게 여겨 이를 세밀히 검토하기로 한다. 그런 후 오랜 시간 누적되어 오다가 심리적 혼돈이 한국전쟁을 계기로 자살미수와 혹독한 병, 그리고 죽음체험 끝에 자기 구원의 문제로서 어떻게 자기를 다스려 정체성을 확립하고 '영원'의 세계에 이르는지, 또 서정주에게 있어 그 영원성의 의미가 무엇인지 고찰하기로 한다.

2. 연구 범위와 방법

서정주 시에 흐르는 의식세계는 두 축을 기반으로 하고 있다. 하나는 변화하는 측면이고, 다른 하나는 변화하지 않는 측면이다. 변화는 운동을 의미한다. 즉 생성, 변화, 활동을 이른다. 서정주의 의식이 그의 시에서 변화되어 나타나는 이유는 시대적인 상황 속에서 살아남기 위한 전략으로 보이는데 서정주 개인의 실존적 문제와 결부되어 나타난다. 시대는 계속 변하고 변하는 시대 속에 서정주의 시 역시 어떻게 변모되어가는지 살펴 보기로 한다. 또 그의 변모를 두고 어떤 평가가 따를 것인지도 생각해 보기로 한다.

다른 하나는 변하지 않는 측면이다. 겉으로 변모되어 드러나는 현상의 문제 뒤에 끝까지 일관되게 흐르는 시적 원리가 있다. 이것은 시인의 타고난 기질과도 맞물리는 점이다. '바람'이 전자를 상징한다면, 후자는 '꽃'으로 대변되는 본능의 세계, 곧 직관의 세계를 말한다고 할 수 있다. 서정주는 타고난 직관주의자이다. 미적 감수성이 예민한 데다가 선적 수행을 하다가 혹독한 병을 치르고 죽음을 넘나들기까지 한 점에서는 그의 기질 안에 형이상학적인 면이 있다고 하겠다. 이 점이 그를 전통과 신라라는 영원성으로 이끈 점이다.

이런 두 가지 점에 주목하면서 두 가지 사항이 개인의 실존과 어떻게 접목되어 나타나는지를 보기로 한다. 시인의 내면을 형성시킨 요인으로는 모친을 비롯하여 외할머니, 서운니, 남숙이, 일본인 여교사, 깅만이 어머니 등 여성들이 대다수를 이루고 있다. 반면 그의 정신세계에 한쪽 기둥은 상실되어 있다. 이런 현상은 일종의 결핍증세로 '父의 부재의식'과 연결되는 점이다.

아버지는 그에게 없는 존재나 다름 없다. 그것은 시대의식과도 결부되는 사항이다. 그는 이중적인 '父의 부재'라는 형벌을 겪는다. 초기시에서 그는 비극적인 인식 가운데 갈등·대립의 치열한 몸부림을 보여준다. 근대와 전통의 혼재 속에 갈등하던 그가 어떻게 전통 세계로 기울어져 가는지, 또한 절망적 상황에서의 상실감이 어떻게 허무를 자각하게 되고 심연과의 만남 속에 공포와 불안의식은 어떤 양상을 띠는지, 또 그가 왜 도취의 세계를 갈망하고 육체성을 추구할 수밖에 없었는지도 알아보기로 한다.

암흑기 시대 그의 시의 엄청난 변모와 과오의 의미는 무엇인지도 아울러 파악하기로 한다. 영(靈)과의 대면 실패로 겪은 분열의식이 영통과 영원성으로의 가능성을 준비하고 있었던 것으로 볼 때, 이미 그는 서서히 전통세계의 길을 예비하고 있었던 것이다. 그것은 참선 속에 병고로, 친일이라는 행각으로, 전통 세계의 소쩍새의 울음 등으로 여러 가지 분산된 모습을 보여준다.

그런 분산된 모습은 해방과 한국전쟁 후에 '신라'에서 모이게 된다. 엄청난 병과 죽음체험이라는 존재론적 위기를 넘긴 후, 신라를 발견·정체성을 확립하고 나름대로 현실을 긍정하기에 이른다. 그러나 현실의 한계를 자각한 그는 신라에 영원성을 부여하여 그곳에 안주하고 만다. 그의 '신라'의 정체는 무엇이며, 그 의의와 문제점은 무엇인지 또한 알아보기로 한다.

　연구자로서의 방법론은 각 장에서 적절하다고 생각되는 이론들을 들기로 한다. 주로 프로이트와 융의 이론에 의존하여 서정주의 병적 증상과 죽음의식을 고찰하고, 어떻게 그것이 극복되어 영원성으로 수렴되어 나타나는지를 자세히 언급하기로 한다. 그런 의미에서 이 논문은 일종의 서정주의 의식세계에 대한 검토라 하겠다. 이러한 방법론은 최종적으로 서정주의 신라정신으로 귀착되어 끝을 맺게 될 것이다.

Ⅱ. 작가의식의 토대로서의 원초적 체험

Ⅱ. 작가의식의 토대로서의 원초적 체험

1. 육체에의 자각

서정주의 최초의 기억은 두 살이나 세 살로 거슬러 올라간다. 그것은 어머니가 곁에 계시던 유년의 행복한 기억의 공간이다. 그러기에 유년은 '행복의 원형'이고, 신화의 세계라 할 수 있다.

(가) 그때는 여름 낮이었는데, 사랑방에서 어머니가 아래를 벗은 나를 안고 내 사타구니에 부채질하고 계시고, 방안에는 부인들이 그득히 둘러앉아, 그 중에 깅만이 어머니라고 부르는 한 부인이 내 사타구니에 있는 고추를 바라보고 빙그레 웃으면서 뭐라고 했다.

"워마, 애기 꼬치에서도 땀이 나네."

아마 그런 말씀이었던 듯하다.

지금도 라파엘의 後光을 쓴 성모의 눈썹 같은 그 부인의 초승달같이 가느다란 눈썹이 내 살 속과 마음 속에 비취는 듯하다. 그 뒤 자라면서 나는 이 부인이 마을에서 제일 이쁜 부인이라는 것과, 또 애를 못 낳는 아내를 가진 어느 남편이 애를 보려 두 번째 얻어들인 여인이라는 것을 알았지만.

…… 육체와 마음은 둘이 아닌 한 개의 바다와 같은 걸로 있었고, 거기 그 실달 눈썹 밑의 말할 수 없이 부드러운 부인의 눈이 그냥 快美롭게 비취고만 있었을 뿐이다.[17]

---

17) 서정주, 「내 마음의 편력-질마재」, 『서정주문학전집 3』, 일지사, 1972. p.10. 이하 『서정주문학전집』을 『전집』으로 약칭하기로 한다.

서정주는 자신의 최초의 기억에 대해 말하는 글 중에서 이것이 프로이트의 잠재성욕이 아니라 심미의식 같다고 극구 밝히고 있다. 물론 이 글이 시인이 나이 든 시점에서 과거의 체험을 떠올려 쓴 것이기에 어느 정도로 원상(原象)에 부합하는지는 모르겠으나, 서정주의 육체성 추구와 미의식은 이미 그의 무의식 중에 잠재되어 있는 것으로 보인다. 특히 그의 세계에 대한 첫 인식이 육체에 관계되는 점은 그의 의식 형성에 있어 상당히 중요한 점으로 보인다. 두살박이 서정주는 깅만이 어머니의 시선을 강하게 느낀다. '안다(savoir)'는 것은 그가 본 것(sa-voir)이며, 갖는다(avoir)는 것은 보는 것(voir)이다. 또한 안다(savoir)는 것과 할 수 있다(pouvoir)는 것은 지식과 권력의 밀접한 관계를 말해 준다. 이처럼 시선은 방향성을 암시한다. 두 살의 서정주는 자신의 은밀한 부분이 노출된 채 주위 시선들에게 바라봄의 대상 자체가 되어 있다. 또 그런 시선을 예민하게 느끼며 거꾸로 자신을 보는 그들을 오히려 바라보는 두 살박이 서정주가 있다. 이처럼 그의 최초의 기억은 서정주 자신을 중심으로, 그것도 육체의 가장 은밀한 부분에 대한 담론으로 시작되고 있다. 이것이 그가 주로 여성편향적인 시를 쓰게 되는 시발점이고, 육체와 본능을 중심으로 한 시를 쓸 수밖에 없는 운명이라 할 수 있다. 여기에서 언급해 둘 것은 서정주에게 있어 '육체'의 의미가 무엇인가라는 점이다. 1915년생이라면 이미 근대에 진입한 이성중심주의의 시대에서 그의 시 방향을 예고하는 최초의 기억이 초기시의 '육체성'의 추구와 이후 '신라라는 영원성'의 추구로 어떻게 전개되어가는지를 문제점으로 던져둔다. 그리고 성을 이해한다는 것은 곧 인간을 이해하는 것이며, 이성과의 합체 후 탄생된 아이가 바로 자기의 연장이다. 이는 개체의 죽음을 통해 종족의 영생을 이어간다는 것이다. 곧 죽음을 초월하는 방법은 이처럼 원초의식이요, 성의 작용이기도 하다.

둘째로 그의 의식 세계의 원천으로 어머니를 들 수 있다. 아버지는 그에게 생계를 책임지는 그 이상의 의미는 없는 것 같다. 그가 왜 자신의 어머니를 신라류의 정신에 결부시키는지는 후에 그의 정신적 원형 공간에 해당하는 것으로 '신라'를 선택한 데서 밝혀질 문제다. 그가 인간으로 태어나 원초적인 생의 공간을 통해 여성 편향적인 시를 쓰게 되는 데는 모친을 비롯한 주위 여성들과의 접촉에서 형성되어간다.

> (나) 아버지가 철저한 儒生이었던 데 비해 어머니는 新羅流의 自然主義的 傳統 속에서 더 많이 호흡하고 계시었던 것 같다.…… 어머니는 아무래도 朴赫居世의 어머니나 朴堤上의 부인 같은 그런 신라 계통의 정신을 가진 분이었던 듯하다.[18]

또한 해일이 드는 외할머니네 마당이 서정주의 의식 공간을 이루고, 무엇보다도 줄포로 이사간 뒤, 열 살 때 만난 열 일곱 살의 남숙이, "그가 가진 힘은 너무나 새롭게 이미 거기 내 앞에 나타나서 나를 이끌어, 놓지 않고 있었"다. 그런 한없이 여성적인 것이 그의 원초적인 의식 세계를 끌어들이고 빨아들이는 가운데 시적 원천이 형성되어간다.

> (다) 그는 그네 밑에 다다르자, 내 어깨 위에 한 손을 얹고, 숨을 바르게 하느라고 한참은 아무 말도 하지 않았다.
> 나는 그 사이에 무한한 기쁨을 느꼈다. 비록 여기엔 닫힌 대문도 보료 깔린 방도 없긴 하였으나, 어느 솟을대문 안의 어느 꽃밭 속의 방보다도 여기는 더 아늑하고 꽃다운 우리 두 사람만의 樂園 같았다. 그리고, 하늘에서 벼락이 금시 떨어진대도 무서울 건 하나도 없을 것 같았다.[19]

남숙이와 공유했던 행복의 공간은 아직 분리를 체험하지 않은 에덴 공간이나 다름 없다. "분홍의 통곡 같은 뇌쇄(惱殺), 비췻빛과 노랑의

---

18) 서정주, 앞의 글. pp. 11-12
19) 서정주, 「내 마음의 편력-茁浦」, 앞의 책, p.76

기막히는 너털웃음 같은 기쁨— 이런 色彩抒情의 바탕들을 내게다 닦은 이는 이 처녀다."는 남숙은 그 가족을 제외하고 그의 정신 세계에 깊이 뿌리박힌 여인상이다. 남숙이와의 그네타기 경험은 후에 〈鞦韆詞〉를 낳는 계기가 된다.

열 두 살의 서정주는 또한 평생을 두고 잊지 못할 이를 만난다. 그는 요시무라 아야꼬(吉村綾子)라는 일본인 여선생을 생각할 때 그 꽃빛과 그 냄새를 잊지 못한다고 말한다. 〈내 永遠은〉에 그 이미지가 살려져 있다.

> (라) 가만 있거라. 그때까지 내가 보아 온 모든 손과 손가락과 손톱들 중에서 제일 깨끗하고 모양이 좋았던 그것들. 특히 시간이 파한 뒤면 알코올로 늘 닦아 맑았던— 반달이 역력한 타원형의 손톱들. 앨토의 좀 느리고 부드러운 음성. 느린 데 가깝게 걸어다니던 중키 이상의— 보이는 데는 모두 유난히 희고 메마르지 않았던 몸뚱이. 활동하기 위해서가 아니라 생각하기 위해서 열려 있는 듯하던 재빠르겐 구르지 않던 맑고 굵은 눈. 햇빛이 그 타원형의 투명한 얼굴에 비치면 콧구멍 속의 엷은 복사꽃이 유체스레 선명하던 오똑한 코. 역시 햇빛에 그 분홍빛이 비춰던 두 귀. 욕심 적어 보이던 비교적 적은 입.
> 그런 것들에 역시 기울어졌던 데에서 시작됐던 것이 생각난다.[20]

> (마) 아버지의 직업 관계로 열 살에 全北 扶安郡 茁浦라는 데로 이사를 와서 이곳 小學校에 다니는 동안에 '요시노'란 이름의 日本人 女先生을 만나게 된 것은 내 文學的 生涯를 위해선 紀念碑的인 일이었던 듯하다.
> 이 先生은 지금 생각해도 드물 만큼 두 손과 두 눈이 맑은 분이었는데, 내게 이땅 위에서 처음으로 詩 짓는 것과 散文 쓰는 길을 가르쳐 주었

---

20) 서정주, 「내 마음의 편력—蘆風曲」, 앞의 책, pp. 117-118
21) 서정주, 「내 文學의 溫床들—요시노라는 日本 女先生」, 『전집 5』, pp. 271-272

다.[21]

서정주가 보고 기질적으로 끌리는 것은 논리의 세계가 아니라 이처럼 관능의 힘이다. 1924년 열 살의 서정주에게는 아직 시대라든가, 정치현실 따위라든가 식민지 현실에 놓인 망국민이라는 의식도 없다. 그의 눈에는 오직 예쁘기만 하면 되는 것이다. 그게 일본인 여교사든 뭐든 간에. 한없이 그를 끌어당기는 것 앞에서 끌려갈 수밖에 없는 타고난 미적 감수성과 육체에의 함몰은 미약하나마 이때 이미 그 싹이 보이기 시작한다. 서정주 자신은 '요시노'라는 일본 여선생과의 만남을 자신의 문학적 생애에 기념비적인 사건이라고 말하고 있지만, 사실 이 여선생과의 만남 자체가 비극의 시작인지도 모른다. 당시의 시대적 상황과 시인으로서의 운명을 생각해 볼 때, 이미 비극은 탄생된 것이며, 그의 시적 지향점은 원초적 공간에서 비롯됨을 알게 되는 것이다.

2. 병 체험과 죽음의 목도

할머니는 그가 아플 때마다 그를 돌보아준 중요한 분이다. 그분은 "우리 집과 이웃의 의사이기도 하고, 우리 집의 神官이기도 했다." 서정주가 어렸을 때부터 곧잘 앓았다는 학질에 걸리면, 할머니는 "약을 쓰지 않고 그의 神에 의거"하였다. 그분의 눈에는 "疫神의 짓이니까 그이의 의거하는 神의 힘을 빌어 또 말끔히 물리쳐 주셨다."

(가) 맨 처음에 내가 이 네갈랫길의 넓은 바위에 와 앉은 것은 학질 때문이었다. 나는 어렸을 때는 웬일인지 여름엔 학질덩어리였는데, 한번은 지독히 걸려 할머니의 '잡귀 쫓기'쯤으로는 낫지 않아 지나치게 으스스하던 중에, 마침 아버지가 줄포에 오시어, 이번엔 좀 漢文字도 섞인 방법으로 복숭아 잎사귀를 누구네 집에선가 구해다가 거기에 뭐라고 먹글씨로 몇 개 漢字를 써서 내 웃통을 벗기고 등 뒤에다 밥풀로 붙여 데리고는 이 바윗돌 위에다 갖다 놓으시며

　　"꼼짝 말고 한식경 여기 앉아 있거라, 이녀석!"

　　하고 떼놓고 가시어, 그 뜨겁고 외진 돌 위에 비로소 자리하게 된 것이다.

　　이것은 무슨 뜻이었을까. 그걸 나는 아버지에게 물어 본 일이 없어 아직도 상상으로밖에 확실한 것은 모른다.

　　하여간 그것은 할머니가 하신 '귀신 쫓기 요법'과 한 계통의 정신 요법인 것만은 틀림없는 일이었을 것이다.[22]

　서정주의 병과 관련되어 있는 기억 중에 미미하나마 아버지가 놓인 귀한 자리이다. 그러나 아버지도 병을 치료하는 독자적인 방법이 있는 게 아니라 그 어머니에게서 물려받은 것이다. 물론 할머니의 방법으로도 낫지 않는 최악의 상황에서 아버지의 글자가 쓰인 복숭아 잎사귀를 등 뒤에다 붙이는 방법이 고안되었지만, 근본적으로는 할머니의 방법과 다를 바 없다. 일종의 '귀신 쫓는 요법'과 한 계통의 정신요법인 것이다. 〈내가 여름 학질에 여러 직 앓아 영 못 쓰게 되면〉이라는 시에 이런 장면이 형상화되어 나타나 있다. 이렇듯 서정주에게 있어 아버지의 존재는 미미하다. 그것은 이후에 '父의 부재의식'으로 연결되어가는데, 그 의식에 있어 결핍된 부분을 말해준다. 아버지는 아들의 아픔에 있어서조차 할머니를 넘어서지 못한다. 육체의 아픔에는 정신적인 고통까지 수반되게 마련인데 그 치료 역할마저 여성들의 몫인 것이다. 그런 여성들이 그에게는 삶의 안내자요, 위안자요, 치료자인 것이다.

　또한 중학 때 서정주는 장티푸스에 걸려 전염병자를 가두는 집에 갇히게 된다. 의사도 단념한 걸 어머니는 기적같이 고쳐낸다. 그는 그것을 "내 어머니의 슬기와 精誠과 祈禱의 德"으로 돌리며, "그(=서정주의 어머니)의 하늘 속의 마지막 스승- 신명님한테 빌고 있었던 것"이라고

한다. "그 끊임없는 解熱의 노력"이, 또 "작건 크건 신명님에게 빌면서 마련한 힘 때문"이라는 것이다.

이처럼 서정주의 의식세계를 형성하는 데 있어서 어머니는 큰 뿌리이다. 모체에서 분리되어 태어난 아기는 어머니를 비롯한 여성들에 의해 육체를 자각하기에 이르고, 또한 어렸을 때부터 육체의 한계를 넘나드는 병 체험을 자주 한다. 병이란 육체에 이상이 생기는 것을 말한다. 어렸을 때부터 사물에 대한 감수성이 뛰어나 의식의 무게를 육체가 감당할 수 없어 정신과 육체 사이에 균열이 생기면서 병으로 발생한 것이다. 이런 병고 속의 시인의 의식을 보기로 하자.

> 열두살에 病이 나서
> 群山 西洋 사람 病院으로 렌트겐 寫眞을 찍으러 갈 때
> 나는 점잖하게
> 모시베 다듬이한 두루막이를 바쳐 입고
> 아버지 하고 같이 汽車를 탔는데,
> ………… (중략) …………
> 낯선 少女의 손톱 속의 반달을 보기 위해
> 그걸 第一目的으로 汽車를 탄다.
>
> — 〈내가 타는 汽車〉 중 일부

바로 옆에 아버지가 있어도 서정주의 의식세계는 아버지의 부재현상을 보여준다. 오히려 여성의 세계, 그것도 "낯선 少女", 그 "少女의 손톱", "손톱 속의 반달"을 보기 위해 "汽車"를 타고 있다. 기차라면 뭔가? 진보와 발전이라는 이름을 내세워 근대를 예고하는 것이 아닌가? 그러나 그것은 일종의 폭력이자 공포의 대상이다. 그런 공포의 공간에서 시인은 버젓이 "낯선 少女의 손톱 속의 반달"을 보기 위해 기차를 타고 있다. 그에게는 어머니류의 여성들만 있으면 아버지도, 기차로 표

상되는 근대도, 근대가 가져온 질병의 징후도 두렵지 않는가 보다. 그
가 보러 가는 것은 여자의 손톱으로, 이것은 일본인 여교사에게서 봤던
심미적인 세계가 바탕이 된 것으로 보인다.

　다음으로 죽음에의 목도를 들 수 있는데, 서정주가 여섯 살 때 요절
한 서운니가 있다. 그 예비처녀는 서정주가 손가락에 생채기났을 때,
꼭 어머니 같은 표정이 되어 다친 곳을 어루만지고, 또 부드러운 무슨
풀잎을 따 모아 비벼 매 주기도 한 자이다.

　　(가) '서운니'라는 이름을 가진 그 이상한 소녀– 육신의 사람이라고 하
　기보다는 아무래도 무슨 精靈만같이 느껴지는, 죄끄만 이승 살이는 하
　고, 밝은 소녀 귀신으로서만 아는 이들의 기억에 남으려 생각났던 듯한
　그 소녀의 모양이다.[23]

　이와 같이 서정주 의식의 배경에는 정령 같이 느껴지는 '서운니의 죽
음'도 놓여 있다. 폐병앓이로 죽은 그 소녀를 뒤로 하고, 서정주는 〈마
흔 다섯〉에서 그녀를 "처녀귀신"으로 형상화시켜 놓는다. 〈門열어라 鄭
道令아〉에서는 그가 하던 정황을 떠올리며 소녀를 형상화시켜 놓는다.
아마도 이 서운니의 죽음을 겪은 것이 내재되어 있다가 나타난 것이 여
러 편의 시이지만, 이런 류의 시가 곧 '영통' 또는 '혼교'의 가능성을
시사하고 있는 것으로 보인다.

3. 정신적 외상(外傷) 경험

　열 살 때 남숙이와의 행복한 공간 이면에 서정주는 정신적인 외상(外
傷)을 경험한다. 소 잡는 장면을 목격하고 충격을 받은 일이 그것이다.
"다시 커다란 식칼을 들어 들이찔렀다. 그러자 그 찔린 목으로부터는

---

23) 서정주, 앞의 글, p.17

새빨간 선지피가 피비린내를 맵게 두루 퍼뜨리며, 쿨쿨쿨쿨 한바탕의 소나기를 한 줄기에 합친 것만한 통김으로서 쏟아져 내리”는 모습을 보고는 정신적인 큰 상처를 받는다.

> (가) 아까 도낏등으로 머리 뒤통수를 되게 얻어맞고 엉덩이를 두 뒷발 아울러 치솟구고는 부르르 떨며 주저앉아 버리던 모양이 그대로 내 몸뚱이에 옮아, 신경의 끝들이 오스르 오스르 경련을 해 대는 데다가, 우리가 들어 있는 그늘은 또 아까 그 피와 하늘빛이 불로 통곡하는 눈깔들뿐이고, 그 옆의 볕은 식칼들과 도끼날과 한통속만 같고 하여 견딜 길이 없었다.[24]

서정주는 소 잡는 장면에서 “사람들이 너무 무서웠던 것”이라고 고백하면서, 이 충격의 사건을 두고 “피비린내 기억”으로 떠올리고 있다. 몸서리치게 인간들의 잔인함을 목격했기 때문이다. 이 일로 가위눌림까지 한 그에게 “인제는 거기 억울하게 죽는 자의 눈깔과 통곡과 흘리는 피와 또 그를 해하는 자와 그 凶器들까지가 나타나 혼자 실컷 울고 싶은 생각을 주체할 수가 없었다”고 고백하고 있다. 어린 나이에 붉은 피가 솟구치는 장면이나 한순간에 삶과 죽음이 오가는 장면은 그에게 엄청난 상처였다. 소의 죽음에서 본 ‘피’[25]는 유년시절에 체험한 삶과 죽음을, 또한 원초적 생명의식을 체득시켜 준 충격적 이미지로 작용한다. 서정주 시에 있어 빈번하게 나타나는 ‘피’ 이미지는 중요하다. 그것은 생명의 원천인 동시에 죽음으로 직결되는 이미지이면서 육체를 지탱하는 원천적인 요소이기에 더욱 중요한 것이다. 그가 보이는 색채감각 중에서도 붉은 피의 이미지는 서정주 내면의 격렬함을 드러내는 시적 장치이기도 하기 때문이다.

---

24) 서정주, 「내 마음의 편력-苗浦」, 앞의 책, pp. 86~87
25) 여기에서 ‘피’ 이미지에 따른 시인의 의식 세계의 변모에 대해서는 필자의 「未堂詩에 나타난 ‘피’의 심상 연구」(경북대 석사논문, 1993)를 참고하기 바란다.

Ⅲ. 식민지적 상황에서의 비극적 세계인식

1. 절망적 상황과 부(父)의 부재의식
2. 심연의 발견과 죽음, 공포, 불안의식
3. 도취에의 갈망과 육체의 추구

Ⅲ. 식민지적 상황에서의 비극적 세계인식

1. 절망적 상황과 부(父)의 부재의식

모더니 티(modernity)란 시대구분과는 관계 없이 나타나는 일종의 태도 또는 삶의 양식으로 전통에 대한 결별, 새 것에 대한 감수성, 스쳐 지나가는 순간들에 대한 현기증과 같은 시간 불연속성에 대한 의식을 그 특징으로 한다. "모더니 티는 일시적인 것, 사라지는 것, 우연적인 것이며, 예술의 절반이다. 예술의 다른 절반은 영원한 것, 불변적인 것이다."[26)]는 보들레르의 말이 이를 잘 대변해 준다.

일반적으로 근대는 데카르트 철학의 제 1원리인 'Cogito, ergo sum'에서 출발한다. 사유하는 인간에게 있어 중세의 신은 저 멀리로 사라지고 의심하고 있는 내가 존재하고 있다는 그 사실만은 의심할 수 없다는 명확한 자기명증의 사유로부터 출발한다. 합리성에 기반한 사유하는 주체로서의 이성이 근대성의 핵심임은 부인할 수 없는 사실이다. 이러한 근대성의 이념은 이성적 인간, 인간의 인식에 의해 표상될 수 있는 실재, 그 실재를 구성하는 수학적 법칙, 그리고 합목적적 진보가 능성에 대한 신념을 뜻한다. 이러한 초기의 모더니 티(modernity)는 계몽에 대한 충실한 믿음에서 출발한다.

그러나, 그 신뢰의 이면에는 실존적 불안 혹은 공포가 내포되어 있다. 다시 말해, 모더니 티는 기술적 진보에 따른 인간 해방과 자연의 통제 가능성, 제의적 속박에 대한 해방이라는 밝고 긍정적인 의미도 갖고

---

26) Michel Foucault, 「계몽이란 무엇인가」(박은수 역), 김성기 편, 『모더니티란 무엇인가』, 민음사, 1997, pp.349-376

있지만, 기술적 문명의 발달에 따른 불안과 공포라는 부정적이고 어두운 면도 안고 있는 것이다. 과학의 도구화, 수단화가 가져다 주는 근대의 비극적인 측면 －휘황찬란한 도시문명의 발달과 기술의 배후에 깔린 비인간화와 인간소외라는 면－도 도외시할 수 없다. 서구적 개념의 진보란 변화를 내포하는데, 그것은 본질 상실을 초래하며, 진정한 자아의 상실이라는 소외의 문제를 낳는다. 소외는 타인으로부터의 소외, 자기로부터의 소외라는 존재론적 문제 뿐만 아니라, 사회적인 소외라는 심각한 사회적인 문제로까지 확산된다.[27]

헤겔은 근대 시민 사회가 인간 소외의 구조적 표현임을 예리하게 통찰하고 비판한다. 이러한 소외의식은 사회적 상황의 구조와 변화에서 오는 것으로 특히 전쟁이나 사회개혁 등에서 온다. 이러한 근대성의 위기는 근대적 이성을 대표해 온 과학 및 도구적 이성에 대한 비판을 중심으로 이루어진다. '근대에 대한 불만'의 계보를 따지자면 30년대 후반의 전통주의에서부터 논의를 시작해야 한다.[28] 조선은 근대사회를 그 성숙한 모양으로 이루어 보지도 못하고 근대정신을 그 완전한 상태에서 체득해보지도 못한 채 이제 '근대' 그것의 파국에 좋던 궂던 닥치고 말았기[29] 때문에, 1930년대 후반의 현실에서 고전 계승과 전통 발견의 길로 치닫는다.

그런데 도구적 합리성(이성)의 원리에 따라 광적인 비합리적 폭력으로 귀결되는 것이 파시즘[30]이다. 파시즘은 근대문명에 포함된 야만성의 가장 적나라한 얼굴이고, 이성적 문명을 무기로 폭력과 파괴에 열광하는 광기이며, 타자 지배 원리의 극단화된 형태로 잔혹성을 실현했다.

---

27) 송기한, 『한국 전후시와 시간의식』, 태학사, 1996. pp.38-41
28) 황종연, 「한국문학의 근대와 반근대-1930년대 후반기 문학의 전통주의 연구」, 동국대박사논문, 1991. p.219
29) 김기림, 「우리 신문학과 근대의식」, 『시론』, 1994. pp.68-69
30) 나병철, 『한국문학의 근대성과 탈근대성』, 문예출판사, 1996. p.24

'모든 문명은 야만의 소산이다.'는 말은 모더니티의 이면, 즉 근대성이 안고 있는 부정성을 내포하고 있다. 우리의 역사적 특수성이 식민지 상태를 경험했다는 점에서 식민지는 '근대의 실험장'[31]이었고, 서구적인 요소는 일제 침략의 기본적인 도구가 되었다.[32]

1930년 세계 경제 공황이 일본에 파급되자 일본에서는 침략을 통해 이를 타개하기 위해 파시즘의 움직임이 활발해진다. 파시즘의 이데올로기는 개인주의적 자유주의의 세계관을 배격하고 국가를 절대시하는 전체주의적 세계관, 일당독재체제, 침략전쟁 군비확장, 계급투쟁의 배격, 논리와 지성보다 본능, 의지, 육체적 능력을 중시하는 것 등이다.[33] 일제의 파시즘 체제는 만주사변(1931)을 계기로 광신적 대동아공영권의 기치 아래 중일전쟁(1937), 태평양전쟁(1941) 등의 전쟁을 일으키는데, 이는 일본 독점자본주의의 활로를 모색하기 위한 방편이다. 아울러 침략전쟁을 수행하기 위해 식민지 조선을 병참기지화한다. 조선은 파행적인 근대화로 치닫는데, 이는 당시 국제 정세와도 무관하지 않다.

이런 反이성중심주의의 입장에서 서정주는 1933년 12월 24일 〈그 어머니의 부탁〉을 시작으로 하여 1936년 동아일보 신춘문예에 〈壁〉이 당선되면서부터 본격적인 문학 활동을 시작한다. 서정주 자신은 자신의 초기작으로 〈花蛇〉를 거론하지만, 어쨌든 등단작인 〈벽〉을 먼저 검토하기로 한다.

덧없이 바래보든 壁에 지치어
불과 時計를 나란이 죽이고

어제도 내일도 오늘도 아닌

---

31) 김종욱, 「규율화된 주체, 자율적인 주체-모더니즘과 시간성」, 『문학사상』, 1998. 3. p.55

32) 성기조, 「한국근대문학의 전통논의에 관한 연구」, 단국대박사논문, 1984. p.144

33) 김윤식, 『한국근대문예비평사연구』, 일지사, 1987. p.205

여긔도 저긔도 거긔도 아닌

꺼저드는 어둠속 반딧불처럼 까물거려
靜止한 ‘나’의
‘나’의 서름은 벙어리처럼….

이제 진달래꽃 벼랑 햇볓에 붉게 타오르는 봄날이 오면
壁차고 나가 목매어 울리라! 벙어리처럼,
오- 壁아.

− 〈壁〉 전문

〈壁〉은 좁게는 자의식의 감옥에 갇힌 수인(囚人), 밑도 끝도 없는 알 몸뚱이, 즉 존재적 유한성이라는 육체에 대한 인식과 시적 자아를 가두는 세계의 장애물을, 넓게는 존재의 집인 언어를 박탈당한 벙어리가 이미 존재 자체의 벽이 되고 있는 상황, 일제 암흑의 민족적 상황을 현실과 영원을 가로막고 있는 벽으로 승화시킨 작품이다. 이렇듯 〈壁〉은 육체성이라는 인간 실존의 한계인 벽과 시대를 넘지 못하는 울분의 벽을 동시에 보여준다. 시공간에 갇힌 자로 한계상황을 인식하게 될 때, 초월에의 의지가 생겨난다.

1연에서는 갇힌 자의 의식이 보인다. 사방이 벽인 암담한 상황에서는 시계도 필요 없다. 희망 없는 절망적 상황에서 미래를 현재화시키는 시계도 부담스러운 존재이다. 차라리 시계를 죽이는 게 숨막힌 상황에서 숨쉴 수 있는 유일한 이유가 된다. 그래서 그는 이 모든 것을 존재하게 하는 시공의 개념을 부정해 버린다. 그 부정 속에 “정지한 나”가 있다. 그의 의식은 멎어버리고 그 내면에서는 ‘벙어리의 울음’이 인다. 여기서 ‘벙어리’는 후에 그가 발병하게 되는 무의식적인 병인(病因)으로 작용한다.

문화란 생존을 위한 역경이라는 추진력 밑에서 본능 충동을 희생함으로 해서 창조된 것이다. 문명의 발전 과정의 두 가지 주요한 특징은 지성의 강화와 본능의 단념이다.34) 식민지를 세우고 그 민족을 전쟁과 죽음으로 몰아넣는 문명국에 만연하고 있는 그 엄청난 잔인성과 폭력성, 기만성이라는 어둠 속에 "정지한 나"가 있다. 나는 인간 조건인 본능도, 피지배인의 설움도 억압당한 채 시인의 본질인 언어마저 잃어버린다. 현실의 돌파구는 어디에도 없다. 존재하는 것이라고는 말 못하는 벙어리 하나. 그러면 왜 그는 언어 이전의 순수 감정인 울음도 울지 못하나? 모든 게 갇혀 있기 때문이다. 자신을 짓누르는 암담한 시대 상황도 그렇고, 자의식의 감옥에 갇혀 진로도 보이지 않는 설움의 심정 때문에 그렇다. 갇힌 자의 의식을 드러내는 이런 비극적인 절망감이 이 시의 주조를 이루고 있다. 어쨌든 등단작이 〈壁〉이라는 점은 주목할 만하다.

　　애비는 종이었다. 밤이기퍼도 오지않었다.
　　파뿌리같이 늙은할머니와 대추꽃이 한주 서 있을뿐이었다.
　　어매는 달을두고 풋살구가 꼭하나만 먹고싶다하였으나… 흙으로 바람벽한 호롱불밑에
　　손톱이 깜한 에미의아들.
　　甲午年이라든가 바다에 나가서는 도라오지않는다하는 外할아버지의 숯많은 머리털과
　　그 크다란눈이 나는 닮었다한다.
　　스물세햇동안 나를 키운건 八割이 바람이다.
　　세상은 가도가도 부끄럽기만하드라
　　어떤이는 내눈에서 罪人을 읽고가고
　　어떤이는 내입에서 天痴를 읽고가나
　　나는 아무것도 뉘우치진 않을란다.

---

34) Sigmund Freud, 『문명 속의 불만』(프로이트 15), 김석희 역, 열린책들, 1997. p.366

찰란히 티워오는 어느아침에도
이마우에 언친 詩의 이슬에는
멫방울의 피가 언제나 서껴있어
벻이거나 그늘이거나 혓바닥 느러트린
병든 숫개만양 헐덕어리며 나는 왔다.

註. 此一篇昭和十二年丁丑歲中秋作. 作者時年二十三也.

-〈自畫像〉 전문

이 시는 1937년 4월에서 6월 동안 제주도에서의 방랑생활을 접고 돌아온 뒤에 쓴 시로, 시인의 출발의식을 읽을 수 있는 중요한 단서를 제공하고 있다. "애비는 종이었다"는 고백은 많은 해석이 가능하다.

서정주의 아버지는 실상 서정주의 의식세계를 형성하는 데 그리 큰 영향을 미치지 못한다.[35] 한마디로 서정주의 정신세계는 부(父)의 부재, 황폐함을 보여준다. 이런 결핍 속에 내세울 게 없는 자는 방황하게 마련이다. 바람처럼 떠돌아다니는 게 그의 운명이 되고 만다. 이런 부(父)의 부재현상은 비단 서정주에게만 해당되는 게 아니라 그 당시의 문학인들 거의 전부에 해당된다. 한국문학의 근대성은 "아비의 부재와 부재하는 아비에 대한 형언할 수 없는 그리움으로서의 고아의식"[36]을 보여주는 것도 이 때문이다. 아버지의 이름은 법이요, 국가요, 신(神)에 해당된다. 그러니까 서정주에게 있어서의 부(父)의 부재는 국가 상실을

---

35) 원래 서정주의 아버지 서광한은 부친이 노름빚을 진 채 세상을 뜨자, 십 대 소년으로 한문서당의 훈장이 되어 타관을 돌기도 하다가 측량기수가 되어 인촌 김성수 씨의 아버지 同福今監이었던 김기중 씨의 땅을 잰 것이 인연이 되어 동복영감의 農監이 되었다. 농감의 위치란 위로는 지주에게 잘 보여야 하고 아래로는 농군들을 다스려야 하는 중간자적 위치에 해당된다.

36) 류철균,「문학 비평의 근대성과 유토피아-김윤식론」,『문학과 사회』, 1989년 여름호, p.713

뜻하는 동시에 서정주 개인의 정신적 뿌리의 상실을 의미한다. 이러한 이중적 상실은 결핍과 열등감을 동반하는 동시에 현실에 대한 단절의식과 소외의식으로 이어진다. 〈自畵像〉에서 어느 정도 그 실마리가 풀린다.

"'애비는 종이었다…'는 句節은 當時 日政下의 農村 胎生의 내 位置를 比喩的·象徵的으로 表現한 것일 뿐, 아무 特殊血族의 事實도 그 詩 속에는 없는 것"[37]이라고 한다. 어쨌든 그는 망국민의 아들로서 시대의 종이다. 종은 자기 맘대로 할 수 없다. 주인의 명령대로 움직여야 한다. 주인이 하라 하면 하고, 하지 말라 하면 하지 말아야 하는 게 종의 입장이다. 그런 '종의 아들'의 설움은 말해 무엇 하랴. 식민지 백성이라는 망국민적 자의식이 초래한 형벌을 극복하려는 열망이 좌절과 분열을 초래한다. 저주받은 식민지 현실, 식민지인으로서의 굴욕감이 자신의 얼굴이다. '종의 자식'이라는 신분적 갈등과 열등감은 자신의 운명적인 업고를 선험적인 예지로 통찰해 버린 고통의 원인이 되기도 한다.

부(父)의 부재라는 형벌 속에 전통적인 모습이 보인다. "파뿌리같이 늙은할머니와 대추꽃"이 있고, "풋살구가 꼭하나만 먹고 싶"은 "어매"가 있고, "손톱이 깜한 에미의아들"이 있다. 아비는 없고, 그 부재의 자리에 할머니와 어매가 놓여 있다. 이처럼 서정주의 의식의 형성은 미미한 "애비" 대신 "어매"가 자리잡고 있다. 이는 서정주 의식세계를 이루는 중요한 점이다. 그가 근대의 이성주의로 나아가지 아니하고, 또 현실주의적인 면으로 나아가지 아니하고, 왜 여성편향적이고 육체에의 탐닉의 세계로 나아가는지를 보여주는 하나의 단서가 된다. "애비는 종"이고 그런 굴욕적인 애비를 부정하는 것은 과거의 전통을 부정하는 셈이다. 그 대신 새로운 것의 추구로 나아가게 되는데, 서정주는 그 애비(과거) 부정과 새 것(근대) 사이에서 방황을 한다. 새 것은 그에게 맞지

---

37) 서정주, 「오해에 대한 변명」, 『전집 5』, 일지사, 1972. p.314

않다. 그 대신 그가 찾은 것이 모성 세계이다. 정신적인 안식처이자 자신의 의식 세계를 형성시킨 모성 계통의 여성들. "애비는 종"이고 "밤이기퍼도 오지 않"는 애비 대신 그는 "에미의아들"이라는 선언을 한다.

이런 의미에서 〈自畵像〉은 농경사회적 문화가 근대산업사회적 문화와 처음 부딪히는 삶을 형상화한 작품이다. 여기서 '근대성'이란 사회·역사적으로는 자본주의의 양상을, 사고의 원리로는 이성중심주의의 형식을, 그리고 직선적 시간관을 나타내는 반면에, '반근대성'은 반자본주의와 반이성주의 그리고 주체 부정의 사유를 그 특징으로 삼는다. 그러므로 근대성과 반근대성의 혼재는 식민지하에서의 지식인의 의식의 혼란성을 드러낸다. 이런 점에서 〈自畵像〉은 파행적인 근대의 모습과 토속적인 삶의 융합을 잘 보여준다. 그러나, 후기시에 갈수록 관념론적 전통 또는 초월적 개인의 의식 속으로 퇴행하는 모습을 보이는데, 이는 이미 〈自畵像〉에 예고되어 있는 것이다.

또한 서정주의 '父의 부재' 의식은 종인 애비만이 아니라 "甲午年이라든가 바다에 나가서 도라오지 않는다하는 外할아버지"에서도 찾아볼 수 있다. 왜 하필이면 "甲午年"인가? 동학란[38]은 실패로 끝난 혁명이지만, 농민들의 손으로 악에 대항하고 더 나아가 외세의 힘을 물리치고자 한 데 그 의의가 있다. 그런 와중에 시적 화자의 外할아버지가 동학 혁명에 직접 뛰어들었는지 또는 막연히 생계 유지를 위해 고기 잡으러 바다에 나갔다가 돌아오지 않는 것인지의 여부는 자세히 언급되어 있지 않다.

---

38) 신기철·신용철 편저, 『새 우리말 큰 사전』, 삼성출판사, 1986. p.931. 이 해는 고종 31년(1894)에 해당되는 해로, 동학교도가 주동이 되어 일으킨 농민 혁명인 동학혁명을 간접적으로 제시하고 있다. 전라도 고부군의 농민들이 군수 조병갑의 악정(惡政)에 항거하여 동학의 접주(接主) 전봉준을 선두로 관청을 습격하고 봉기하자, 동학 교도를 중심으로 한 농민들이 합세, 난이 전국적으로 퍼지게 된다. 정부의 관군만으로 이를 막지 못하게 되어 청나라와 일본의 군대가 들어와 이를 진압했으나, 그 결과 청·일 두 나라의 군대가 우리 나라 안에서 정면 충돌, 청일전쟁의 원인이 된다.

시적 화자는 그의 의식 세계에 돌아오지 않는 外할아버지의 외모를 많이 닮았다. "숱많은 머리털"과 "크다란눈"이 외할아버지를 쏙 빼닮았다. 그는 자신의 육체마저 부친 계통을 닮지 않고 모친의 아버지를 이어받고 있는 슬픈 운명을 간직하고 있다. 근대와 전통의 섞임 속에 그는 광란할 수밖에 없는 의식의 혼란을 보여준다.

그는 시대의 혼란 속에 자신의 의식의 혼돈을 보이다가 "스믈세 햇동안 나를 키운건 八割이 바람이다."라고 선언한다. 바람은 어디서 와서 어디로 가는지를 모른다. 그저 멈추지 않고 가기만 할 뿐이다. 바람은 정지하지 않는다. 바람은 지향적이며 바람의 속성으로 보아 멈추게 될 때, 이미 바람의 생명은 끝나고 만다. 그것이 바람의 운명이다. 무한한 파장을 일으키며 나아가는 바람의 속성에서 시인의 삶을 예견해 볼 수 있다. 한없이 변모하면서 그 세계를 이끌어가는 시적 원천인 '바람'은 생명력의 상징이자 시인 자신의 기질과 잘 부합된다.

서정주 시를 이루는 두 가지 측면 중 하나는 변화하는 측면이고, 다른 하나는 변화하지 않는 측면이다. 전자는 '바람'으로 비유할 수 있는데, 이는 시대의 흐름에 따라 변화하는 시인의 실존적 문제와 결부된다. 이것은 그의 '父의 부재' 현상에 기인하며, 의식세계의 결핍된 부분을 메꾸어 나가려는 부단한 권력에의 의지라 할 수 있다.

윤재웅은 바람을 생명과 영원성의 상징으로, 변화와 지속의 우주론을 반영하는 인식으로 설명한다.[39] 그 바람은 서정주에게 저주받은 운명의 연원, 즉 모든 비극성의 근원임과 동시에 강렬한 생명 충동의 표상, 곧 투쟁의 원동력으로 파악된다. 이 '바람'은 사유와 느낌과 욕망의 역동적 복합체로서 "지칠 줄 모르는 구도의 정신", 즉 미지를 향해 가는 "지향성"으로도 파악된다. 시인의 정신적인 방황이 이제 시작일 뿐인데 식민지 지식인의 굴욕감과 울분은 멈출 줄 모른다. 외부의 바람을 잠재

---

39) 윤재웅, 「바람과 풍류」, 『미당연구』, 민음사, pp. 494-519

우기는커녕 그는 자신의 내부의 바람도 다스릴 수가 없다. 오히려 바람이 그를 이리저리 끌고간다. 해인사로, 제주도로 돌아다니는 동안 "어떤이는 내눈에서 罪人을 읽고가고/어떤이는 내입에서 天痴를 읽고" 간다. 서정주의 시 속에는 병적인 요소들이 많이 나뒹군다. "볕이거나 그늘이거나 혓바닥 느러트린/병든 숫개만양"의 "병든숫개" 역시 그렇다.

여기에서 좀 장황할지 모르지만 '세계는 병원이다'[40]는 의미를 파악해 보기로 한다. 엘리어트는 "세계는 병원이고 인류는 치료되어야 할 환자"라고 보았다. 세계를 무대로 생각하는 관점은 플라톤부터 세익스피어에 이르기까지 고대로부터 있어온 유서깊은 것이다. 그러나 병원이라는 제도는 학교, 감옥과 마찬가지로 근대의 소산이기 때문에 세계를 병원으로 간주하는 생각은 그리 오래지 않다.

> 이곳의 인생은 병원과도 같다. 그곳에서 환자들은 제가끔 침대를 바꾸어 다른 곳에 있고 싶은 욕망을 가지고 있는 병원. 어떤 환자는 난로 앞에 누워 고통하고 싶어하는가 하면, 어떤 환자는 창문 옆자리에서라면 병이 나을 것이라고 믿는다.
>
> 나에게는 내가 현재 있는 곳이 아닌 다른 곳에서라면 항상 좋을 것처럼 생각되어지는 것이다. 이같은 자리를 바꾸는 문제가 바로 내가 나의 영혼과 끊임없이 논쟁하는 문제 중의 하나이다.
>
> — 〈이 세상 밖이라면 어느 곳에나〉의 일부[41]

보들레르는 산문시 〈이 세상 밖이라면 어느 곳에나〉에서 인생을 병원에 비유하고 있다. 이 시에서는 시인의 탈출과 출발의지를 읽을 수 있다. "아무 곳이라도 좋소! 아무 곳이라도! 그것이 이 세상 밖이기만 하다면!"이라는 결말 부분은 현실의 부조리 앞에서 절망한 인간의 한

---

40) 유종호, 앞의 책, pp.136-140
41) Charles Baudelaire, 『파리의 우울』, 윤영애 역, 민음사, 1979. pp.226-227

계를 벗어나고 싶은 나머지 죽음에의 소망마저 보인다. 그것은 이 세상 삶이 그만큼 견디기 힘들다는 말이기도 하다. 왜냐하면, 세상은 불치병 환자들로 가득찬 거대한 병원이기 때문이다.

릴케의 『말테의 수기』에서도 파리라는 도시는 병원으로 제시된다.

(가) 그래, 그러니까 사람들은 살기 위하여 여기로 오는 거야. 내가 보기에는 오히려 죽겠다는 것 같은데. 바깥을 돌아다니다 왔다. 병원들을 보았다.

(나) 의사는 나를 이해하지 못했다. 전혀. 하기야 세세히 이야기해 주기가 어렵기도 했다. 전기요법을 한 번 시험해 보자고 했다. 좋다. 나는 쪽지를 한 장 받았다. 한 시에 살페뜨리에르 병원에 오라는 것이었다.

(다) 그런데 지금 또 이 病. 전에도 나를 그토록 독특하게 괴롭혔던 병. 사람들이 이 병을 과소평가하고 있다고 나는 확신한다. 다른 병들의 중요성을 과장하는 것과 똑같이 말이다. 이 병은 특별한 증세가 없다. 병이 사로잡은 사람의 특성이 나타나는 것이다. 몽유병적인 확신으로써 이 병은 한 사람 한 사람에게서 지나가 버린 것으로 보였던 그의 가장 심각한 위험을 끌어 내어 다시 그 사람 앞에 들이댄다. 아주 가까이. 다음 순간 안에다.[42]

한마디로, 릴케는 매우 섬세하고 민감한 심성의 소유자이다. 그의 병은 의사도 알지 못하는 자의식이라는 병이다. 파리라는 도시에서 생겨난 외로움이라는 육체의 병이다. 시인 릴케가 보기에는 말테라는 스물여덟 살의 청년은 파리라는 도시로 들어가면서 자동적으로 환자로 편

---

42) Rainer Maria Rilke, 『말테의 수기』, 전영애 역, 서울대출판부, 1997. (가)-
   (다)는 각각 p.1, p.44, p.51

입된 것이다.

체호프의 중편소설 〈6호실〉에서도 사회는 병원으로 드러난다. 안드레이 에피므이치는 의사인 아버지의 강권에 못이겨 성직자가 되고 싶은 길을 포기하고 의사가 된다. 그는 조그만 시골의사가 되어 정직과 성실을 양식으로 삼아 살아가는 독서광이다. 부패와 타락에 젖은 무리들은 의사인 그를 환자로 수감한다. 한번 들어가면 자신의 의지로는 나올 수 없는 감옥과도 같은 곳. 그곳에 치유와 구원은 없다.

> "감옥이나 정신병원이 이 세상에 존재하는 이상 누군가가 그 속에 들어 있게 마련입니다. 당신이 아니면 내가, 또 내가 아니면 어떤 제 3자가 말입니다. 하지만 기다리십시오. 먼 훗날에 감옥이나 정신병원이 없어질 때가 오면, 그땐 창문의 창살도 환자복도 없어지고 말테니까요. 물론 그런 시대는 조만간에 오고야 말 겁니다."[43]

주인공의 대사 속에 깔려 있는 희망은 희망사항에 해당될 뿐, 세상은 그와 무관하게 굴러간다. 밖으로 내보내달라고 호소하지만 오히려 구타까지 당해 결국 죽음에 이르는 숨막힌 상황이 제시될 뿐이다. 장례식에 참석한 이도 겨우 두 명 뿐. 그는 완전히 매장당한다.

또한 윤동주는 자신의 시집 제목을 『병원』(〈병원〉이라는 시는 1940년 12월 作)으로 생각했었다. 창작연도를 참작할 때, 윤동주 역시 식민지 상황에서의 우리나라의 현실을 환자투성이의 병원으로 생각했음을 보여준다.

> 살구나무 그늘로 얼골을 가리고 病院 뒷뜰에 누워, 젊은 女子가 흰옷 아래로 하얀 다리를 드려내 놓고 日光浴을 한다. 한나절이 기울도록 가슴을 앓는다는 이 女子를 찾어 오는 이, 나비 한마리도 없다. 슬프지도

---

43) Anton Pavlovich Chekhov, 「6호실」, 『세계문학대전집 25』 김학수 역, 대양서적, 1980. p.33

않은 살구나무가지에는 바람조차 없다.

　나도 모를 아픔을 오래 참다 처음으로 이곳에 찾어왔다. 그러나 나의
늙은 의사는 젊은이의 病을 모른다. 나한테는 病이 없다고 한다. 이 지
나친 試鍊, 이 지나친 疲勞, 나는 성내서는 안된다.

　女子는 자리에서 일어나 옷깃을 여미고 花壇에서 金盞花 한포기를 따
가슴에 꼽고 病室안으로 살어진다. 나는 그 女子의 健康이― 아니 내 健
康도 速히 回復되기를 바라며 그가 누웠던 자리에 누워본다.

– 윤동주, 〈病院〉 전문 44)

　하얀 다리를 드러내 놓고 일광욕을 하는 여자의 도입부 장면은 건강
하게 보인다. 그러나 늙은 의사의 역량이 모자란 탓으로 젊은 환자는
이해받지 못하고 있다. 이로 인해 오히려 젊은이는 지나친 시련과 피로
를 느낀다. 정작으로 환자의 병 상태를 진단하고 원인을 규명하고 처방
해야 할 의사마저 환자의 병을 모른다! 모든 게 단절된 상태다. 근대적
삶은 이렇게 파편화되어 나타나 있다.

　다시 서정주의 자화상으로 돌아와서 논지를 전개시켜 나가기로 한다.
외할아버지를 닮았다는 "내눈에서" 어떤 이는 "죄인"을 읽고 갔다. 시
인은 이중적인 부(父)의 상실로 심한 열등의식에 시달려 왔고, 시대적
인 억압 속에서 울분과 그런 운명에 처절하리만치 몸부림을 쳐왔다. 그
런데 그는 왜 죄인이며, 그가 지은 죄는 무엇인가? 또 어떤 이는 "내입
에서 天痴"를 읽고 갔다. 그것은 시대 속에서 억압당한 채 갈등하는 지
식인의 고민 때문이다. 그런 자신을 시적 화자는 밤낮 혓바닥 늘어뜨린
채 헐떡거리며 살아온 "병든 숫개"로 표상하고 있다. 서정주 역시 이
세상을 병든 현실로 진단한 것이다. 식민지 조선의 현실을 병원으로 인
식한 것이다. 그러나 그런 현실 속에서 자신이 할 수 있는 일이 무엇인

---

44) 윤동주, 『하늘과 바람과 별과 詩』, 정음사, 1948. pp.21-22

가? 바람의 운명을 타고나 떠돌이로 살아야 하는 저주받은 그 시대의
시인으로선 헐떡거릴 수밖에 없다. 혓바닥 늘어뜨리고 돌아다니는 숫개
처럼, 스물 세 살 밖에 안된 젊은이는 심한 자의식이라는 병에 시달린
다. 이는 결핍과 열등의식을 드러내는 시인의 비극적인 운명을 암시한
다. 개는 주인을 지키는 파숫꾼이다. 그러나 시대의 파숫꾼의 역할을
제대로 해낼 수 없을 때, "병든 숫개"처럼 살아갈 수밖에 없다. 여기에
서 죄인의식과 불구의식이 싹튼다. 탄생 자체가 비극의 원천인 것이다.
이미 그는 태어날 때부터 죄인인지 모른다. 쓰레기같이 버려진 삶에서
추하고 병든 인간의 원상(原象)을 "병든 숫개"에 비유한 것은 그만큼 절
박한 시인의 심정 때문이다. 어두운 시대상황 속에서 자신의 정체성도
찾지 못한 채 세상은 점점 전쟁으로 치달리고 잘못되어도 한참 잘못된
현실을 직시할 때, 현실과의 갈등 또는 대립, 단절의식, 자아분열의 조
짐이 있음은 지극히 당연한 일이다. 서정주는 '未堂'이라는 호 이전에
'窮髮'(풀도 나지 않는 不毛之地)이라는 호를 사용했는데, 억압에서 벗
어나고자 하는 탈출 욕구를 읽을 수 있다.
　그런데 "이마우에 언친 詩의 이슬"에는 "멫방울의 피"가 섞여 있다.
서정주 시에 나타난 '피' 이미지는 열 살 때 소의 죽음을 보고 체험한
삶과 죽음을 암시하는 충격적 이미지이다. 그 현장에서 서정주는 인간
의 잔인성과 원초적 생명의식을 체득한다. 병든 현실에서 시인의 운명
을 타고난 자에게 어느 정도나마 살고자 하는 생명의지가 내포되어 있
다. 그러기에 서정주의 출발은 정직한지도 모른다. 〈自畵像〉 한 편이
소중하게 느껴지는 이유가 여기에 있다.
　〈自畵像〉에 흐르는 서정주의 무질서한 삶의 내력은 바람기의 원인으
로서의 정신적 상흔이 잘 반영되어 있다. 이는 억압된 현실, 충족되지
못한 욕망, 나라 잃은 민족의 정신적 공황상태와도 연결된다. 이 마음
의 병은 화자의 부끄러움이 반영된 정신적인 고아의식, 생득적인 죄인

의식이며 그것은 바로 '父의 부재'에 기인한다.

이렇게 볼 때 『花蛇集』에 나타난 시인의 자화상인 죄인, 천치, 베암, 문둥이, 벙어리, 병든 숫개 등은 불구의 형상으로 낙원에서 추방된 비극적 상관물들이다. 근대가 몰고온 합리적 질서와는 거리가 먼 존재들이다. 소위 그림자(shadow)에 해당하는 다양한 모습들과의 투쟁은 1930년대라는 식민지 후기의 한국적 현실과 관련된 집단적 자화상이기도 하다. 이런 사상적인 비극의 초극, 처참한 인간 비극에 공감한 게 그의 『花蛇集』이다.

다음으로 〈문둥이〉를 살펴 보기로 한다.

> 해와 하늘 빛이
> 문둥이는 서러워
>
> 보리밭에 달 뜨면
> 애기 하나 먹고
>
> 꽃처럼 붉은 우름을 밤새 우렀다.
>
> — 〈문둥이〉 전문

문둥이는 버림받은 존재이다. 그들은 격리된 채 살아야만 하는 운명적 비애의 존재들이다. 치유될 수 없는 천형적인 형벌로 주어진 운명을 살 수밖에 없는 존재의 울음이다. 이 울음은 서정주 자신의 울음을 형상화한 것이고, 그 울음의 근원은 운명적인 업고로 보인다. 이는 정신에서 분리된 육체의 괴로움에 기인한다. 존재의 병인 육체의 부스러기. 그 부스러기를 긁으며 참고 살아갈 수밖에 없는 숙명적인 존재. 식민지 현실에서 일어나는 온갖 병적인 양상들 속에 병은 증상으로 잠재되어 있다가 현실로 나타나게 되어 있다. 병은 현실과의 통로 차단이요, 타인과의 의사 소통의 불일치요, 자기 자신으로부터의 소외와 단절이다. 본능과 정신 사이에 존재하는 에너지의 균형이 깨진 상태를 말한다.

프로이트에 의하면, 현실원리(ego)가 쾌락원리(id)를 대체, 지배하게 됐다고 한다. 그 이유는 '삶의 궁핍'과 '인간 상호 관계의 조절'의 필요성 때문이다. 이른바 '문화에 의해 강요된 본능의 운명'이라는 것이다. 억압은 '본능의 운명'이며 이에 대한 조건은 사회적이라는 것이다.

문명은 인간의 본능에 대한 영원한 억압에 기초하기 때문에 억압 없는 문명은 불가능하다. 즉 사회적인 지배를 위해서는 과잉억압이 필요한 것이다. 본능의 억압은 추상적으로 오직 문화의 발전에서만 유래하는 것이 아니고, 구체적으로 사회적 지배의 문제와 결합되어 있다. 문화의 형성과 사회적 지배의 확립, 본능의 억압은 서로 불가분하게 결합되어 있는 동전의 양면이다.[45] 라깡은 세상은 너무나 오래된 정신병원이기에, 계급구조와 국가권력의 밖으로 나가려는 역사적 실험을 포기한다면 상징세계는 거대한 정신병원이 되고 만다고 했다. 이는 과잉억압과 잉여노동을 거절함으로써만 정신의 장애를 회피할 수 있는데, 과잉억압의 제거는 본래 노동의 제거가 아니라 인간 존재를 노동의 도구로 만드는 조작의 제거이다. 마르쿠제는 참다운 변증법(사물을 부정하는 힘)을 보들레르와 초현실주의자들의 언어에서 발견한다. 그들의 작품에는 '진정한 언어'의 탐구— 협잡으로 미리 조작해 놓은 게임의 규칙에 대한 '위대한 거절'이 내재되어 있다.[46] 이 억압과 거절 때문에 의식이 병을 낳는다. 결국 마음의 분열, 의식의 분열이 육체의 병을 함께 낳는 것이다.

여기서 잠시 라깡의 이론을 더 보기로 한다. 라깡에 의하면 상상계란 언어 이전의 거울 단계로, 자아동일시의 현상 즉 대상을 실재라고 믿고

---

45) 허창운 외, 『프로이트의 문학예술이론』, 민음사, 1997. p.117
46) Herbert Mereuse, 『에로스와 문명—프로이트 이론의 철학적 연구』, 김인환 역, 나남, 1996. pp.13—14

다가가는 과정을 말한다. 상징계에서는 자아와 자아, 자아와 타자, 자아와 세계 사이에 분열과 단절이 발생하게 된다. 또 대상을 언어로 표상하게 되는데, 상징계에서 상징에 의한 언어적 표상은 현실을 제거하는 결과를 낳는다. 그렇기 때문에 현실계란 주체에 대한 상징계의 개입이 주체의 현실 밖으로 축출하는 것을 말한다. 즉 현실계는 있어야 할 위치에 없는 '결여'로 간주된다.47) 여기에서 상징계를 가능하게 해주는 법칙은 '아버지의 이름'이다. '아버지의 이름'의 결핍(증)이 병의 발생에서 중심적인 자리를 차지한다. 그러한 강박관념의 열쇠는 어떤 시니피앙의 결핍, 언어상의 공백에 있다. 그러므로 진정한 '구멍'(부재, 결핍, 공백)의 탐색이 중요하다. 그러한 공백의 근원은 병적 증상을 나타내는 시적 화자가 언어와 갖는 가장 원초적인 관계 안에서 찾아야 할 성질의 것이다.48) 언어 활동에 있어서 우리의 메시지는 대타자로부터 온다고 라깡은 지적하고 있다. 이때 대타자(Autre)란 법이요, 아버지요, 신이다. 기표의 법을 세우는 기표는 '아버지의 이름'이다. 그러므로 대타자는 '아버지의 이름'이 된다. '父의 부재'로 인한 심신 분리는 현실부정, 자아분열을 동반하고, 또한 감정적 대인관계의 장애, 억압된 본능적 충동, 자아실현의 장애, 누적된 심리적 복합, 자기 통제력의 상실, 무기력감의 팽배와 같은 심리적인 장애나 부적응을 낳기도 한다. 원초적 심적 외상으로 인한 심한 고통과 심층적으로는 나르시스적인 상처가 뒤섞인 채 "지옥은 바로 他者들이다."(싸르트르)라는 고백을 하지 않을 수 없게 된다.

그러므로 근대의 정신적 위기란 불안, 우울, 세기의 병, 생기의 상실, 인간의 자동 기계화, 인간의 자기로부터의 소외와 타인으로부터의 소외, 자연으로부터의 소외를 말한다. 그런 점에서 이 시는 근대인의 비

---

47) Julia Kristeva, 『사랑의 정신분석』, 김인환 역, 민음사, 1999. pp.135-136
48) 안느 끌랑시에, 『정신분석학과 문학비평』, 이준오 역, 숭실대출판부, 1998. p.69

극적인 면을 잘 보여준다. 즉 문명사회로부터의 소외, 타인으로부터의 소외, 자기 자신으로부터의 소외 및 분리를 그려주는 면에서 그렇다. 정신과 육체의 분리, 즉 방황하는 혼을 다 받아들일 수 없는 육체의 한계가 결국 불치병이라는 얼굴로 나타난 것이다. 그러므로 모든 병은 정신적 욕구와 육체적 욕구의 불일치에서 나온다. '격노하는 본능'과 '위압적인 도덕률' 사이의 피비린내나는 싸움이 바로 병이다.[49] 그 육체의 병 뒤에 숨겨져 있는 여러 가지의 갈등이 있음을 본다.

문둥이는 고통의 운명적인 생의 원체험을 하고 있다. 어둠의 세계에 사는 존재이기에 "해와 하늘빛"마저 서럽다. 〈自畵像〉에서도 언급되었지만, 이 시에서도 집단적인 그림자가 투영되어 있다. 그림자(shadow)란 '나(ego)'의 본성의 무의식적인 어두운 면이자 나의 분신을 말한다. 그림자는 제2의 자아이고, 무의식적 인격의 한 측면으로 자아콤플렉스의 어두운, 아직 살지 못한, 억압된 측면을 뜻한다. 이처럼 그림자는 낡은 방식들, 낡은 인격, 안일한 것들, 인격의 열등한 부분, 부정적 측면이며 감추어진, 바람직하지 못한 성질의 총화, 잘 발전되지 못한 기능들이며, 강렬한 저항에 의해서 억압되고 있는 것이다.[50] 이런 그림자는 개인적 무의식을 넘어 집단적 무의식의 내용으로 나타날 수 있다. 그것은 원형상의 양면성 중 어두운 파괴적 측면이다.

원형(Archetype)은 집단적 무의식의 내용을 이루는 '콤플렉스'이다. 인간이면 누구의 정신에나 존재하는 인간 정신의 보편적이며 근원적인 힘인 동시에 시·공간, 지리적 조건, 인종의 차이를 넘어서는 보편적 인간성의 조건이다. 이런 원형에조차 그림자가 있다. 밝은 면은 창조적인 면, 어두운 면은 파괴적인 면을 드러내는데 이것은 고정불변한 게 아니라 언제든지 바뀔 수 있다. '그림자'의 인식은 인간이 전체 정신을

---

49) 마광수, 『운명』, (주)사회평론, 1995. p.277
50) 이부영, 『그림자-우리 마음 속의 어두운 그림자』, 한길사, 1999. p.75

실현하는 자기실현의 첫 걸음이다. 그림자가 세계와 우리의 사회현실과 전통문화에 관계되는지 뿐 아니라 또한 그러한 사회적 현상의 근원이 각 개인의 마음의 심층, 무의식에 있음을 제시해 준다. 무의식은 모든 정신현상과 문화현상에 표현되지만 궁극적으로 중요한 것은 개개인의 마음 속에서 자기의 그림자를 발견하고 의식화해 가는 작업이다.[51]

프로이트의 오이디푸스 컴플렉스(Oedipus Complex)가 개인의 왜곡사로 광기, 병리현상을 다룬 것이라면, 융의 그림자 이론은 집단의 왜곡사로 개인의 왜곡을 집단적 왜곡으로 의식의 확장을 이룬 것이다. 그러므로 원형 추적 및 정신분석은 과거분석을 통해 왜곡된 자기상을 회복하게 한다. 원형과의 조우, 신과의 만남, 父 또는 사랑과의 만남이 이루어지는 것이다.

그런 점에서 '문둥이' 역시 1930년대의 집단적 우리 민족의 모습을 대변하고 있다. 서정주는 이미 병적 조짐을 보여준 바 있다. 1937년 4월에서 6월 제주도 시절 이미 그는 신경쇠약을 앓은 바 있으며, 1942년 여름 해인사 참선 시절 죽을 뻔 하다가 살아난 경험도 있다. 그의 선천적 소질, 후천적 환경적 요인, 성장과정 등 심리적·사회적 요인 등이 복합적으로 간여하여 심한 병고를 치르게 되는 셈이지만, 병적 체험은 보편적인 집단적 무의식의 원형적 체험이라 할 수 있다.

근대성이 추구하는 이성중심주의는 육체(몸)를 무시한다. 근대인의 비극 가운데 하나가 심신(心身)의 분리 문제이다. 근대성의 타자였던 몸은 이성, 합리성, 객관주의에 대립되는 상상력, 비합리성, 주관성과 관계있다. 이 시는 세계의 근원적인 비합리성(심연)에 마주친 자의 고뇌에서 비롯하여 니체의 반기독교적, 반도덕적 허무주의와 사회제도에서 벗어난 지점에 있는 인간이 생존을 위해 몸부림치는 생명에 대한 새로운 인식을 보여준다. 서정주가 1936년 겨울 충무로를 지나다가 만난 이

---

51) 이부영, 앞의 책, p.25

상이 즉석에서 일본 제국대학 학생에게 이 시를 번역하여 들려주고는 "이건 꽤 무섭지?" 했다는 시다. 그것은 "보리밭에 달 뜨면/애기 하나 먹고"란 구절 때문이다. 고독을 객관화시키는 경우에도 이상은 이런 상상까지는 꺼리는 눈치였다.

그러므로 "보리밭에 달 뜨면" 행여나 병이 나을까 해서 "애기 하나 먹"는 끔찍한 일이 벌어진다. 일제의 집단적 광기에 의해 정신적으로 살해당한 서정주, 그 투영물인 시적 화자가 또 다른 살해를 범하는 것이다. 낮(생명)에 갖는 소외의식과 밤(절망) 속에 저지르는 원죄의식이 잘 나타나 있다. 병고를 없애기 위한 탈출구로서 죄를 범하고 깊이 우는 전율은 우리 민족의 운명에서 비롯한 전율이고 나아가 인간 누구나가 갖는 인류의 원죄의식에 기인한다. "애기 하나 먹고/꽃처럼 붉은 우름을 밤새" 우는 모습을 보라. 꽃의 울음은 붉기만 한데, 통곡의 죄덩어리는 밤새 피를 토해낸다. 살고자 하는 생명에의 욕구가 어둠 속에 내재된 지극히 인간적인 모습을 보여주고 있다. 이처럼 〈문둥이〉에서의 '문둥이'와 〈벽〉의 '벙어리'는 과잉적 병리를 보여준다. 존재의 숙명적인 육체성을 인정하고 그 비극을 초월하려는 몸부림 역시 인간의 숙명이자 인간의 조건임을 인식할 때, 거기에는 존재의 모순 원리가 작용하고 있음도 알 수 있다.

2. 심연의 발견과 죽음, 공포, 불안의식

진정한 현대시의 깊이를 획득하려면 심연을 체험해 봐야 한다.[52] 시인은 잠수부처럼 깊숙히 심연으로 내려가야 한다. 세계의 심장부까지, 그 본질에 이르기까지 꾸준히 작업을 해나가야 한다. 심연의 밑바닥에서 그가 건져올린 것이 설혹 한줌의 무(無)에 지나지 않는다 할지라도. '無'란 보아도 안 보이고 들어도 안 들리는 것으로, 모든 있는 것의 영

---

52) 남진우, 「남녀양성의 신화―서정주 초기시의 심층 탐험」, 앞의 책, p.220

적인 근본을 뜻한다.

1930년대 후반 파시즘의 비합리주의의 만연은 만주사변(1931)을 시초로 해서 중일전쟁(1937)을 향해 치닫고 있었다. 세계적으로도 이성의 한계를 넘어선 허무주의가 만연한 상태에 이르고 이성 반대주의 편에 쇼펜하우어, 니체 등의 생의 철학이 나타난다. 그들이 발견한 무서운 공허감. 영혼이 없는, 그리하여 괴로움을 받지 않는 물질의 아름다움 그 자체였다.[53] 쇼펜하우어는 처음으로 세계의 고통을 말한 사람이었다. 그는 세계가 반드시 최선의 것으로만 만들어져 있지 않다고 보았다. 즉 혼란과 고뇌와 악으로 둘러싸여 있는 고통의 세계, 그 인류 역사의 고통에 찬 과정과 자연의 잔인성에는 하나의 결함이 그 밑바닥에 놓여 있으며, 이는 다시 말해 세계 창조의 의지의 맹목성이라고 했다. 그가 말하는 "의지"는 신이며 창조주를 뜻하는데, 그는 이를 "맹목"이라 규정했다. 또한 니체가 말하는 "신의 죽음"이라는 사망선고는 20세기를 뒤집은 엄청난 인식의 전환을 가져왔다.

1930년대에 세계적인 허무의 심연 속에 식민지 지식인들은 현실에 대한 환멸감으로 새로운 돌파구를 모색하게 되는데, 서정주 역시 '혼돈의 심연'이라는 존재의 병을 앓는다. 절망, 비애, 방황, 전율 같은 온갖 것을 집어 삼키려는 내면의 공허, 심지어는 자신마저 삼켜버리려는 허무의 욕구를 말한다. 이 이성을 부정하는 허무에의 자각은 근대에 토대를 두고 사는 젊은이에게는 엄청난 비극적 인식이다. 바닥도 알 수 없는 캄캄한 심연이 거대한 아가리를 벌리고, 그 밑으로 자신을 집어 삼켜버릴 것만 같은 인식의 전율은 식민지하의 '종의 아들'에게는 일종의 전락이다. 폭력적 제도가 모든 것을 삼켜 버린다는 인식 같은 것. 그리고 자기 자신을 바라보는 것은 심연을 바라보는 것[54]이고 '죽음'을

---

53) Carl Gustav Jung, 『인간과 무의식의 상징』, 이부영 外 역, 집문당, 1995. p. 266
54) Friedrich Wilhelm Nietzsche, 『짜라투스트라는 이렇게 말했다』, 최민홍 역, 집문당, 1979. p.210

경험하는 것이다. 죽음도 밖으로부터 오는 폭력이기에, '無의 경험'은 불안과 공포와 죽음의식을 낳는다. 바닥도 알 수 없는 '심연'의 발견과 함께 의지로써 그것을 극복하고자 할 때 비극적인 세계관이 싹트는 것이다.

'풍경의 발견'은 일본 근대문학의 기원[55]을 이룬다. 여기에서 '풍경'이란 자연, 인간, 현실과도 분리된 순수내면, 고독한 내면을 말하는데, 이것은 하나의 자율적 공간으로 인식된다. 이런 '고독'과 '내적 인간'은 단절, 분리, 불연속적인 근대의 속성을 안고 있다. 이런 내면의 발견이 풍경의 발견이고, 내면은 인간적인 것으로부터 소외된 하나의 풍경이다. 이 내면은 자아가 세계와 분리되고, 타자와 분리되며, 마침내는 자아의 내면, 즉 일종의 무(無), 심연을 발견한다. 이 내면성이야말로 근대적 자아의 탄생으로, 이는 불안을 모태로 한다.

'우리 것' 속에 '새로운 것'이 밀려옴은 낯선 세계와의 조우이다. 도시는 '합리적 질서'의 이념에 결속하려는 개인(시민)들의 문명공동체이다. 그런데 그 '도시'와 '근대화'라는 이름으로 다가온 '거대한 괴물'의 정체는 일종의 폭력이자 공포에 지나지 않고, 그것은 그야말로 끔찍한 모더니티인 것이다. 그 근대에 은폐된 본질인 파시즘의 얼굴은 공포였다. 공포를 이기는 방법 중의 하나는 공포를 직시하는 것이다.[56]

독일어 'unheimlich'란 용어는 '집과 같지 않은', '편안하지 않은', '섬뜩함'을 뜻한다. 이 단어는 '기괴한', '기분 나쁜'을 뜻하는 영어 'uncanny'와 비슷하다. 우리말로는 '두려운 낯설음', '두려운 이상함'의 뜻으로, 감각적 인상과 경험과 상황들 속에서 우리들을 불안하게 하는 낯설음이라는 감정을 갖게 하는 모든 것을 칭한다. 'heimlich 집과

---

55) 柄谷行人, 『일본 근대문학의 기원』, 박유하 역, 민음사, 1997. pp.17-61
56) 황지우, 「끔찍한 모더니티」, 이남호·이경호 편, 『황지우문학앨범』, 웅진출판, 1995. p.44

같은, 비밀스런', 'heimisch 고향 같은', 'vertraut 친밀한'과 반의어
인 'unheimlich'에서의 'un'은 바로 억압의 표식이다. '섬뜩함'이란
비밀이 감춰져 있어야 할 것이 겉으로 나타난 모든 것들을 말한다. 불
안한 낯설음이라는 감정을 강렬하고도 선명하게 불러 일으키는 사람들
과 사물들, 또 인상들과 사건들과 기타 여러 상황들은 과거에는 분명
낯익은 것이었다. 두려운 낯설음의 감정이 억압을 당한 heimlich-
heimisch이고 회귀도 바로 억압을 당한 그곳에서부터 이루어지며, 두
려운 낯설음57)의 감정을 유발하는 모든 것은 이러한 조건을 충족시킨
다. 불안을 조성하는 낯섬은 오래 전부터 알았으며 항상 친숙했던 것들
에 결부되는 일종의 무서움이다. 예전에 마음에 들었던 것이 불안을 조
성하고 당황하게 만드는 것으로 변형되어 나타난다. 불안을 조성하는
낯섬의 느낌은 유아기에 친숙했으나 죄의식의 감정으로 말미암아 억압
되었던 어떤 것의 복귀에 기인한다. 이와 같은 배경을 토대로 해서 작
품을 보기로 한다.

      귀기우려도 있는 것은 역시 바다와 나뿐.
      밀려왔다 밀려가는 무수한 물결우에 무수한 밤이 往來하나
      길은 恒時 어데나 있고, 길은 결국 아무데도 없다.

      아— 반딧불만한 등불 하나도없이
      우름에 젖은얼굴을 온전한 어둠속에 숨기어가지고… 너는,
      無言의 海心에 홀로 타오르는
      한낫 꽃같은 心臟으로 沈沒하라.

      아— 스스로히 푸르른 情熱에 넘처

---

57) Sigmund Freud, 「두려운 낯설음」, 『창조적인 작가와 몽상』(프로이트 18), 정장진 역,
　　열린책들, 1996. pp.97-150

둥그란 하눌을 이고 웅얼거리는 바다,
바다의깊이우에
네구멍 뚫린 피리를 불고… 청년아.
애비를 잊어버려
에미를 잊어버려
兄弟와 親戚과 동모를 잊어버려,
마지막 네 게집을 잊어버려,

아라스카로 가라 아니 아라비아로 가라
아니 아메리카로 가라 아니 아프리카로
가라 아니 *沈沒하라. 沈沒하라. 沈沒하라!*
오— 어지러운 心臟의 무게우에 풀닢처럼 훗날리는 머리칼을 달고
이리도 괴로운나는 어찌 끝끝내 바다에 그득해야 하는가.
눈뜨라. 사랑하는 눈을뜨라… 청년아,
산 바다의 어느 東西南北으로도
밤과 피에젖은 國土가있다.

아라스카로 가라!
아라비아로 가라!
아메리카로 가라!
아푸리카로 가라!

– ⟨바다⟩ 전문

　이 시에서 볼 때, 존재하는 것은 바다와 나 뿐이다. 바다는 내 앞에 펼쳐진 무한한 심연을 말한다. 그만큼 시인의 자의식이 확장된 상태에 이르렀음을 보여준다. 그 물결 위에 "무수한 밤"이 왕래하나 화자는 깊이를 알 수 없는 시대 속에 던져진 존재에 불과하다. "無言의 海心"은 그 극치를 보여준다. 시인에게 있어 언어의 죽음은 자의식의 상실이요,

존재의 상실이다. 심연 속의 벙어리의 괴로움은 "꽃같은 心臟으로 沈沒"할 것을 권유한다. 물 속에 잠김은 존재 이전의 미분화된 상태로의 복귀를 뜻한다. 시인은 카오스를 잠재적인 생명력 또는 무의식 속의 삶의 충동으로 인식하여 자기 내면의 깜깜한 자의식의 바다(심연)를 내다보고 있다. 결국 시인이 "沈沒하라"고 거듭 절규하는 것은 역사의 공포로부터 벗어나기 위하여 시간이 무화된 카오스로, 무시간의 신화세계로 침잠하라는 말이다.[58]

바다(물)는 시인의 의식의 밑바닥에 정체성의 토대를 마련하고 싶은 욕구를 보여준다. 물은 자아의 발원지이다. 주체와 객체의 상호작용 속에 균열되고 갈등하는 '나' 가 있다. 심지어 "구멍 뚫린 피리"를 불며 이 시대의 심연을 건너려는 면도 보인다. 그 구멍은 피리의 구멍일 뿐 아니라 시인의 의식의 구멍이기도 하다. 구멍난 피리라야 노랫가락이 흘러나오듯, 텅 빈 의식, 즉 부(父)의 부재 또는 아버지의 이름의 결핍 속에서 망각의 노래를 부르며 "청년"은 간다. 청년의 눈에 보이는 것은 "밤과 피에젖은 國土"가 있을 뿐이다. 죽음의 공간을 넘어가는 의식의 도달점은 "바다"이다. 물로의 회귀, 이는 근원으로 돌아가고자 하는 시인의 무의식적인 욕망을 나타낸다.

앞에서 시인은 심연과 같은 자신의 죽음과 해후하는 자임을 보았다. 갈기갈기 찢겨진 텅 빔, 그 머나먼 심연이 내면이다. 이러한 죽음의 공간이라는 내면 없이 작가는 글을 쓸 수 없다. 릴케나 횔덜린 같은 이도 낯선 땅에서 격리를 느끼며 병적인 증상 속에서 작품을 써 냈다. 문학이란 죽을 권리이고, 죽음의 체험이자, 또한 죽음의 공간에로의 끊임없는 불가능한 접근이다.[59] 글쓰기의 시발점이라 할 수 있는 죽음의 공간에는 오르페우스의 눈과 율리시즈의 귀를 들 수 있다. 율리시즈는 뱃

---

58) 오세영, 「서정주 시의 영원과 현실」, 『한국 문학 연구』 제17집, 1995. p.100
59) Maurice Blanchot, 『문학의 공간』, 박혜영 역, 책세상, 1991. p.395

사람들을 죽음으로 이끌어들이는 매혹의 노래를 부르는 바다의 요정 세이렌의 위험한 노래를 듣는다. 귀를 막아야만 무사히 지날 수 있는 그 바다를, 죽음의 공간으로 매혹하는 세이렌의 노래에 율리시즈는 귀를 내놓는다. 그러나 그는 꾀에 의해 죽음의 노래를 듣고도 죽지 않고 삶의 구원을 받는다. 그런 반면, 오르페우스의 경우는 어떤가?

그리이스 신화에 나오는 〈오르페우스(Orpheus)와 에우리디체(Eurydice)〉 이야기가 있다. 오르페우스는 결혼한 지 얼마 되지 않아 사랑하는 아내를 잃고 만다. 아내의 아름다움을 탐내는 양치기에게서 도망치다 뱀에 물려 치명적인 상처를 입고 에우리디체는 죽고 만다. 오르페우스는 아내를 잃은 슬픔을 악기(리라)로써 달래다가 마침내 명부 세계에 간다. 애달픈 리라소리에 감동한 이들이 죽은 에우리디체를 지상으로 돌려 보낸다. 지상에 도착하기까지 절대로 뒤를 보아서는 안 된다는 조건과 함께. 그러나 지상 세계로 나가는 출구에 거의 도착했을 때, 오르페우스는 뒤돌아보고 만다. 금기를 위반했을 때 그에게 남는 것은 더 큰 상실감이다. 그는 두 번이나 아내를 잃은 것이다. 보지 말라는 것을 어기고 돌아보는 오르페우스의 시선이 바로 문학의 출발점인 '죽음의 공간'이다. 오르페우스는 죽음과의 대면 이후 진정한 노래를 시작할 수 있게 된다. 그것은 천지를 진동하는 절대적인 상실의 노래, 끝없는 탄식의 노래이다. 오르페우스는 창조자인 시인의 원형의 상징이다.

이처럼 '심연'이란 자아와 무의식 사이에 입을 벌리고 있는 간극을 말한다. 인간은 자기 자신과 대면할 때 죽음체험을 한다. 이 존재의 심연은 유와 무, 존재와 비존재간의 이율배반이라는 심연을 말한다. 이 근원의 밑바탕이 궁극의 끝이고, 최후의 한계이며, 자아의식이라고 하는 모순의 가장 내면적 핵심이다. 죽음의 공간인 "바다"로의 "沈沒"은 텅 빈 내면의 공간인 근원으로 회귀하고자 하는 욕망의 반영이다. 서정주의 의식이 어머니를 비롯하여 외할머니, 주로 여성들에 의해 형성되어 왔음을 보았다. 그러므로 이 시에서 바다로의 "침몰"은 근원회귀, 모태로의 회귀를 뜻한다.

자궁(womb)은 양수 속을 헤엄치는 태아가 편안함을 느끼는 태초의 공간이다. 죽음에의 욕구란 자궁으로 회귀하고 싶은 욕구라고 할 때, 자궁(womb)과 무덤(tomb)이란 단어의 유사성에 놀라게 된다. 삶과 죽음의 관계가 동전의 양면과 다름 없음을 보여주는 일례이다.

출생은 어머니로부터의 분리다. 모든 불안의 원형은 모체로부터 최초로 분리되는 출생체험으로 '출생'은 '최초로 극심한 불안상태'[60]를 뜻한다. 이때 불안은 '공포', '두려움', '경악' 등으로 해석이 가능하다. 출생행위는 최초의 두려움 체험이며, 따라서 두려운 감정(불안)의 원천이고 본보기이다.[61] 이를 '출생의 상처(The Trauma of Birth)' 또는 '출생외상'이라고 한다. 불안은 심리적인 요인, 특정한 대상들이나 상황들과 연결되는 점에서 '공포증'을 동반한다. 아이들이 갖는 최초의 상황공포증은 암흑과 고독함에 직면했을 때 발생하는데,[62] 이를 '원초적 공포'라고 한다. 그러므로, 출생외상은 죽음에의 본능과 자궁회귀본능이 연계되어 있다.

서정주의 의식은 〈어린 집지기〉와 〈다섯 살 때〉란 시에도 잘 나타나 있는데, 위의 시와 연결시켜 살펴 보기로 한다.

내가 孤獨한 者의 맛에 길든 건 다섯살 때부터이다.

父母가 웬 일인지 나만 혼자 집에 떼놓고 온 종일을 없던 날, 마루에 걸터앉아 두 발을 동동거리고 있다가 다듬잇돌을 베고 든 잠에서 깨어났을 때 그것은 맨 처음으로 어느 빠지기 싫은 바닷물에 나를 끄집어들이

---

60) Sigmund Freud, 『억압, 증후 그리고 불안』(프로이트 12), 황보석 역, p.352
61) Sigmund Freud, 『꿈의 해석(하)』(프로이트 6), 김인순 역, p. 509
62) Sigmund Freud, 『정신분석강의(하)』(프로이트 2), 임홍빈·홍혜경 역, p.575

듯 이끌고 갔다. 그 바닷속에서는, 쑥국새라든가— 어머니한테서 이름만 들은 形體도 모를 새가 안으로 안으로 안으로 初파일 燃燈밤의 草綠등불 수효를 늘여가듯 울음을 늘여 가면서, 沈沒해가는 내 周圍와 밑바닥에서 이것을 부채질하고 있었다.

뛰어내려서 나는 사립門 밖 개울 물가에 와 섰다. 아까 빠져 있던 가위눌림이 얄따라이 흑흑 소리를 내며, 여뀌풀 밑 물거울에 비쳐 잔잔해지면서, 거기 떠 가는 얇은 솜구름이 또 正月 열나흗날 밤에 어머니가 해 입히는 종이적삼 모양으로 등짝에 가슴패기에 선선하게 닿아 오기 비롯했다.

— 〈다섯 살 때〉 전문

이 시 역시 서정주의 고독의 형성 기원을 보여주고 있다. 발을 동동거려보다가 잠이 들어 깬 뒤의 적막감은 그를 "바닷물"로 끌어들인다. "바닷속"에는 "쑥국새"의 "울음"이 커져가는 동안, "沈沒해가는 내 周圍와 밑바닥"이 있을 뿐이다. 그 침몰은 시간의 흐름에 따라 아이의 의식을 밑으로 밑으로 가라앉혀가고 있다. 아무도 없다는 원초적인 고독감 속에 불안과 공포가 따르고, 이어 "개울 물가"에 섰을 때는 신체적인 "가위눌림"으로까지 나타나고 있다. "내 어머니는 어느 편이냐 하면 性格이 대단히 센 분이다. 그리고, 神經質도 상당하여 그게 내게 遺傳되었고"63)란 구절을 볼 때, 그의 병적인 기질은 그의 어머니에게서 물려받은 것이다.

〈바다〉에서 역시 〈다섯 살 때〉에서처럼 "沈沒"이란 단어를 반복하여 보여주고 있다. 의식 형성면에서 〈다섯 살 때〉를 앞선 것으로 보면, 〈바다〉에서는 주위의 모든 상황이 상당히 확대되어 나타난다. 단지 〈다섯 살 때〉의 집이 〈바다〉에서는 "애비", "에미", "형제", "친척", "동모", "마지막 네 계집", "국토"로 확장된 셈이다. 이처럼 성인이 된 후

---

63) 서정주, 「어머니讚」, 『전집 4』, p.129

의 심리적 갈등에 대한 역동적인 구조는 아동기에 일어났던 구체적인 경험들에 기인할 경우가 크며, 현재에 존재하는 과거는 아이 때의 과거가 반복·변형되어 나타난 것이다. 식민지적 현실과 자아의 절망의 깊이가 담겨져 있는 〈바다〉는 결국 현실로부터의 탈출욕구가 도사리고 있다. 결국 근원으로의 회귀, 시원(始原)으로의 꿈을 꾸기 시작한 것이다.

> 서녘에서 부러오는 바람속에는
> 오갈피 상나무와
> 개가죽 방구와
> 나의 여자의 열두발 상무상무
>
> 노루야 암노루야 홰냥노루야
> 늬발톱에 상채기와
> 퉁수ㅅ소리와
>
> 서서 우는 눈먼 사람
> 자는 관세음.
>
> 서녘에서 부러오는 바람속에는
> 한바다의 정신ㅅ병과
> 징역시간과
>
> — 〈西風賦〉 전문

이 시는 완전한 분석이나 설명을 거부하는 작품이지만 그 안에 담긴 이미지들은 절묘한 나열과 병치를 통해 아름다운 통일과 조화를 이루고 있다. 이와 같은 작품은 시인의 의식의 완전한 통제 하에서 만들어지는 것이 아니라 광기의 세계인 정신병의 세계로까지 들어가고자 하

는 비극적인 몸부림을 보여준다. 서정주는 "프랑스의 쉬르리얼리즘은
폴엘리아르 같은건 내가 직접 원시를 읽어보기도 한 사람"이고, "영국
의 딜란토마스같은 사람의 시도 원문으로 상당히 읽어서 알고, 그 사람
도 초현실주의자 아니요"[64]라면서 〈西風賦〉나 〈復活〉이 그런 흔적의
시임을 비췄다.

딜란토마스(Dylan Thomas)는 "내 시는 암흑으로부터 어느 정도의
광명에 이르는 개인적 갈등의 기록이다."[65]라는 피의 절규와 같은, 폭
풍과도 같은 생명감과 성욕감을 노래한다. 그가 찬미하는 것은 대체로
육체와 생명을 가진 인간으로서의 기쁨이다. 그 인간은 자연의 일부이
고, 자연과 호흡을 같이 한다. 이때 자연은 생명의 원천이고 귀착점이
다. 삶과 성과 죽음의 문제는 딜란토마스는 물론 인간에게 운명과도 같
은 것이며 존재의 가장 근원적인 문제다. 한 미국의 비평가는 "Thomas
discovered poetry on his hand like blood and screamed aloud.(토
마스는 자기 손에 피처럼 시를 발견하여 소리높이 절규한다.)"[66]고 했
다. 이처럼 딜란토마스는 예술이 생명의 나무임을 믿고 인간을 긍정한
생명의 시인이다. 서정주는 그에게서 이런 점을 배운 것이다.

〈西風賦〉는 논리성의 초극(超克)을 노린 점에서, 〈復活〉은 그 온갖 수
식적(修飾的)인 미학(美學)을 다 거부한 '內心 獨白'의 방향을 택한 점
에서 초현실주의적인 의도로 쓰여졌다.[67] 이 시의 전체 정황은 삶과 죽
음의 경계를 초월하는 인간의 내면을 드러내고 있다. "西風"은 불교적

---

64) 전화인터뷰, 「미당 서정주 시인의 근황과 시세계」, 『문학 깊이 갈이』, 자유문고, 1994.
　　p.51
65) 이창배, 『20세기 영미시의 형성』, 민음사, 1985. p.340
66) 유　영, 『영국문학사 논강』, 한신문화사, 1987. p.579
67) 서정주, 「내 인생 내 문학:내 인생공부와 문학표현의 공부」, 『서정주문학앨범』, 웅진출판
　　사, 1993. pp.173-174
68) 1996년 3월 6일 대구 동아백화점 수성점7층에서 행해진 〈미당 서정주 시인 문학 강연회〉
　　강의에서.

영원성이 실현된 상징적 공간인 동시에 자아성찰을 위한 내적 동기를
제공해주는 매개체이다. 서정주 시 이해의 초석은 초현실주의와 불교의
결합[68]을 잘 읽는 데 있다. 시노다 하지메(篠田一士)도 『海燕』(바닷제
비)이라는 일본 문예 잡지에서 서정주에 관해 다음과 같이 평했다.

> 徐氏は若い頃　モダニズム詩の洗禮を受けたという。たしかに　なるほ
> どと思わせる　その種の詩的言語の活用が目につくが　また　同じ頃から
> 佛門に歸依し　がなりの研鑽をつんだようで　その成果は　氏の長い詩歴
> を一貫して　躍如としている。[69]
>
> (서씨는 젊을 때, 모더니즘 시의 세례를 받았다고 한다. 확실히 그렇다
> 고 생각되는 그 종류의 시적 언어의 활용이 눈에 띄고, 또 같은 무렵에
> 서, 불문에 귀의하여, 상당한 수행을 쌓았다고 하는데, 그 성과는, 씨의
> 긴 시력을 일관하고 뚜렷하다.)

여기서 시노다 하지메가 말하는 서정주 시 속의 모더니즘의 범위를
좁히면 초현실주의가 되겠고, 또한 거기에 불교적인 표현법에서 풍기는
은유나 상징이 뒤섞여 있는 것이라 하겠다. 이 시는 서정주의 시적 지
향이 영원성으로 갈 가능성을 내포하고 있다.

한편 서구는 세계 1차대전의 충격으로 정신 자체에 대한 회의를 하게
된다. 서구의 몰락은 문명과 지성의 위기, 서구의 허무주의를 드러낸다.
야만이 이성의 탈을 쓰고 날뛰는 파렴치한 광기, 전쟁과 전쟁을 정당화
시키는 이념들, 국가의 이익이라는 미명 하에 자행되는 대량학살 등 문
명의 허구성에 경악하면서 현실 부정과 정신적 혁명의 자세를 갖춘 초
현실주의가 탄생하게 된다. 초현실주의는 반항의 정신으로, 정신 해방
을 부르짖는다. 초현실주의는 현실 부정을 통해 초현실의 진실성을 확
립하고, 합리주의의 파괴를 통해 비합리의 정당성을 부여하며, 기존 질

---

69) 篠田一士, 「隣國の詩人」, 『海燕』 제2권 제1호, 昭和 59년(1983년) 1월 1일 발행. p.7

서에의 반항을 통해 새로운 질서를 구축하고자 한다. 더 나아가 기독교 문명과 부르조아 사회의 경직된 정신 구조를 파괴함으로써 인간 사회의 변혁까지 기도한다. 초현실주의자들의 출발은 물질에 대한 정신의 절대적 우위였으나, 전후 의식의 혁명은 사회적 혁명 없이는 불가능함을 깨닫고 사회적 혁명에 구체적으로 동참해야 한다는 결론에 이른다. 이러한 초현실주의는 시공의 제약을 넘으려는 시도, 인간 조건의 한계에 대한 거부라는 점에서 낭만주의의 맥을 잇고 있으며, 상상이나 무의식적 연상을 통해 작품을 창조한다는 점에서는 프로이트에 의존하는 바가 크다. 로트레아몽, 보들레르, 랭보를 이어 기존의 모든 문화 예술에 대한 반항으로 일관한 다다이즘을 수용하면서 시작된 초현실주의는 초기의 무의식 해방에서 나아가 사회적 조건의 개혁을 주장하기까지 이른 것이다.

〈西風賦〉를 보면, 1연에 서쪽에서 불어오는 바람 속에 "상나무(향나무)"와 "방구(작은 북)", 그리고 "나의 여자의 열두발 상무상무"라는 농악하는 사람들이 제시되어 있다. 그런데 이들을 연결하는 고리가 없다. 논리성이 결여된 초현실주의의 특성이 보인다. 또한 3연의 구조를 보면, "서서 우는 눈먼 사람/자는 관세음"이라는 수직과 수평의 대립, 갈등, 모순된 면이 드러나 있다. "눈먼 사람"은 서서 우는데, 극락정토에서 부처의 교화를 돕는다는 "관세음"은 자고 있다. 이것은 시대 속 어둠의 깊이도 모른 채 현실에 시달리는 눈먼 사람이 현실을 초극하고자 "관세음"을 빌려와 자신을 달래고 있다. 그런데 왜 그 "서녘에서 부러오는 바람속에" "한바다의 정신ㅅ병"과 "징역시간"이 들어앉아 있을까? 한마디로 현실이 너무 가혹하기 때문이다. 오죽하면 자신이 "沈沒"한 "한바다" 안에 병이 들어앉아 있을까? 그것도 스스로 자신을 통제하지 못하여 무의식이 의식을 잡어먹어버려 미친 짓 하고 다니는 "한바다"일까? 시인은 모태로의, 근원으로의 회귀를 위해 "沈沒"한 그 "바다"에서 재생하지도 못한 채 "정신ㅅ병"을 끌어 안고 있다. "서녘에서 부러오는 바람"이 가져온 "한바다의 정신ㅅ병"은 아울러 징징한 "징역시간"
이라는 유예기간을 설정하고 있다. "나를 키운" "팔할이바람"이 서녘에
서 불어오더니 그 바람 속에 오롯이 "병"이 앉아 있다니? 그것도 저주
받은 시인의 운명이라도 예고하듯이 몹쓸 병의 정체를 하고서 말이다.
　여기서 잠시 초현실주의의 사상적 배경이기도 한 정신분석학을 살펴
보기로 한다. 19세기 말에 니체가 신은 죽었다고 하고, 초인사상 즉 人
神사상을 들먹인 것은 기독교 도덕관에 대한 그 나름의 전환기 도덕관
이다. 그러나, 그보다 더 과격한 것은 프로이트의 정신분석학이다. 프
로이트에 의하면, 이드(id, 본능)는 쾌락원리에 의해 지배되고, 자아
(ego, 의식)는 현실원리에 의해 지배되며, 초자아(super-ego)는 도덕
원리에 의해 지배된다. 그러나, 현실원리가 쾌락원리를 대체하여 나타
난다. 이드는 '리비도의 거대한 저장소'로 본능을 의미하고 놀이를 추
구하는 반면, 자아는 본능을 억압하는 노동에 충실한다. 프로이트는 선
과 악을 문명과 원시, 에고와 이드로 바꿔 놓았다. 그러나 그도 니체처
럼 인간의 근원적 생명력, 즉 맹목적 의지를 시인했을 뿐이다. 프로이
트 학설은 문화 이전의 상태, 특히 도덕 이전의 상태를 부각시킴으로써
문화의 위기에 대한 진단과 아울러 신랄한 비평을 한 셈이다. 그렇게
함으로써 근대 유럽 문화의 도덕적 타락(위선)을 예리하게 해부한 그것
이 바로 그의 문화 비평의 양상이자 위상이다.[70] 그런데 에로스(eros:
성적본능, 자기보존본능)와 타나토스(thanatos:파괴본능, 죽음의 본능)
의 투쟁은 첫째, 인류가 겪는 문명 과정의 특징이고, 둘째 개개 인간의
발달과 관련된다. 마지막으로 유기적 생명 전체의 비밀도 밝혀준다.[71]
긍정은 에로스에 속하고 부정은 파괴본능에 속하나, 부정하고 싶은 일
반적 욕망, 정신병자들이 드러내보이는 부정주의는 아마도 리비도적 구

---

70) 김춘수, 『시의 위상』, 둥지, 1991. p.167
71) Sigmund Freud, 『문명 속의 불만』(프로이트 15), 김석희 역, p.333
72) Sigmund Freud, 『쾌락원칙을 넘어서』(프로이트 14), 박찬부 역, p.203

성요소의 철수로 발생한 본능분열의 한 기호로 간주되어야 할 것이다.[72]

자아가 외부 세계로부터 분리되면, 자아가 내부 세계로 빠져들어 현실에 어울리는 '흐름'을 상실하게 된다. 이들은 현실의 세계에 끼여들어온 환상의 희생자로 가장 정직한 모습을 보여준다. 이런 환자의 길잡이 구실을 하는 것은 일상적인 객관적 현실이 아니라 심리적 현실이다.[73] 현실(자신의 외부나 내부에 있어서)은 그들의 마음이 만들어낸 허구의 조립이다.

유아의 정신상태와 현실 사이에 갭 · 틈새 · 격차가 생기게 되면, 곧 벌거숭이의 현실에 직면하면, 다형망상적 자폐세계에 빠지게 된다. 정신분열증으로 불리는 것은 다형(多形)망상의 재현이나 재현 도중의 상태이다. 또는 그 재현을 방지하려는 필사적인 노력이다. 사회적 현실이란 오블라토(oblato)로 싸인 현실, 즉 의사형성(擬似現實)이다. 병자의 사적 환상을 사회의 공동환상(共同幻想, 복수의 사람이 공유하는 망상)으로 공동화하는 데까지 가져가면 된다.[74]

우리의 정신은 (擬似) 현실과 (사적) 환상 사이에서 찢겨져 있다. 이 분열을 의식과 무의식으로의 분열이라고 불러도 무방하다. 의식은 擬似 현실과 연결되어 있고, 무의식은 (사적) 환상의 巢窟이다.[75]

〈西風賦〉는 이성으로는 풀 수 없는 정황을 제시하고 있고, 논리성의 초극을 보여주는 작품이다. 이렇게 현실을 초월하려 한 점에서 초현실주의의 세계는 경험적 현실이 일종의 환상일지도 모른다는 깨달음을 준다.

---

73) Sigmund Freud, 『문명 속의 불만』(프로이트 15), p.91
74) 岸田秀, 「정신분열병이란 무엇인가」, 『게으름뱅이 정신분석 2』, 우주현 역, 깊은샘, 1992. pp.11-18
75) 岸田秀, 「현실과 초현실」, 앞의 책, p.215

'精神的 外傷(trauma)'은 정신분석학에서 중요한 의미를 부여하는 인상의 흔적이다. 프로이트에 의하면 우연적이며 외재적인 요인에 해당하는 좌절, 리비도를 일정한 방향으로 몰고가는 기질적이며 내재적인 요인인 리비도 고착, 자아의 발달 과정에서 비롯하는 갈등의 경향이 그 발병원인에 해당된다.[76]

리비도 고착은 두 가지 계기들로 나뉘는데, 유전적 기질과 아주 어린 시절에 습득한 기질이 그것이다. 그러므로 유아기의 성적 체험은 사람의 일생과 질병에 엄청난 중요성을 지닌다. 대체로 유아기의 성(性)체험, 어른의 장난 따위가 뒷날의 병인(病因)이 되는 정신외상을 야기하고 무의식의 근원이 된다. 이러한 '무의식적 기억'이 '억압' 상태에 있게 되고,[77] 그 억압은 여러 인상들과 정신적 충격들이 병인(病因)이 된 것이다.[78] 무의식은 억압된 부분이고, 의식은 억압하는 부분이다. 억압은 두 가지 본능(자기보존본능과 성적본능)이 서로 대립해서 나타난다. 성적본능이 자기보존본능보다 더 불안의 감정상태와 아주 긴밀하게 밀착되어 있다.[79]

"서녘에서 부러오는 바람"속에 들어앉은 "한바다의 정신ㅅ병"은 많은 의미를 함축한다. 원초적 근원 세계에 내재된 붉은 기운이 상서롭지 않다. 미침의 징조이다. 서정주의 '최초의 기억'은 여성들에 둘러싸인 채 노출된 자신의 육체와 관계되어 있다. 서정주는 그것이 프로이트의 잠재의식과는 무관하다고 강조하지만, 예민한 감수성을 타고난 시인에게 있어서 자신의 신체 중 가장 중요한 부분이 노출된 채 강한 시선을 인지한 것은 치명적인 일이다. 특히 '깅만이 어머니'는 웃으면서 그 부분을 언어화시키기까지 한다. 물론 최초의 기억이 시인에게는 '행복의 공

---

76) Sigmund Freud, 『정신분석강의(하)』(프로이트 2), pp. 492-501
77) Sigmund Freud, 『창조적인 작가와 몽상』(프로이트 18), 정창진 역, p.235
78) Sigmund Freud, 『나의 이력서』(프로이트 20), 한승완 역, p. 105
79) Sigmund Freud, 『정신분석강의(하)』(프로이트 2), p.583

간' 으로 자리잡을 수도 있지만, 나이가 들면서 자의식의 상처로 형성되었을 가능성이 크다. 최초의 기억이 육체의 노출된 장면에서 일종의 놀이대상이 되고 있기 때문이다. 그게 억압된 상태에서 때때로 신경쇠약 증세를 보이기도 한다. 20대가 되어 망국민의 현실을 인식하고 시대 속에서의 텅 빈 의식은 유아 시절부터 앓아온 병이 치유할 수 없는 극단에까지 이르게 된다. 그의 잠재 의식 속의 '최초의 정신적 외상'이 육체와 정신의 분열을 일으켜 "정신ㅅ병"의 원형을 안고 있는 것이다. 심연을 발견한 정신을 담기에는 서정주의 육체가 한계에 이른 것이다. 이 단어는 앞으로의 서정주의 삶을 예고하고 있다. 언어는 존재의 집이다. 단어 하나가 갖는 엄청난 에너지는 오랜 시간동안 감금된 채, 시인의 "징역시간"이라는 유배생활이 시작된 것이다. 그러나 이 시는 '질마재 신화'의 토속세계와 불교세계로 나아갈 수 있는 가능성을 내포하고 있다. 또한 앞으로 전개해 나갈 전통세계로의 귀향을 예견해 주고 있기도 하다.

3. 도취에의 갈망과 육체의 추구

서정주는 니체의 『짜라투스트라는 이렇게 말했다』 일역본(日譯本)이 자기에게는 참 매력적이었으며, 보들레르와 상징주의 및 초현실주의는 물론 반 고호의 여름을 담은 그림들과 폴 고갱의 원시적인 그림들도 매우 좋아서 그 영향도 『花蛇集』 속에 상당히 담겨 있다[80]고 했다. 특히 니체의 세속적인 것을 외면하고 질주하는 초인정신, 즉 인간 육체에 대한 깊이 있는 긍정을 '영원회귀'에서 배웠고, 보들레르에게서는 하층계급의 불행에 동참하는 법을, 반 고호에게서는 여름 같은 생명의 작열상태를 배웠다. 그런데 초기시 이후, 니체의 사유를 불교로 극복하고 보

---

80) 서정주, 「나의 文學人生 7장」, 『시와 시학』 23호(미당 서정주 문학 60년 특집), 1996년 가을호, pp. 43-45

들레르적인 것에 노자를 겹쳐서 여기서 '풍류도'를 찾으려 했다.[81]

그런데 인류사에 있어 인간의 자존심에 상처를 가져온 사건들이 있다. 코페르니쿠스와 갈릴레이의 지동설, 다윈의 진화론은 엄청난 새로운 시각을 가져온다. 이어서 20세기를 흔든 스승으로 이전의 홑사고에서 벗어난 겹사고를 보이는 이들을 들 수 있다. 마르크스의 상부구조와 하부구조, 소쉬르의 랑그와 빠롤, 프로이트의 의식과 무의식, 니체의 진리와 픽션 또는 기존관념과 초월이라는 인식이 이에 해당된다.

니체는 기존의 모든 가치 체제를 전복시킨다. 예를 들어, 'A는 B이다.'라는 은유 체계를 보기로 하자. 일반적으로 A는 원관념(취지, tenor)에, B는 보조관념(수단, vehicle)에 해당된다. 우선 은유(metaphore)의 뜻부터 파악해 보기로 한다. 'meta'란 '저리로, 저 너머로'의 의미이고, 'phore'란 '날아가다'란 뜻이다. 그러므로 A와 B의 관계가 가까울수록 상투어에 가깝고, A와 B의 관계가 멀수록 신선한 충격을 안겨준다. 소위 형식주의자들이 말하는 '낯설게 하기' 수법이다. "내 마음은 호수요."라는 문장도 처음에는 새로운 표현이었을지 모르나 시간이 지나면서 상투어에 가까와졌다. "꿈은 정신병이다."라는 문장이나 "악의 꽃"이라는 은유는 서늘한 인지의 충격을 준다. 그러므로 새로운 은유는 맹목적으로 신성시한 것의 우상을 파괴하고, 머리 속의 허구를 깨며, 신화파괴적인 면을 갖는다. 모든 진리는 은유이다. 그런데 은유는 끌어다가 갖다 붙인 것이다. 그런 면에서 진리는 만들어내

---

81) 서정주와 필자의 대담(1996년 7월 1일 蓬蒜山房에서). 그의 宅號의 쑥 봉(蓬), 마늘 산(蒜)을 보면 알듯이, 단군의 자손은 단군의 어머니를 닮아서 마늘과 쑥을 잘 먹어서 사람이 되자는 의미에서 봉산산방(蓬蒜山房)이라고 했다. 이런 정신이 〈桓雄의 생각〉에서 "참아라. 참아라. 제 아무리 쓰고 매운 고생이 닥쳐 오더라도 참고 견딜 줄을 알아야 사람 노릇을 제대로 하며 자손 만대 이어가는 것이다. 아주 쓰디쓴 쑥하고 아주 매운 마늘만 어느 만큼씩 노나 줄 것이니 그것만 먹고 어디 잘 견디어 봐라. 잉. 끝까지 잘 견디는 여자걸랑은 내 마나님으로 해 줌자"라고 형상화되어 나타난다. 또 〈곰 색시〉에도 "쓴맛 매운 맛을 두루 다 견디어 참으며 살 수 있는 곰 처녀가 끝없이 오래 갈 하늘의 마음을 그 마음 속에 간직해 갈 자격을 얻어서 환웅의 아내로 뽑히었읍니다."라는 대목에 잘 형상화되어 나타나 있다.

는 것이다. 그러므로 은유가 아닌 진리는 어디에도 없다. 그러면, fic-tion은 가짜이고 vérité(진실, 진리)는 진짜일까? 진리의 허구와 허구의 진실성이 여기에 존재한다. "진리는 은유이다. 형상이 닳아서 없어졌기 때문에 더 이상 화폐로는 간주되지 못하고 단순한 금속으로 간주되는 것 같은"이라고 니체는 「비도덕적 의미에서의 진리와 거짓에 대하여」에서 말한다.

이처럼 épistémè(인식소)란 한 시대의 학문과 정신을 지배하는 것을 말한다. 새로운 학문은 새로운 은유 체계를 갖추는 셈이기에 한 시대의 패러다임을 바꾸는 자가 은유 체계를 바꾸는 것이다. 그러기에 그의 위치는 중요하게 인식된다.

니체는 한 시대의 패러다임 즉 은유 체계를 바꿔 놓았다. 니체는 새로운 창조를 위한 비판으로 일체의 가치 전환을 시도한다. 그것은 근대 유럽이 위기에 달했기 때문이다. 니체가 선포한 '신의 죽음'과 초월사상이 그것이다. 그렇다면 신은 왜 죽었나? "신도 그의 지옥을 갖고 있다. 그것은 인간에 대한 신의 사랑이다. 신은 죽었다. 인간에 대한 그의 동정 때문에 신은 죽었다." 그러면 인간이란 무엇인가? 정신으로 세계에 도달한 한 무더기의 질병이다. 그래서 니체는 초인을 창조하게 된 것이다. 인간은 동물과 초인 사이에 놓인 하나의 새끼줄이다. 심연 위에 걸려 있는 하나의 새끼줄이다. 가장 높은 산에 올라간 자는, 모든 비극과 비참한 현실을 웃어 넘긴다.[82] 니체는 비극을 위대한 생의 긍정으로 본다. 그가 말하는 초인은 이 세계가 원하는 진정한 구세주로, 모든 고뇌와 비애와 죽음까지도 초극한 니체의 이상적인 인간상이다.

짜라투스트라는 영원회귀와 초인의 스승이다. 초인은 '초-역사적' 인간으로 '찰나의 영원성'을 지닌 '정오'의 순간에서 그 '초-시간'을 감당

---

82) Friedrich Wilhelm Nietzsche, 『짜라투스트라는 이렇게 말했다』, 최민홍 역, 집문당, 1979. p.203

한다. 초인은 과거와 미래가 '현재'라고 불리는 계기에서 일치하는 '영
원의 우물'에 '섬광'을 비추는 자다.…… 초인은 "가장 짧은 그림자의 순
간"에 잔잔히 두려움을 야기하는 영원회귀의 '정오의 심연' 속으로 '단
숨에' 빨려 드는 '빛줄기'이다. 초인은 '세계의 최절정의 순간'인 영원
회귀의 순간에 자신을 극복하는 자다.[83]

　　영원회귀가 지닌 신적인 순간은 미학의 순간, 즉 비극적 디오니소스가
지닌 조건의 순간이다.…… 비극적 디오니소스의 조건이란 심지어 가장
작고 보잘 것 없는 사물에 있어서조차 영원회귀의 사상이 지속되는 상태
를 말한다. 세계가 그 안에서 완전해지는 세계의 최절정의 순간, '찰나
의 영원성'을 지닌 신적인 순간, 이것은 세계가 미학적 현상으로서 영
원히 정당화되는 순간이다. 그것은 '한낮의 신비', 한나절('대낮')에 일
어나는 '신비스런 직관'에 대한 체험이다.…… 찰나적인 영원회귀의 순
간인 디오니소스적인 미의 순간에서 인간은 현시점에서 과거와 미래가
서로 끌어당기는 것과 일치하는 것을 경험한다. 그 순간은 영원이 시간
이 되는 때이고 시간이 영원이 되는 때이다. 이 한낮의 순간에 시간은 처
분되고 찰나 영원성의 '초시간' 속으로 포섭된다.[84]

　　니체의 영원회귀는 인생을 긍정하는 최고의 개념으로, 모든 사물은
영원히 회귀하여, 눈 앞에 보이는 그대로 절대의 가치를 지니고 있으
며, 따라서 인생은 현실 그대로를 사랑해야 한다는 '운명애'를 지칭한
다.[85] 권력에의 의지의 목표는 초인의 창조이고, 초인은 육체적, 지적,
정서적 힘의 표현이다. 그 '권력에의 의지'는 '세계의 본질'과 '존재의
가장 깊은 곳에 있는 본질'이다. 진리를 추구하는 모든 형이상학적, 이
성적 억압에서 풀려난 삶의 근원적 생명력을 뜻한다.

---

83) Günter Wohlfart, 『놀이하는 아이 예술의 신 '니체'』, 정해창 역, 담론사, 1997.
　　pp.86-87
84) Günter Wohlfart, 앞의 책, pp.15-17
85) Friedrich Wilhelm Nietzsche, 앞의 책, p.482

그런데 인간의 유한성을 철저하게 사유하고자 하는 니체에게 있어 본질적인 것은 바로 인간의 육체이며, 육체와 연관된 인식능력과 언어다. 니체는 육체를 '커다란 이성'으로 규정하고, 육체의 도구에 불과한 의식은 '작은 이성'에 불과하다고 말한다. 육체의 언어인 커다란 이성은 허구를 창조할 수 있는 상상력을 말한다. 은유의 언어는 살아 있는 육체의 언어이고, 개념적 언어는 모든 것을 지배의 대상으로 고정시키는 의식의 언어라 할 수 있다. 니체는 의식의 언어가 육체의 언어를 지배함으로써 새로운 의미를 창조할 수 있는 상상력을 말살하였기 때문에 허무주의가 도래하였다고 진단한다.[86] 이때 주인의 도덕(군주·초인의 도덕)만이 삶을 강화하고 권력에의 의지(생명의지)를 상승시켜 허무주의를 극복할 수 있다.

> 육체는 커다란 이성, 하나의 감각을 지닌 복수, 하나의 싸움이요, 동시에 평화, 하나의 가축의 무리요, 동시에 牧者이다. 정신이라고 말하는 조그마한 이성도 육체의 도구다. 창조하는 '육체'는 자신을 위하여 자기 의지의 손잡이로서 정신을 창조한 것이다.[87]

상상력이 인간의 육체와 관련된 해석능력이라 할 때, 육체는 인간과 세계가 만나는 통로이다. 이때 해석한다는 것은 숨겨진 의미를 '끄집어내는' 인식 활동인 동시에 의미를 '투입하는' 허구 창조의 양면성을 지진다.

니체의 비극적 사유는 아폴로적인 것과 디오니소스적인 것 사이에서 탄생한다. 아폴로적인 것은 빛, 척도, 절제, 형식의 상징이고, 디오니소스적인 것은 본능적이고 야성적인 힘, 맹렬함과 무규율 속의 심층으로부터 분출하는 창조적 힘의 신이다. 이 두 힘들의 결합은 예술의 탄생

---

86) Friedrich Wilhelm Nietzsche, 『비극적 사유의 탄생』, 이진우 역, 문예출판사, 1997. p. 290

87) Friedrich Wilheim Nietzsche, 『짜라투스트라는 이렇게 말했다』, pp. 45-47

이라는 결과를 낳는다. 디오니소스적 예술은 도취, 황홀과의 유희에 기반을 둔다. 봄의 충동과 도취의 영약, 그 효과들이 디오니소스라는 인물을 통해 상징화되었다. 도취가 자연이 인간과 행하는 유희라고 한다면, 디오니소스적 예술가의 창조는 도취와의 유희다.[88] 디오니소스적인 것은 세계의 가상이 찢기고 내면적인 괴로움과 고뇌가 약동할 때 근원적인 생명과 합일되는 도취의 체험이다. 이 도취의 체험은 생의 능동적인 흐름의 상징이며, 원시공동체의 원리이자, 쇼펜하우어의 의지로서의 세계에 해당하고, 음악, 무용, 서정시와 같은 비조형 예술의 모체가된다. 니체는 그리이스인들의 비극이 디오니소스적인 합창으로부터 발생한다고 생각한다. 황홀한 합창의 춤, 즉 음악이 비극적 신화의 근원에 해당되므로 디오니소스는 니체에게서 이성의 타자로 명명된 것이다. 디오니소스는 문명과 이성의 바깥에 있으면서 직선적 세계관에 내재된 계기들의 필연성을 분쇄하고 순간의 우연성을 극대화시킨다. 즉 시간의 흐름이라는 개념 자체를 무화시킨 채 오직 생성만이 존재한다. 『비극의 탄생』 역시 열광과 도취의 정열이 예술을 움직이는 근원적인 힘임을 보여준다.

서정주의 시는 이성 바깥의 유혹에 반응하는 미적 감수성을 나타내면서 도취에 대한 갈망과 惡에의 매혹을 보여준다. 서정주 시가 보여주는 도취에의 갈망은 비극적 세계관의 소산으로 그의 능동적인 허무주의를 잘 드러낸다. 이러한 서정주의 비극적인 세계 인식은 생명 충동의 외침으로 표출되어 나타나는데 그 비극의 원인은 생명의지가 현실 세계에서 거부될 때 나타나는 의식의 소산이다. 이런 비극적인 파국의 극복 장치로써 나타나는 게 육체에의 몰입이다. 서정주는 근대라는 이성과 합리성의 뒤에 도사리고 있는 원시적 생명력과 본능의 세계를 들추어내어 그것을 잘 드러내는 것이 육체라는 것을 자각한다. 그리하여 그

---

88) Friedrich Wilhelm Nietzsche, 『비극적 사유의 탄생』, pp.15-16

는 육체적 광란과 도취의 세계로 빠져든다. 근대는 '새로움의 가치' 라는 밝은 면 뒤에 진보와 발전으로부터 소외와 차별을 받아야 했던 비극적 시간이라는 어두운 면도 갖고 있기에, 서정주는 비극에 대처하는 삶의 방식을 터득한 것이다. 이런 육체에의 광기는 인간성 속에 내재하는 고통과 슬픔을 딛고 일어서서 마성적 야만에의 도취와 엑스터시를 통해 부활하려는 의지를 드러낸다. 이것이 서정주에게 내재된 디오니소스적 광기라 할 수 있다.

(가) 曰, 古代 그리이스的 肉體性 — 그것도 그리이스 神話的 肉體性의 重視, 古代 그리이스·로마의 皇帝들이 흔히 느끼고 살았던 바의, 최고로 精選된 사람에게서 神을 보는 바로 그 人神主義的 肉身現生의 重視. 아폴로的인, 디오니소스的인, 에로스的인, 그리이스 神話的 存在意識. 또, 그런 存在意識을 기초로 하는 르네상스 휴머니즘. — 그러자니 자연 基督敎的 神本主義와는 영 對立하는 그런 意味의 르네상스 휴머니즘. 여기에서 전개해서 저절로 到達한 니이체의 짜라투스트라의 永劫回歸者 —超人. 온갖 厭世와 懷疑와 均一品的 低價値의 극복과 아폴로的, 디오니소스的 神聖에의 回歸는 이 당시에 내 가장 큰 志向이기도 했던 것이다.[89]

그의 육체성에의 탐닉은 '古代 그리이스 神話的 肉體性'에 매료되었기 때문이다. 생명 탐구는 인간 원형을 회복하는 것이다. "鄭芝溶流의 形容修飾的 詩語組織에 依한 審美價値 形成의 止揚"을 위해 어떠한 것도 장식하지 않은 "純裸의 美"의 세계, "자기 마누라에게는 손에 끼는 반지 하나도 끼우고 싶지 않다."류의, 옷 입히지 않은 내심의 밑바닥에서 꾸밈없이 그대로 솟아나오는 어풍, '直情言語'를 전략적인 시어로 채택하여 적나라한 인간 생명의 원형을 탐구하기 시작한다.

서정주에게 있어 '생명'은 '근원적 삶' 또는 '근원적 의식'과 가치를

---

89) 서정주, 「古代 그리이스的 肉體性 — 나의 處女作을 말한다」, 『전집 5』, p.266

뜻한다. 이는 끝없는 동경의 원동력인 동시에 인간의 유한성에 대한 한
계와 그 유한성을 향한 도전이 품는 인간 조건에 대한 비극적인 인식
을 불러 일으킨다. 절대 허무, 즉 죽음 앞의 현실을 초월하는 존재론적
이고 근원적인 생의 문제인 운명과 본능, 감성으로 충일된 반이성적이
고 반문명적인 원시주의의 세계를 구현하고 있다. 이 원시주의 세계의
구현이 바로 그가 니체의 디오니소스적 세계관을 선택한 이유다.

(나) 니이체는 첫째 내 허약한 肉體를 對話 속의 높이로 引上시켜 준
功德이 크다. 특히 디오니소스的 生의 悅樂과 肯定을 내 多難한 靑年 시
절에 권고해 주어서 고마웠다. 日政治下에서 겪어 오던 저 갖은 剝奪과
暗黑 속을 나는 그의 勸告의 德으로 겨우 몸을 곧추세우고 다닐수 있었
던 것이다.[90]

또 그가 원시적 관능의 세계를 선택한 다른 이유는 일제 치하의 "저
갖은 剝奪과 暗黑 속을 몸을 곧추세우고 다닐수 있었던" 실존의 절박
한 조건 때문이다. 근대의 폭력에 맞설 수 있는 방법으로 서정주는 알
몸의 원시주의로 시적 출발을 하는 것이다. 그의 생명탐구는 그 당시
그가 취할 수 있었던 최선의 방책인 셈이다. 여기서 생명이란 농경문화
의 전통에 토대를 둔 건강한 모습으로 발전해가는데, 이는 벌거벗은 본
능으로서의 생명이요 인간성이다. 따라서 생명 탐구란 인간성 탐구이며
인간의 삶의 의미를 추구하는 작업이다. 인간에 대한 관심과 생명 탐구
는 서정주에게 있어 휴머니즘과 원시주의의 이름으로 나타난다. 시적
자아는 벌거숭이로 적나라한 인간상을 보여준다. 벌거숭이는 시란 바로
본능과 감성으로 충일된 삶이라는 명제를 구현한다. 그러므로 벌거숭이
라는 탈(persona)을 가장한 시적 자아는 온갖 합리성과 진실을 가장한
일제에 대한 대결의 몫을 하는 셈이다. 결국 그의 원시주의는 식민지

---

90) 서정주, 「내 詩와 精神에 影響을 주신 이들」, 앞의 책, pp. 269-270

체제와 맞서기 위해 선택된 것이다.[91] 그러나 그의 원시적인 생명의지
나 육체에의 함몰은 이성의 파탄과 문명에 대한 반작용은 물론이지만,
오히려 시인의 타고난 선천적인 기질과 결부된 그의 실존방식이라 할
수 있다. 왜냐하면 가장 깊이 있는 인식은 이성을 통해서가 아니라, 가
장 넓은 의미에서 본능을 통해 이루어지고, 본능이 인식으로 승화될 때
그것은 현실에 대한 직접적인 직관이며, 교감이고 참여이기 때문이다.
  『花蛇集』에는 인간 비극의 밑바닥에 동참한다는 점에서 보들레르의
영향만이 아니라 불타는 생명의 작열상태, 그 여름같은 반 고흐적인 세
계가 좋아 거기로 질주해 달려간 것이다. 자기 중심으로 생명을 생각하
는 적극성, 고양된 자기도취의 생명감이 중심이고 이런 정신적인 시조
가 반 고흐인 것이다. 그 점은 〈대낮〉, 〈麥夏〉, 〈입마춤〉 같은 시에서
발견된다. 반 고흐적인 세계에 니체적인 것을 합쳐 놓은 세계, 즉 열대
적이고 여름적인 무더운 생명에다가 니체같이 모든 세속적인 것은 외
면한 채 질주하는 정신을 합쳐 놓은 것이다. 『짜라투스투라는 이렇게
말했다』를 읽어 본 이라면, 『花蛇集』의 정체를 알 수 있다. 다시 말하
자면 보들레르에다 니체를 겸하고, 거기에 반 고흐의 보리밭과 해바라
기, 불타는 생명의 작열하는 그런 세계를 합친 게 『花蛇集』이다. 〈雄鷄
(上)〉과 〈雄鷄(下)〉가 이런 점을 잘 드러내고 있다. 그렇지만 이것은 그
의 시 역정 전반에 걸쳐 나타나는 것이 아니라 『花蛇集』 한 권에 한하
여 나타난다. 그러므로 『花蛇集』은 정신적 외상을 반영하면서 서구적
인 휴머니즘에 입각한 시집이다. 마음의 병인 정신적 외상은 정신적인
고아의식, 생득적인 죄인의식이며, 그것은 바로 부(父)의식의 상실에 기
인한다. 『花蛇集』이 악마적이고 원색적인 시풍, 토속적 분위기가 배경
인 요악(妖惡)한 작품 경향을 띤다는 이유로 서정주는 한국의 보들레르
로 불리워지기도 한다.

---

91) 김준오, 앞의 글, pp. 140-143

보지마라 너 눈물어린 눈으로는…
소란한 哄笑의 正午 天心에
다붙은 내입설의 피묻은 입마춤과
無限 慾望의 그윽한 이戰慄을…

아- 어찌 참을것이냐!
슬픈이는 모다 巴蜀으로 갔어도,
윙윙그리는 불벌의 떼를
꿀과함께 나는 가슴으로 먹었노라.

시약시야 나는 아름답구나

내 살결은 樹皮의 검은빛
黃金 太陽을 머리에 달고
沒藥 麝香의 薰薰한 이꽃자리
내 숫사슴의 춤추며 뛰여 가자

우슴웃는 짐생, 짐생 속으로.
    -〈正午의 언덕에서〉 전문
    (향기로운 산우에 노루와 적은사슴같이있을지어다. - 雅歌)

(다) 물론, 濟州島에 와 있을 무렵의 나는 아직도 그리이스나 로마 神話 속에 있는 것과 거의 비슷한 한 개의 神이었다. 모든 비극의 河床 위에 늠름하고 좋은 육신으로 일어서 있는 한 수컷인 神이고자 하는 마음이 비교적 太陽이 더 뜨겁게 지글거린다는 여기를 찾아온 것이지만, 주피터도 아폴로도 뜻대로는 되지 못하고, 그저 날마다 들이켠 벼락燒酒와 날카로와진 神經衰弱 때문에 마지막엔 납작해지고 말았다.[92]

---

92) 서정주, 「天地有情」, 『전집 3』, pp. 188-189

〈地歸島詩〉는 "地歸는 濟州南端의 一小島. 神人高乙那의孫一族이 사러 麥作에 從事한다. 丁丑年榴夏, 廷柱가 寓居地歸에 流謫하야 心身의傷痕을 말리우며 써모흔것이 卽이네片의詩作이다."는 언급하에 〈正午의언덕에서〉, 〈高乙那의 딸〉, 〈雄鷄〉(上), 〈雄鷄〉(下) 네 편으로 이루어진 시다. 1937년 4월부터 6월까지 제주도에 우거할 때 쓴 시들은 나르시즘에 가까운 자기 도취의 꿈의 공간을 보여준다.

〈正午의언덕에서〉는 제목에서부터 니체의 냄새를 풍기고 있으며, 고대 디오니소스 축제의 흔적(술, 춤, 도취, 광란)이 드러나 있다. 20대에 희랍신화에 정신없이 빠져들었던 서정주, 이번에는 니체의 신이 따로 없다고 생각한 것이다. 인간이 곧 신이다라는 니체의 초인사상을 접한 후, 그는 "나 자신을 신이라고 생각해서 살았어. 10대 말에서 20대 전반기에. 23세에 제주도 서귀포의 보리밭 사잇길에서 친구집에 기거하면서 보리밭 긴 둑에 누워서 지냈지. 웃통 다 벗고, 배꼽 다 내 놓고, 나는 한 사람의 신이라고 생각했어. 니체나 마찬가지야."[93]라고 술회한다.

여기에서 니체가 말하는 초인은 우주의 강력한 생명력을 바탕으로 스스로를 창조하는 자기, 영겁회귀 사상을 체득한 자, 권력에의 의지(생명의 의지)의 체현자, 신의 속성을 배제하고 인간 최고의 긍정 형식을 체득한 이 등으로 표현이 가능하다. 또한 디오니소스적인 요소와 아폴론적 요소가 조화롭게 균형을 이룬 자를 뜻하며, 초인은 인간을 초극한 자 즉 자기를 초극해서 참된 자기를 얻은 자이며, 이상적인 자기이다. 즉 인류의 목표가 되는 인간의 이상형을 말한다. 니체 자신이 불타서 작열하는 생명을 드러내는 것이 니체의 중심사상이다. 아폴로적인 것과 디오니소스적인 것 중 전자는 객관적인 신을 말하고 후자는 주관적인 신, 춤, 댄스, 뮤직, 인간의 개인적인 환희, 열락, 육체적 사랑의 도취, 행복을 추구하는 술의 신인 바카스를 의미한다. 이 불가능한 이야기가 니체의 초인의 기본정신이다. 객관적이고 태양과 같은 공명정대한 정신과 극히 주관적이고 자유분방하면서도 향락적인 바카스를 양립시킨다는 것은 일종

---

93) 서정주와 필자와의 대담(1996. 7. 1. 봉산산방(蓬蒜山房)에서)

의 모순이다. 그 모순 때문에 니체는 미쳐 버렸다. 이 점이야말로 서정주를 한없이 매료시킨 것이다. 불타는 한 개의 생명. 니체는 그 속에서 영생을 찾으려 했다. 인간이 신일 수 있는 데 기독교에서 신은 노예만 만든다면서 기독교를 비난했다.

　　(라) 다만 그 生態에 있어서 솔로몬의 〈雅歌〉的인 것과 그리이스 神話的인 것의 近似値에만 着眼하여 兩者의 그 崇高하고 陽한 肉體性에만 매혹되어 있었던 것이다.94)

위의 고백처럼, 서정주는 〈正午의언덕에서〉에서 "향기로운 산들에서 노루와도 같고 어린 사슴과도 같아여라."95)라는 구약성서 중에서도 가장 아름다운, 솔로몬왕의 사랑노래인 '雅歌' 8장 14절을 인용하고 있다. 그것은 솔로몬의 노래, 그 육신과 정서의 건전함이 마음에 들어서였기 때문이다. 절망적인 상황을 겪고 바다로 뛰어들던 그가 국토의 남단으로 내려가 보리밭에 누워 "正午의언덕"을 만끽한 것은 무슨 의미를 지닐까? 거기는 적당히 숨쉴 수 있는 공간으로 일제의 마수가 덜 뻗치는 곳일까? 아니면 심신의 피곤함을 달래기 위해 선택된 하나의 공간일 뿐인 것일까? 어쨌든 그는 영원회귀의 순간인 "정오"의 노래를 부르고 있다. "正午 天心"을 가진 人神인 시적 화자인 서정주는 희랍신화와 니체에 빠져 "내 자신을 한때 신이라고 생각했던 때도 있었다"는 고백처럼, 오직 "피묻은 입마춤"과 같은 도취의 순간에 "無限 慾望"의 그윽한 "戰慄"을 느끼고 있다. 이때 허무의 상태를 긍정하게 되고, 도취의 세계에서 예술이 탄생된다. 그의 도취는 현실과의 처절한 싸움도 아니요, 그러한 현장에서의 반이성적인 대처다. 문명의 세계와는 동떨어진 꿈의 공간에서 일어나는 그의 예술은 삶과는 어느 정도 비껴선 데

---

94) 서정주, 「古代 그리이스的 肉體性—나의 處女作을 말한다」, 『전집 5』, p.266
95) 대한성서공회 발행, 『성경전서』(한글판개역), 1980. p.965

서 전개되어감을 알 수 있다. 이성의 경계를 넘고 현실을 초월하는 동시에 무의식의 심연의 세계를 그리려던 초현실주의의 도입이, 현실과는 무관한 "正午"의 사상 즉 대낮에 일어나는 신비스런 직관의 체험을 노래하고 있다. 그러므로 제주도에서 "黃金 太陽"을 머리에 달고 느끼는 정오의 무한전율은 그에게는 너무 버거운 것이다. 술을 마신다고 누구나 다 바커스가 되는 게 아니다. 결국 그는 신경쇠약을 앓는다. 그는 인간의 숙명적인 조건인 육체의 한계에 다다른 것이다.

또한 이 시절 서정주는 서귀포 해변의 보리밭 옆 언덕에 반듯이 누워 있는 정오나 오후 한 시, 바다에 거침없이 뛰어드는 海女들을 보기를 즐겼다. 그들에게서 보티첼리의 그림에 보이는 비이너스의 海中 誕生의 무르익은 肉身의 아름다움을 마음껏 즐긴다. 일찌감치 그는 '육체'에 깃든 '美'를 발견한다. 〈雄鷄(上)〉을 쓰고 나서, "슬픔이라는 것은 어떤 종류의 것이건 듣지도 보지도 생각지도 않기로 했었다. 또 자기의 사회 속의 형편도, 民族의 놓여 있는 형편도……"96)라는 고백은 그의 현실과는 유리된 면을 드러내고 있다.

> 따서 먹으면 자는듯이 죽는다는
> 붉은 꽃밭새이 길이 있어
>
> 핫슈 먹은듯 취해 나자빠진
> 능그렝이같은 등어릿길로,
> 님은 다라나며 나를 부르고…
>
> 强한 향기로 흐르는 코피
> 두손에 받으며 나는 쫓느니

---

96) 서정주, 『전집 3』, p.190

밤처럼 고요한 끌른 대낮에
우리 둘이는 웬몸이 달어…
註. 핫슈- 阿片의 一種

— 〈대낮〉 전문

〈대낮〉은 "本體는 無明이다. 하나, 意志와 肉身으로써 살아야 한다."
[97]는 시인의 고백처럼, 세계의 일체가 무명(無明)의 혼돈으로 다가왔을
때 그 심연의 바닥 없는 허무를 극복하려는 의지를 표현한 것이다. 서
정주는 그 당시 '無明'이라는 고정관념의 한낱 죄수가 되어 있었다.
'無明'이란 불교에서, 번뇌로 말미암아 진리에 어둡고 불법을 이해하지
못하는 마음의 상태를 뜻한다. 이 무명(無明)이 생사(生死)의 원인이고,
인생 고통의 원인이며[98], 어두운 암흑상태이고, 평상심(平常心)을 벗어
난 상태[99]이므로, 무명(無明)을 없애는 것이 업(業)을 이기는 길이다.
석가는 육체를 긍정함으로써 업(業)을 이겼다.

1930년대 후반의 현실은 분명 어둠의 시대였다. 시대가 어두우니 시
대의 반영물인 개인도 어두울 수 밖에 없다. 근대라는 이름을 내세워
이 땅에 엄청난 진보와 발전을 가져다 줄 것 같았지만, 그 이면엔 측량
할 수 없는 어둠의 깊이가 자리잡고 있었다. 근대 문명의 바깥에 위치
한 村은 자연(비이성)으로서의 삶의 공간이요 동양문화의 전통이 오랫
동안 숙성되어 온 장소라는 점에서 문화의 경계 안쪽에 있는 공간이
다.[100] 이런 점에서 이 시는 문명의 경계 바깥, 탈속적인 공간에서의 꿈
에 가까운 도취의 세계를 보여준다. 현실은 어둠의 연속이고 그런 상황
에서도 의지와 육신으로써 살겠다는 다짐은 생의 의지, 육신이라는 옷

---

97) 서정주, 「나의 詩人生活 略傳」, 『전집 4』, p.199
98) 고 목, 『조주록 탐구』, 도서출판 삼양, 1997. p.33
99) 마광수, 앞의 책, p.77
100) 임재서, 「서정주 시에 나타난 세계 인식에 관한 연구─비극적 세계관과 시간성의 관련
    양상을 중심으로」, 서울대석사논문, 1996. p.20

을 빌려입은 존재로서의 고뇌와 비극적인 몸부림, 이성 세계에 대한 거부, 원시주의적 생명 추구로서 관능에의 몰입을 드러낸다. 그의 도취의 경험(꿈)은 이미 해인사 시절에 경험한 것이다.

"핫슈 먹은듯"한 "길"로 님은 "다라나며" 나를 유혹한다. "핫슈 먹은 듯"은 무의식의 세계를 드러내는 초현실주의적인 풍경을 제시하고 있다. "님"은 달아나면서도 한번 먹으면 빠져들 수 밖에 없는 도취의 세계로 나를 부르고 있다. "나" 또한 "코피"를 흘리면서도 그 님을 쫓아간다. 대낮에 이루어지는 이미지들의 자유로운 비행을 볼 수 있다. "피" 속에 잠재되어 있던 생명의식의 유출과 "님"과 "나"의 대립 구도가 재미있는 표현이다. 또한 4연에서처럼 남녀간의 성적 합일은 생명적 에너지가 만나는 황홀경의 상태를 말한다. 이 성적 욕망은 인류의 공통된 꿈이며 숙명이다. "님"과 "나"는 유혹과 도취의 관계를 보여주고, "붉은 꽃밭새이 길"은 정적 도취의 공간을, "능구렝이같은 등어릿길"은 동적인 길의 의미를 띤다. 이와 같은 공간의 움직임은 욕망의 확산을 보여주는데, 그 욕망이란 나와 타자와의 동일화를 지향하는 열정을 뜻한다.

> (마) 그래, 나는 내 處女作으로서 拙作 〈花蛇〉를 택했다. 이것은 當選作은 아니지만, 내 첫 詩集『花蛇集』속의 一群의 作品들과 더불어 내 初期 詩의 特徵을 나타내고 있는 것이기 때문이다.[101]

> 麝香 薄荷의 뒤안길이다.
> 아름다운 베암…
> 을마나 크다란 슬픔으로 태여났기에, 저리도 징그라운 몸둥아리냐
>
> 꽃다님 같다.
> 너의할아버지가 이브를 꼬여내든 達辯의 혓바닥이

---

101) 서정주, 「古代 그리이스的 肉體性—나의 處女作을 말한다」, 앞의 책, p.264

소리잃은채 낼룽그리는 붉은 아가리로
푸른 하눌이다.… 물어뜯어라. 원통히무러뜯어,

다라나거라. 저놈의 대가리!

돌 팔매를 쏘면서, 쏘면서, 麝香 芳草ㅅ길
저놈의 뒤를 따르는것은
우리 할아버지의안해가 이브라서 그러는게 아니라
石油 먹은듯… 石油 먹은듯… 가쁜 숨결이야

바눌에 꼬여 두를까부다. 꽃다님보단도 아름다운 빛…

크레오파투라의 피먹은양 붉게 타오르는 고흔 입설이다… 슴여라! 베암.

우리순네는 스믈난 색시, 고양이같이 고흔 입설… 슴여라! 베암.

- 〈花蛇〉 전문

〈花蛇〉는 "古代그리스的 肉體性", "人身主義的 肉身現生의 重視"라는
문맥 위에 있는 시다. 서정주 시에 있어서 최초의 출발은 상징주의와
보들레르에 있지만 그 근원은 그리이스적인 육체성에 있다. 또한 이 시
는 창세기 에덴신화와 보들레르의 영향과 서정주 개인적 상상력이 결
합된 시로, 서정주 시를 이해하는 데 중요한 관건이 되는 작품이다.

(바) 샤를르 보오들레르의 影響을 主로 해서 이루어졌던 "現實의 밑바
닥 參與"의 意圖가 또 있었다. 이것은 海印寺에 오기 前에 이미 中央佛
敎專門學校의 東洋哲學 中心의 文科에서 배워 同感한 老子의 "和光同塵"
의 意味와도 一致하는 것이어서 "보오들레르야말로 참骨로는 現實을 겪
고 산 詩人이다."란 感歎을 늘 가지고 그의 詩精神의 機微들에 親愛感을

늘 느꼈었다. 特히 때 묻고 이지러지고 내던져진 肉身들의 밑바닥에까지
自進해 놓여서 그렇게도 몸부림하는 그의 精神은 굉장히도 責任的인 것
으로 느껴졌다.102)

(사) 나는 보오들레르의 글을 처음 사귀던 때나, 지금이나, 그가 우리
世界詩文學 속에서 가장 뼈저리게 자기를 詩에 犧牲한 사람이기 때문에
親密感을 느껴 오고 있다. 나는 그가 한낱 美의 使徒인 점을 좋아하는 게
아니라, 그가 世界詩文學史 속의 여러 詩人들 중에서 제일 철저하게 人
間桎梏의 밑바닥을 떠메고 刑罰받던 詩人인 점을 좋아한다. 刑罰의 質量
을 自進해서 가장 많이 짊어졌던 사람. 스스로 자기의 死刑執行人이고,
또 스스로 死刑囚였던 사람. 이 天痴라면 지독한 天痴. 이 犧牲祭物. 이
거지와 猶太人과 黑人毒婦와 이, 벼룩 등 寄生蟲類의 第一隣人— 그 말
하지 않는 詩人의 情으로 人間桎梏의 第一親友가 되어 헤매던 이 사람을
좋아한다.103)

세계관에 있어서 보들레르만큼 기독교적 이분법(신/악마, 천국/지옥,
영혼/육체, 초자연적 미덕/자연적 원죄, 영원/시간 등)이 막대하면서도
복합적인 변증법적 역할을 하는 근대인은 드물다. 보들레르에게 있어
미적 모더니티란 예술가에 의해 모사되어야 할 하나의 현실이 아니라
'덧없고 순간적인 것' 속에서 변치 않는 '영원의 미'를 포착하려는 예
술적 태도이다. 곧 순간성과 영원성이 하나가 되는 곳인 '교감'의 세계
로 들어가는 수단인 예술가의 상상력의 작품이라는 점이다. 물질세계와
영혼의 세계가 마치 메아리처럼 서로 짝을 지어 부르고 교감한다는
'correspondance(교감, 상응, 만물조응)'104)이다.
보들레르의 경우, 지성과 윤리학과 미학의 바탕에서 그의 강렬한 육
체와 정신의 결합을 완전히 현실화시켰다면, 서정주에게는 보들레르와

---

102) 서정주, 앞의 글, pp. 266-267
103) 서정주, 「내 詩와 精神에 影響을 주신 이들」, 앞의 책, pp. 268-269

같은 사상과 문화의 전통, 즉 기하를 발명해 가질 수 있었던 희랍정신의 근원을 가진 서구적 지성과 윤리와 미학의 바탕이 없기 때문에 그의 강력한 몸부림에도 불구하고 그 육체와 정신을 현실화시키지 못한 것은 그의 한계이자 한국시의 한계이다.105) 서정주의 시에는 보들레르의 내면과는 차이나는 정열과 몸부림만 있다. 그렇다면, 보들레르의 지성과 윤리와 미학은 무엇인가? 보들레르는 참된 문명은 증기나 회전판에 있는 게 아니라 원죄의 가치가 감소되는 데 있다는 것이다. 한마디로 보들레르의 지적 고뇌는 인간 원죄의 흔적을 감소시키고 천상의 낙원으로 향해가려는 의지적인 고뇌이다. 이런 보들레르를 일컬어 발레리도 "훌륭한 시적 재능이 비판하는 지성과 결합되어 있다"고 했다. 송욱은 한국 모더니즘이 상징주의를 거치지 않았기 때문에 내면화(內面化)하지 못하고 근대성을 정신화하지 못했다106)고 지적한다.

---

104) 자연은 하나의 신전, 거기에 살아 있는 기둥들은
　　　때때로 어렴풋한 얘기들을 들려주고
　　　인간이 상징의 숲을 통해 그곳을 지나가면
　　　그 숲은 다정한 시선으로 그를 지켜본다.

　　　밤처럼, 그리고 빛처럼 광막한
　　　어둡고 그윽한 조화 속에서
　　　저 멀리 어울리는 긴 메아리처럼
　　　향기와 빛깔과 소리가 서로 화합한다.

　　　어린 아이 살결처럼 신선하고
　　　오보에처럼 부드럽고, 목장처럼 푸른 향기가 있고
　　　— 또 썩고, 짙은 독한 향기들도 있어

　　　호박, 사향, 안식향, 훈향처럼
　　　무한한 것들로 퍼져 나가
　　　정신과 감각의 환희를 노래한다.
　　　— 〈교감〉 전문(Charles Baudelaire, 『惡의 꽃』, 김인환 역, 한그루, 1986. p.18)
105) 김학동, 앞의 글, pp.197-198
106) 송 욱, 『시학평전』(제8장. 상징미학과 근대적 현실), p.207

임화는 보들레르의 『惡의 꽃』은 19세기적 지성이 패퇴한 직후 인간
정신 앞에 전개된 첫번째 지옥의 황야이고, 현대적 불안은 보들레르 이
후 한걸음 더 나아가 도스토예프스키적인 '의지의 비극'에 도달한다[107]
고 했다. 서정주는 인간 육체에 대한 긍정을 니체의 영원회귀에서, 그
러한 육체의 "現實의 밑바닥 參與"를 보들레르에게서 배운다. 보들레르
는 뒷문으로 살짝 기독교(영혼의 구제를 위한)로 들어갔다.[108]

서정주는 이런 보들레르에게 매료되어 "惡" 속에서 "꽃"(아름다움)을
보는 법을 배운다. 이 세상은 병원이라는 인식은 이미 보았다. 보들레
르에게 있어 현실이 고통이고 병인 것처럼 서정주도 보들레르에게서 근
대의 전염병을 옮겨받는다. 보들레르에게 있어 도시는 우울하고 권태로
운 공간이기에 한없는 나락으로 묘사된다. 서정주 역시 퇴폐와 절망 가
운데 보들레르로부터 "現實의 밑바닥 參與"를 배우게 된다.

보들레르나 니체의 고민의 대상은 기독교였다.[109] 그러나, 서정주에
게 있어 기독교는 인연이 먼 세계이다. 기독교가 보이지 않고 퇴폐와
허무가 눈앞을 가로막을 때 숨이 막힐 수밖에 없다. 서정주는 폐허의
세계 인식, 근대 시인으로 감수해야 할 저주 받은 삶이라는 폐허화된
삶을 뛰어넘으려는 창조정신을 보들레르와 공유한다. 그는 젊은 시절에
체득한, 서구의 근대시에 대한 뛰어난 감성에 힘입어 전통적, 농경적
세계의 정한에 새로운 표현 양식을 부여하고 그 깊이를 되살려내는 한
편, 이 이입된 근대시의 정서에 민족적 감수성의 일단을 부여하여 그
육체로 삼았다.[110]

이성 중심주의의 근대지만 유교가 지배하는 이 땅에서 육체성은 폄

---

107) 임 화, 「현대문학의 정신적 基軸」, 『조선일보』, 1938.3.24. 신범순, 『한국현대
    시의 퇴폐와 작은 주체』(신구문화사, 1998)에서 재인용. p.39
108) 김춘수, 앞의 책, p.137
109) 김춘수, 앞의 책, p.138
110) 황현산, 앞의 글, p.493

하되고 금기시되었다. 육체성은 정신성과 바람직한 조화와 균형을 이룰 때 유기체로서의 의미를 갖게 된다. 그러나, 이성 우위의 反작용으로서 그리고 개인의 실존방식으로서 육체성을 지향한 서정주에게 있어 육체는 생명 탐구인 동시에 존재의 확인을 뜻한다. "肉體性의 重視"는 니체의 디오니소스적인 관능성을 통해 힘의 상승과 충만을 추구한 결과, 근대에서 비롯된 비극적 세계관을 극복하고자 그 정신적 지향점을 전통 세계에 두고 있다. 니체의 육체가 창조하는 정신으로서의 육체를 뜻하는데 비해 서정주의 비극적 인식은 근대라는 삶 속에서 빚어진 정신적인 황폐화와 방황, 그리고 그 속에서 일어서고자 발버둥치는 자의식의 분열과 갈등 속에서 탄생한 것이다.

이제 〈花蛇〉를 본격적으로 논의하고자 한다. 에덴동산은 신의 창조라는 '善'과 인간의 타락이라는 '惡'이 공존하는 곳이다. 보통의 경우는 성에서 죄가 비롯되지만 에덴동산에서의 아담과 이브의 경우에는 죄에서 성이 비롯된다. 이 시는 신을 향한 정신적 상승의 욕망과 악마를 향한 육체적 전락의 기쁨이 공존함을 보여준다. 정신 또는 이성적 세계로부터 자유로워지고 싶은 육체의 몸부림을 에덴에서의 타락이라는 신화적 의미의 기독교적 이미지로 형상화시켜 놓았다. 창세기 신화에 의하면, 아담과 이브는 최초의 인간으로 그들에게는 부모가 없다. 뱀의 유혹을 통하여 최초의 부모가 죄짓지 않으면 안 되었던 것은 신(神)의 의도(意圖)이다.[111]

"花蛇"는 "꽃"과 "뱀"의 결합체다. 꽃이면서 뱀이요, 뱀이면서 꽃인 꽃뱀을 소재로 원시적 생명을 상징으로 원색적인 악의 아름다움을 추구한 작품이다. 꽃뱀은 천사의 이면인 악마로서 인간의 증오의 대상인 동시에 강렬한 유혹의 대상이기도 하다. 죄의식까지 동반하는 신비로운 생명력의 추구요, 갈구인 이 시는 몸부림치는 깊은 심연과 세기말적인

---

111) Aniella Jaffé 述, 『C.G.Jung의 回想, 꿈 그리고 思想』, 이부영 역, 집문당, 1996. p.52

보들레르의 심성이 서정주의 原生主義와 조화를 이룬 작품이다. 서정주의 원죄의식은 이성적 세계를 부정하는 데 따르는 시인의 정신적 갈등이 신화적 상상력으로 표현된 것이다. 원죄란 신의 뜻을 거역하는 것을 말한다. 선악(이성)을 분별하는 과실을 먹음으로써 신을 거역하고 에덴으로부터 추방당한 인간은 온갖 생의 고뇌와 고통에 시달리기 시작한다. 왜냐하면 인간의 모든 고뇌가 원죄로 인해 처단된 운명적 업고에 기인하기 때문이다. 죄의식은 정신에서 분리된 육체의 괴로움을 말한다. 죄책감(죄의식, 원죄)이란 양가감정으로 말미암은 갈등의 표현, 즉 파괴 또는 죽음의 본능과 에로스 사이에 벌어지는 영원한 투쟁의 표현이다.[112] 이런 죄의식은 욕망과 동시에 아버지와 연결되어 나타난다. 왜냐하면, 욕망과 법은 유일한 것이며 동일한 것이기 때문이다.[113] 니체는 '죄의식으로 인해 죄인이 되는 사람', 일종의 '창백한 범죄자'라는 생각을 갖고 있었다. 무의식적 죄의식의 감정을 통해 야기된 범죄는 짜라투스트라가 이야기하는 '창백한 죄인'을 설정하게 된 것이다.

일반적으로 뱀은 惡의 상징이요, 저주받은 짐승이며, 금기의 위반을 통해 카오스로의 회귀를 음모하는 자다. 그 뱀은 관통하는 자(남성)인 동시에 휘감는 자(여성)이며, 삼키는 자인 동시에 삼켜지는 자다. 여성에게는 순결을 강탈하는 최초의 남편이며, 남성에겐 형벌을 초래하는 요부이다. 이러한 뱀은 인류에게 죽음을 가져오지만, 그 자신은 끝없이 다시 태어나는 불사의 존재, 재생과 순환의 존재이다. 금지된 지식을 소유하고 명계(冥界)의 보물을 지키는 파수꾼이며, 음과 양, 남성과 여성(남근과 자궁), 물질과 정신 등 상반된 요소를 한 몸에 구현하고 있는 복합적 상징의 전형이다. 이런 양면적인 속성이 하나로 융합될 때 나타나는 것이 바로 둥글게 자기 꼬리를 물고 있는 뱀, 전체성과 완전

---

112) Sigmund Freud, 『문명 속의 불만』(프로이트 15), p.325
113) Alain Vanier, 『정신분석의 기본 원리』, 김연권 역, 솔, 1999. p.63

성, 영원성의 상징인 우로보로스(ouroboros)이다. 우로보로스라고 불리는 이 뱀은 '우주의 통일, 자연계의 자기충족, 양성구유(androgyne), 생명의 지속, 육체와 물질의 소멸'114)을 뜻하기도 하고, 시작도 끝도 없는 원처럼, 자기의 꼬리를 입으로 물고 있는 이 뱀은 '자기 자신의 죽음을 양식으로 삼는 우주의 완전한 이미지이며 순환재생'의 영원한 상징이다.115) 신화학에서 뱀은 불사, 재생, 영생의 존재로 나타나는데, 이는 뱀이 성장하면서 허물을 벗는 것과 관련이 있다.116)

1연에서 "麝香"이란 사슴과의 수컷 사향 노루의 제부(臍部:배꼽부분)와 陰莖 사이에 있는 선낭(腺囊:땀구멍 선, 자루 낭), 즉 향낭에 축적되어 있는 분비물로, 암컷을 유인하는 일종의 최음제를 일컫는다. "麝香", "薄荷"는 보들레르의 〈교감〉 속에서 흐드러지게 "향기와 빛깔과 소리가 서로 화합한" 황홀한 감각의 향연을 떠오르게 하는 쾌락의 단어이다. "뒤안길"은 본능에 접한 무의식의 심층, 곧 관능적인 쾌락과 육체적인 욕망의 자리인 어두운 세계의 표지이다. 그곳에 "크다란 슬픔으로 태어"나 "징그라운 몸둥아리"를 한 "베암"이 있다. 존재의 모순을 안고, 인간 존재의 유한성을 온몸에 감내하는 형상을 한 존재이다. 여름철의 자줏빛꽃 뒤안길을 온몸으로 기어다녀야 하는 슬픈 운명을 안고 태어난 비극적인 존재이다.

창세기 신화에서 이브를 꼬여내던 그 "達辯의 혓바닥"이 〈花蛇〉에서는 "소리잃은채 낼룽거리는 붉은 아가리"일 뿐이다. 유혹의 혓바닥은 인간에게 낙원상실이라는 결과를 가져오고, 그와 함께 최초의 인간이 타락하여 죄의식(원죄)에 이른다. 죄를 지으면 달콤한가? "붉은 아가리"를 한 손자뻘에 해당되는 뱀은 살려는 의지 하나만으로 "푸른 하늘"을 물어뜯으려 한다. "하늘"은 인간이 도달하기 어려운 절대적 실재, 초

---

114) Georges Nataf, 『상징, 기호, 표지』, 김정란 역, 열화당, 1987. p.329
115) Carl Gustav Jung 편, 앞의 책, p.56
116) 장석주, 「뱀의 시학」, 『문학, 인공정원』, 프리미엄북스, 1997. p.52

월 또는 영원성의 성스러움을 나타낸다. 그곳은 신(최고의 이성, 궁극의 원인)이 지배하는 세계, 절대 이성이 지배하는 세계, 순수한 정신이 작용하는 곳이다. 그의 탄생 자체를 악의 대명사로 만든 하늘을 향해 그는 과감하게 덤빈다.

그러나 갑자기 3연에서는 상황이 바뀐다. 하늘을 물어뜯던 뱀을 향해 이번에는 돌팔매를 쏘아댄다. 4연은 의식의 상당한 착란현상 속에 논리의 비약을 보여준다. 그런데 또 시적 화자의 관점은 바뀌어 뱀을 찬미하고 있다. "아름다운 빛" 속에 시인은 육체의 미를 감지한다. 그러나 "베암"은 창세기 신화와는 달리 인간 편에 서서 인간을 연민하고 질곡으로부터 벗어나려는 관능적 몸부림을 연출한다. 그러므로 "이브"와 "베암"은 기독교에 관련된 하나의 신화로서 작품을 형상화하기 위한 전략적인 단어임을 알 수 있다. 또한 시적 화자가 6연에서 "크레오파투라의 피먹은 양 붉게 타오르는 고흔 입설…슴여라! 베암."하면서 스스로의 내부를 향해 스며들고자 하는 이유는 주체 내부의 이글거리는 욕망, 꿈틀거리는 무의식의 심연으로 빠져들어가는 통로, 보다 근원적으로는 모태로의 회귀, 출생 외상 이전 상태로의 회귀에 대한 갈망마저 보여준다. 곧, "베암"의 "징그라운 몸둥아리"가 원초적 형태인 출생 외상일 가능성[117]이 크다는 것이다. 왜냐하면 모든 정신적 외상(trauma)의 원형인 출생 외상은 육체와 연결되어 있기 때문이다. "슴여라"는 의식의 세계에서 무의식의 어두운 세계로의 초대로, 거부할 수 없는 관능적 도취감을 보여준다. 나와 타자의 경계가 무너짐으로써 가능한 결합의 상태, 대상에의 몰입을 의미한다. 그 세계로 "크레오파투라"를 부르고, "우리순네"를 유혹한다. "시적화자=화사=남성/순네=화사=여성"[118]의 성격을 지닌 양성구유의 모습을 보여준다. 결국 "花蛇"에 이르는 길은 정신적 외상(trauma)을 추적하는 일과 관계된다. 이미 이 시에 꽃/뱀, 식

---

117) 김유중, 앞의 글, pp. 311-321
118) 남진우, 「남녀 양성의 신화―서정주 초기시의 심층 탐험」, 『미당연구』, p. 203

물/동물, 천상(신성)의 세계/지상의 세계, 善/惡, 美/醜, 초월/관능, 정신/육체의 이원적인 대립과 갈등을 통해 일종의 분열현상을 보여주고 있다.

그러면 기독교적 신화가 아닌 서정주의 신화적 세계관이란 무엇인가? 그것은 카오스로의 침몰 내지는 갈망을 의미한다. 이성의 통제를 벗어난 본능에의 갈망, 리비도에의 강한 집착, 징그러운 존재가 갈망의 대상이 되고 미움의 존재가 사랑의 대상이 되고 슬픔이 아름다움이 되는 가치전도가 되는 점에서 그 이유를 들 수 있다. "크다란 슬픔으로 태어"나 "징그라운 몸둥아리"를 한 "베암"은 카오스 자체를 말한다. 불인 동시에 물이며 직선인 동시에 곡선이며 달아나는 동시에 뒤쫓으며 아름다운 동시에 징그러운 뱀은 시적 화자의 욕망의 투사물이고, 시인의 상상력의 복합체이다. 이 대상에 대한 몰두는 여성에 대한 갈망을 통해 생명력의 회복, 정신적·육체적 금기가 일체 사라진 자유로운 삶에 대한 희원을 의미한다.

융은 기독교의 삼위일체설 위에 하나를 덧붙여 사위론(四位論)을 주장한다. 곧 성부, 성자, 성신에다가 '마귀의 세계, 물질의 세계, 소위 '악'의 요소'를 추가한다. 마귀는 본래 좋은 것으로 만들어졌지만 교만 때문에 타락한 존재이다. 그 마귀는 '내 안에 있는 他者'로, 순수히 부성적이며 정신적 존재인 기독교적 신관(神觀)의 그늘에 가려 있는 물질적인 것, 육체적인 것, 여성성, 모성성을 뜻한다.[119] 〈花蛇〉의 "베암"은 악의 원리, 하늘에서의 분열, 타락한 천사, 무의식에서 느닷없이 의식으로 침입한 악의 요소를 뜻한다. 즉 악마는 우울한 정신이다. 창조주의적인 뱀은 의식성의 증대를 약속하는 유혹자로 나타나 죄를 범하게 한다.

이러한 뱀은 영원한 원죄의 업고를 안고 있는 그림자 원형의 운명적 표상이다.[120] 그림자(shadow)란 융의 용어로 인간 누구에게나 존재하

---

119) 이부영, 『그림자―우리 마음 속의 어두운 반려자』 한길사, 1999. pp.259-261
120) 김창근, 앞의 글, p. 85

는 의식하에 억압되어 있는 무의식적인 어두운 측면을 말한다. 이런 그림자의 성격을 지닌 육체성이야말로 인간의 숙명적 조건인 반면 생명의 원천이요, 우주적인 힘의 원천이다. 뱀은 인간 심층에 내재해 있는 깊은 리비도인 무의식과도 연결되어 있다.

　잠시 리비도와 무의식의 개념을 살펴 보기로 한다. 융은 프로이트의 '리비도' 개념이 성적 본능이 아닌 정신적 에너지조차 성적 충동으로 환원한 데 대해 비판한다. 융이 말하는 리비도(libido-정신에너지, 생명 에너지, 성적 욕망)는 라틴어로 일반적인 욕동(欲動)·희구·충동 또는 의욕이라는 뜻으로 성적 의미만을 뜻하지는 않는다.[121] 무의식은 언어의 이면이요, 그 가면이며 또 타자의 담화이거나 나의 담화에 결핍된 것이다.[122] 프로이트는 무의식을 본질적으로 비합리성의 부분으로 보았기 때문에 무의식의 심연에서 우리 역시 비도덕적이고 야만적인 존재임을 인정해야 한다[123]고 주장한다. 그에 비해, 융은 무의식을 본질적으로 지혜의 가장 깊은 원천의 부분으로 보고 의식을 인격의 지적 부분으로 본다. 무의식은 의식과 무의식이 통일된 전체정신을 실현시킬 수 있는 원동력을 가진다. 한마디로 무의식은 충동의 창고, 의식에서 쓸어낸 쓰레기장이거나 병적인 유아기 욕구로 가득찬 웅덩이에 불과한 것이 아니라 마음을 성숙케 하는 창조의 샘인 것이다.[124] 그런 무의식의 직관능력은 본능(창조성과 정신성)적 파악의 힘을 뜻한다. 창조적 정신은 의식과 무의식을 통합하려는 정신이고 이런 진정한 인식은 본능에 기인한다. 또는 타자(他者)와의 신비적 융합에 그 토대를 두는데, 그것은 '背面의 눈'이라 할 수 있다.[125] 본능은 정신과 육체 사이의 경계

121) 이부영, 『분석심리학-C.G.Jung의 인간심성론』, 일조각, 1995. p.17
122) Anne Clancier, 『정신분석학과 문학비평』, 이준오 역, 숭실대출판부, 1998. p.15
123) Smiley Blanton, 『프로이트와 나눈 시간들』, 이동영 역, 솔, 1999. p.52
124) 이부영, 『그림자-우리 마음 속의 어두운 반려자』, p.112
125) Aniella Jaffé, 앞의 책. p.65

선에 있는 개념으로, 신체기관 내에서 발생하여 정신에 도달하는 심리
적 대표자, 또는 신체적인 것과 정신적인 것 사이의 경계에 있는 개념
이며 그 안에 유기체의 힘을 나타내는 심리적 대리자,[126] 곧 초기 상태
를 회복하려는 생명체에 내재한 경향을 뜻한다

　시적 화자가 뱀을 대하는 태도 역시 이중적이다.[127] 뱀은 인간 존재
의 근원적 조건으로서 생명의 본능인 리비도를 상징한다. 리비도는 인
간타락 또는 죄의 원인이므로 타기해야 할 대상인 동시에 생명의 본질
또는 생명력 그 자체이므로 고양 또는 충족되어야 할 대상이다. 그러므
로 〈花蛇〉는 리비도에 대한 인간의 분열된 태도를 뱀을 통해 형상화한
것이다. 화자는 초자아적인 세계로의 지향과 이드적인 지향, 즉 도덕적
사회적 인간으로의 지향과 존재론적 생물학적 인간으로의 지향 중에서
어느 하나를 선택할 수 없는 삶의 조건에서 괴로워하는데, 이러한 인간
상은 다분히 휴머니즘적이다. 이는 헬레니즘적 사상 내지 니체적 영원
회귀의 세계관을 반영한 것이다.[128] 인간의 육체성이야말로 생명의 원
천이요, 우주적인 힘이다. 그러나 뱀으로 표상된 모든 실존적 존재는
육체성의 숙명적 성질을 소유하고 있기에, 육체와 정신의 갈등은 자아
와 외부, 사회와 개인간의 대립도 포함한다. 육체는 끓어오르는 관능
또는 본능에 몸부림 친다. 정신으로부터 유리된 육체, 즉 합리적 이성을
거부한 비논리의 세계는 그 자체가 하나의 거대한 허무의 심연이다.[129]
그럼에도 불구하고 〈花蛇〉는 육체성(물질성)으로 덤비는 정신성(신, 하
늘)에의 도전을 보여준다. 붉은색과 푸른색의 대비를 통하여 생명의 격
정적인 분출로서의 관능과 그것을 억제하고 차갑게 관조하고자 하는 이
성, 정신성의 대립이 잘 나타난다. 서정주 시인의 육체성에 대한 탐구

---

126) Sigmund Freud, 『무의식에 관하여』(프로이트 13), 윤희기 역, 열린책들, 1997. p.94
127) 오세영, 「오세영의 분석적 시 읽기 ⑮ ─서정주의 〈화사〉」, 『현대시』, 1998.8. p.217
128) 앞의 글, p.219, p.221
129) 오세영, 「서정주 시의 영원과 현실」, 『한국 문학 연구』 제 17집, 1995. p.82

는 식민지 시대의 폐쇄적인 시·공간에서 취한 대응방식의 하나로, 현실에 대한 도피의식 혹은 현실순응적인 행위[130]라는 비판적인 견해도 있다. 그러나 필자는 그의 육체적 추구는 근대에 대한 대타개념인 반저항적 의미보다는 본능과 직관에 뛰어난 시인의 기질과 결부된 삶의 방식으로 보고자 한다.

그러므로 〈花蛇〉는 선과 악, 미와 추, 진실과 허위, 정신과 육체, 이상과 현실, 이성과 감성, 운명과 자유라는 근원적 모순성, 즉 원죄적 카오스의 심연으로부터 벗어나기 위해 몸부림치는 존재의 거울을 상징한다. 이때 거울은 인간의 의식화에 따른 실체와의 분리를 경험하는 허상이다. 의식과 무의식의 분열-자의식 분화-을 경험할 때 비극이 탄생한다. 이것은 '무의식의 절대낙원'인 자궁 속에서는 상상할 수 없는 일이다.[131] 이런 자의식의 분열을 경험한 시인은 저주받은 자인 것이다. 그러나 시인은 천상과 지상을 이어주는 신탁자이다. 낙원상실을 경험한 자만이 낙원회복을 꿈꿀 수 있으며, 영원한 현재성의 시간은 낙원의 시간을 제공해준다. 근대적인 시간에서 자유롭다는 것은 무의식에까지 침투해버린 근대적 이성의 감시와 통제 체제로부터 벗어나는 것을 말한다. 그들의 삶에서 중요한 의미를 지니는 것은 현재의 삶이다. 왜냐하면 영원한 현재를 사는 것이 중요하기 때문이다.

> 黃土 담 넘어 돌개울이 타
> 罪 있을듯 보리 누른 더위--
> 날카론 왜낫(鎌) 시렁우에 거러노코
> 오매는 몰래 어듸로 갔나
>
> 바윗속 山되야지 식 식 어리며
> 피 흘리고 간 두럭길 두럭길에

---

130) 신현락, 앞의 글, p.257
131) 유혜숙, 『우리 詩의 서정과 인식』, 태학사, 1999. p.151

붉은옷 닙은 문둥이가 우러
땅에 누어서 배암같은 게집은
땀흘려 땀흘려
어지러운 나ㅡㅡㄹ 업드리었다.
                        — 〈麥夏〉 전문

　이 시는 어렸을 때 빈 집 지킬 때의 낮 무서움을 회고해서 쓴 시로,
반 고호의 〈보리밭과 까마귀떼〉라는 그림을 마음 속에 간직하고 있으
면서 쓴 것이다.[132] 짙은 1연의 황색과 3연의 뜨거운 적색의 대비를 통
한 원색적인 조화를 보여주고 있는 시다. 다시 서정주 시의 불길한 바
람을 상징하는 "罪"와 병적인 "붉은옷 닙은 문둥이"가 전면에 등장한
다. "카인의 쌔빩안 囚衣"를 입은 "雄鷄"와 유사하다. 인류의 보편적인
원죄의식 속에 성적인 합일마저 보이고 있다. 그것도 작열하는 여름 보
리밭에서 의식이 치뤄진다. 에로티즘은 생명을 가진 존재의 숙명이고
조건이다. 또한 단절된 존재의 고립감을 넘어서려는 면도 보인다. 이처
럼 서정주에게 있어 육체는 나와 타인을 연결시키는 통로인 것이다. 그
러기에 그의 육체에의 추구는 단절된 근대적인 상황에서 인간 생명을
지키는 최후의 몸부림이라 할 수 있다.
　지금까지 살펴본 것처럼, 식민지적 근대의 양상을 경험한 서정주는
억압받는 식민지 지식인의 울분과 운명에의 맹목적인 몸부림만 칠 수
는 없었다. 현실에 대한 부정으로 탈출 시도도 해 보지만, 현실무시는
분리와 단절의 비극적인 모습만 가져다준다. 『花蛇集』은 육체를 가진
자의 유형당한 슬픔과 괴로움의 호흡과 디오니소스적인 비극과 한을 담
고 있다. 현실세계의 벽—인간의 유한성과 망국민이라는 이중적인 의미
로서의 갇힌 자—을 뚫고 영원의 바다에 도달하고 싶은 욕망은 간절하
지만, 현실의 벽은 너무나 두터운 것을 자각하게 되는 인간 존재의 비

---

132) 서정주, 「내 인생 내 문학:내 인생공부와 문학표현의 공부」, 앞의 책, p.174

극적인 보고서이다.

이런 『花蛇集』의 첫머리에 유럽의 모더니즘이 있다. 모더니즘의 열병은 〈桃花桃花〉의 제 2연 "내 裸體의 에레미아書/毘盧峰上의 强姦事件들"이라는 엉뚱한 이미지들의 병치를 보여주기도 한다. 그 이미지 전개는 엘리어트의 객관적 상관물 수법과도 비슷하다. 이처럼 서정주 초기 시의 매력은 갈등의 형식 또는 대립의 구조를 통해 화자의 심리적인 갈등, 곧 단절의식을 보여주는 근대성에 있다. 이것은 통합과 초월의 영원주의로 가기 위한 대립과 갈등의 양상으로 보인다. 이는 자아분열이라는 근대인의 내면 보고서이다. 서정주는 분명 근대를 산 자임에 틀림없다. 서정주 시 속에 개인을 넘어선 문제들이 고스란히 들어있기 때문이다. 시대적 절망, 그 속에 시달리는 깊은 병적인 요소, 그것을 초월하려는 욕망, 현실과 초월 사이에서의 비극의 자각, 꿈의 공간으로의 갈망과 유일한 통로인 육체에의 추구 등이 그것을 말해준다. 그러나, 서정주의 모더니즘 정신은 그 정신의 밑바닥에 토속적인 삶을 깔고 있다. 〈花蛇〉, 〈麥夏〉가 그렇고, 짜라투스트라를 읽은 경험을 변용한 〈대낮〉이 그렇다.

그러나 본능과 직관에 의해 육체성을 추구할 때, 서정주 내부에 잠재되어 있는 아니마는 당연히 여성편향적인 시를 자아내게 한다. 그의 여성 편향성은 억압된 성적 리비도의 표출인 동시에 그의 마음 속에 있는 아니마적 측면을 실현함으로써 내적 균형을 유지하고자 함이다. 즉 그의 내부에는 금기의 위반으로부터 오는 동물적인 쾌감과 금기의 초월로부터 오는 신화적인 아름다움이 공존하면서 남녀양성의 신화적 합일을 이루고 있다.[133] 곧 여성을 무위의 자연 혹은 우주와 한몸을 이루며 살아가는 자연 그 자체로 파악하고 있다. '문명/자연, 인위/무욕, 세

---

[133] 정효구, 「서정주 시에 나타난 여성 편향성」, 『20세기 한국시의 정신과 방법』, pp.124-125, p.132

속/신화, 이성/감성, 근대/반근대'라는 도식을 볼 때 서정주는 근대적 삶과 문명, 세속보다는 신화적 세계, 해인사나 제주도 같은 탈속의 공간을 중시하고 있음을 알 수 있다. 또한 이성보다는 육체를 추구한 것도 이와 같은 맥락에서 읽을 수 있다. 육체와 정신, 자연과 문명이 참여하는 본능들의 투쟁-삶과 죽음의 투쟁-에 의해서 결정되는 서정주의 육체 추구는 근대의 반작용의 의미라고 하지만 그것은 육체와 정신과의 대립, 갈등 속에 시인 자신에게 알맞는 생존방식일 뿐이다. 시대적인 상황에서 방황하는 혼 속에 강한 생명력을 노래할 수밖에 없는 것이 그의 입장인 것이다. 그러므로 육체니 정신이니 따로 논할 성질의 것이 못 된다. 타락한 이성은 육체를 추구하게 되는 전제조건인 것이다. 서정주의 신경쇠약증은 모친으로부터 물려받은 것이며 어렸을 때부터 자주 앓았다는 기록은 그의 육체에의 추구라는 방향성을 예견하고 있다. 1930년대 후반의 시적 현실에서 생명파의 출현 정당성이 확보된다 할지라도 주체할 수 없는 피끓는 정열 또는 광기를 육체에의 합몰로 해결할 수밖에 없는 데는 시인의 기질적인 문제가 큰 것이다.

Ⅳ. 민족적 수난 앞에서의 변모

Ⅳ. 민족적 수난 앞에서의 변모

1. 암흑기의 친일과 현실순응

천황제 일본의 파시즘이 내세운 신체제론은 '천황귀일'과 '팔굉일우'를 이념으로 하여, 서구적 자유주의 및 합리주의의 사고 뿐만 아니라 나아가 근대의 의미를 포기하고 일본주의적 절대주의에 광분하며 전시체제를 확립하였다. 이에 따라, 소위 대동아공영권을 내세워 일본 중심의 동양문화론을 제기한다. 그 결과 1940년을 기하여 식민지 한국의 모든 문화 활동을 정지시키기 위한 조선어말살정책에 의해 동아일보와 조선일보가 강제 폐간되고, 1941년에는 『문장』, 『인문평론』이 강제 폐간되고, 그 대신 국책문학 기관지 『국민문학』이 발간된다.[134]

국민문학론은 대체로 신체제에 합일되는 문학론인 바, (1) 시민적 감정을 초극하여 국민적 감정을 대표하여 반영하는 문학일 것. (2) 국민 전체가 그 신분, 계급의 제한 없이 독자가 되는 문학일 것. (3) 민족적 의식을 자각한, 국민 전부에 새로운 '昭和'의 이상과 도덕을 부여할 수 있는 지사적 사명 의식을 지닌 '신민'의 문학일 것 등으로 종합할 수 있다.[135] 국민문학은 처음 전쟁 문학에서 출발, 애국 문학으로 불리다가 드디어 '決戰'의 문학으로도 불린 문학이다. 『국민문학』은 1942년 5, 6합호부터 '언문'을 완전히 폐지하기에 이른다. 일본어로 쓴 작품이라 해서 다 친일은 아니다. 다만 국민문학으로서의 친일 문학은 '무엇인가' 불합리, 눈가림, 고민 등 실로 낯간지러운 추태가 작품마다 스며

---

134) 김윤식, 『한국근대문예비평사연구』, 일지사, 1987. p. 435
135) 김윤식, 앞의 책, pp. 410

있다.[136)]

　이러한 정세하에서 한국문학은 어떠한 방향에 처해야 했던가. 첫째는 국책에 철저히 야합하는 길, 둘째는 완전히 붓을 꺾는 길, 셋째는 어느 정도 국책에 위장적으로 야합하면서 문학 활동을 하려는 길 등을 가정할 수 있다. 그러나 사태가 결정적으로 악화되자 결국 붓을 꺾느냐 야합하느냐의 양자택일의 길밖에 없었다.[137)] 서정주는 격렬한 몸부림 속에 본능에 의거한 육체에의 함몰을 추구하다가 마침내 야합에의 길을 간다. 그의 친일적인 작품을 보기로 한다.

幼き　がをりの　いき　つきながら
わが　耳もとで　ちいさき西雲女が
七つよはひの　故里の　ことばで
アイ　ハヌル　ウン　ソウル　イレヤと?きし
その　お空なり.

蒜や　ねぎや　唐辛草をくらひし
あぶら　あかの　しろきころもの
熱きあつき　はらからが
山鳩むせぶ　きいろき　道を
去き去きて　染めにし　さみごりの　そのお空なり.

あな　あはれ　なほも　とぢえぬ　眼と眼よ.
青きなさけの　えわすれぬ　日暮れて　夜は　その趾に
星くづぞ　きらめくを.
あな　あはれ　人ウら　現に愛せし人?ら
消えて　日に日に　お空は　深く

---

136) 김윤식, 앞의 책, pp.426
137) 김윤식, 앞의 책, p.435

ここにあるは　わが　つれなき　身ぐさと言葉.
山彦と　海鳴りと
?えわたる　こぜまき　庭の
花を祭る
牛皮の　大鼓の音ばかり

ああ　飛びたや　飛びたやな
ブルン　ブルンと　總身ひびきて
すぎゆきし　ものみなの
青く　かかれる　お空の中を
きつく　飛ぶは　わが　かねての　のぞみ!

註. アイ. ハヌル　ウン　ソウルイレヤ=空は都なりと意っそして. わが幼
かりし 日の故里の子供等の深き信仰.

-〈航空日に〉전문138)

여린 숨을 폭폭 내쉬며
내 귓가에서 자그마한 서운녀(西雲女)가
일곱 살 서투른 고향 말씨로
아이 하늘은 서울이레야,
속삭이던 그 하늘이구나

마늘이랑 파랑 고추를 먹고
기름때 절은 하이얀 옷을 입은
뜨겁디뜨거운 가슴을 안은 이들이
산비둘기 울던 노오란 길을
가고 가던 진초록

---

138) 서정주, 『국민문학』, 1943년 10월호, pp. 132-133

바로 그 하늘이구나

아아 애달파라 아직은 감을 수 없는 눈과 눈이여
잊을 수 없는 파아란 정
해 저물어 밤이 되면
별똥은 반짝거려
아아 애달파
지금 사랑하는 사람들
스러져 나날이 하늘은 깊어만 가고

여기 있는 건 내 덧없는 몸짓과 말뿐
메아리와 파도소리와
해맑은 좁은 마당엔
꽃축제 울리는
쇠가죽 북소리만 은은해

아아 날고프구나 날고 싶어
부릉부릉 온몸을 울려
사라진 모든 것
파랗게 걸린 저 하늘을
힘차게 비상함은
내 진작 품어온 바램!

註. 아이 하늘은 서울이레야(=하늘은 서울이다라는 의미. 그리고 내 어
린 날의 고향의 어린이들의 깊은 신앙.)

- 〈항공일에〉 전문139)

---

139) 김병걸 · 김규동 편, 『친일문학작품선집 · 2』, 실천문학사, 1986. pp.272-273

　　서정주는 1943년 9월부터 최재서의 인문사에 들어가 국민문학의 편
집일을 보면서 일문시도 쓰고 종군기도 썼다. 이 시는 『국민문학』 1943
년 10월 창작 특집호로 꾸며진 가운데 실린 시이다. 전투용 차림의 군
인과 비행기 몇 대가 날고 있는 표지 그림과도 부합되는 그런 시다. 하
늘을 난다는 것은 무엇인가. 결국은 문명의 숨은 얼굴인 폭력과 광기로
돌진하는, 그런 하늘로의 비상은 야만적인 일제 행위와 전쟁을 찬양하
는 것에 지나지 않는다. 현실은 가혹해지고 살아남기 위해 그가 택한
시적 현실은, 종이 주인에 대한 관계처럼, 일제를 찬양하는 굴복의 모
습으로 나타난다.

九段の空高く　香りを薫らせよ
母上よ。雲雲や　日月や　星辰がためにはあらず
わが生身　火塘となりて　息が切れるに!

母上よ　この豊さは　哀しみにあらず
我が眉に　空は今あたりに重し

花花も、
そよぐ樹の葉も、
あまりに重し。

母上よ。彼處なり、汝が生める我が同胞の碧靈皆歸へれるは
アツツより、マキン・タワラより、將又サイパンより、
全員戰死して、歸へれるは
彼處なり　彼處なり　ああ　耐へえぬ色に　色添へて
母上よ。あの雄叫びは　彼處なり
蒼き　血潮の　絶えなく降りて
大いなる聲、我を呼ばふ。

ああ うれしきかな うれしきかな
生贄は 我にあらずば 他に居らず。

母上よ。われも又 槍持て立たむ
船出せむ
サイパンへ!
マキン・タワラへ!
アッツへ!

反歌

ああ うれしきかな うれしきかな
往き來る風に 頰すり寄せて
われ 呼吸し 皇國に在るは.
  — 〈無題 − サイパン島全員戰死の英靈を迎へて〉[140] 전문

구단의 야스꾸니 신사에 하늘 높이 그 향기를 풍겨라
어머님. 구름들도 나날도 시간(운명 등의)을 위해서는 내가 존재할 수
없었고
내 살아있는 몸은 불꽃이 되고 숨이 끊어졌으니!

어머님 이 풍부함은 슬픔이 아니고
내 어깨에 하늘은 지금은 너무나 무거워

꽃들도,
살랑거리는 나뭇잎도,
너무나 무거워.
어머님. 여깁니다, 당신이 낳은 우리 동포의 영혼이 다 돌아온 것은

---

140) 서정주, 『국민문학』 1944년 8월호, pp.8-9

아쯔(남태평양의 섬 이름)에서, 마킹 타와라에서, 또 사이판에서,
전원 전사하고, 돌아온 것은
여깁니다 여깁니다 아아 보기가 민망스러운 색인데 거기에 색을 입히고
어머님. 저 외침은 여깁니다
창백한 피가 끊임없이 내려서
커다란 목소리가 나를 부른다.

아아 기쁘구나 기쁘구나
희생물은 내가 아니면 어디에도 없다.

어머님. 저도 또 창을 들고 나서겠어요
배 타고 나가겠어요
사이판에!
마킹 타와라에!
아쯔에!

답가

아아 기쁘구나 기쁘구나
왕래하는 바람에 뺨을 부벼서
저는, 숨 쉬고 황국(천황이 사는 나라)에 있는 것은.
　　　－ 〈무제－ 사이판도 전원 전사한 영령을 맞이해서〉 전문
　　　　　(번역: 太田厚志, 필자)

　이 시는 서정주가 창씨개명한 다쓰시로 시즈오(達城靜雄)란 이름으로
『국민문학』 1944년 8월호에 게재한 일문시로, 태평양전쟁에 나가 전사
한 영령들을 맞아들인다는 내용을 담고 있다. 아울러 그런 일제를 찬양
하고 있는 시다.

아아 레이테만은 어데런가.
언덕도
산도
뵈이지안는
구름만이 둥둥둥 떠서 다니는
멫千 길의 바다런가.

아아 레이테만은
여기서 멧萬里런가……

귀 기우러면 들려오는
아득한 波濤ㅅ소리……
우리의 젊은 아우와 아들들이
그 속에서 잠자는 아득한 波濤ㅅ소리……
                    X
얼굴에 붉은 紅潮를 띠우고
"갔다가 오겠습니다"
웃으며 가드니,
새와 같은 비행기가 날아서 가드니
아우야 너는 다시 돌아오진 않는다.
                    X
마쓰이 히데오!
그대는 우리의 伍長 우리의 자랑.
그대는 조선 경기도 개성사람
印氏의 둘째아들 스물 한 살 먹은 사내.

마쓰이 히데오!
그대는 우리의 神風特別攻擊隊員.
貴國隊員.

귀국대원의 푸른 영혼은
살아서 벌써 우리게로 왔느니
우리 숨쉬는 이 나라의 하늘 위에
조용히 조용히 돌아왔느니
                    X
우리의 同胞들이 밤과 낮으로
정성껏 만들어 보낸 飛行機 한 채에
그대, 몸을 실어 날았다간 내리는 곳.
소리 있이 벌이는 고흔 꽃처럼
오히려 기쁜 몸짓 하며 내리는 곳
쪼각쪼각 부서지는 산더미 같은 미국 군함!

수백 척의 飛行機와
大砲와 爆發彈과
머리털이 샛노란 벌레 같은 兵丁을 싣고
우리의 땅과 목숨을 뺏으러 온
원수 英美國의 航空母艦을
그대
몸뚱이로 내려져서 깨었는가?
깨뜨리며 깨뜨리며 자네도 깨졌는가--
                    X
壯하도다
우리의 陸軍航空伍長, 마쓰이 히데오여.
너로 하여 香기로운 三千里의 山川이여.
한결 더 짙푸르른 우리의 하늘이여.
                    X
아아 레이테만은 어데런가
멫천 길의 바다런가.

귀 기울이면
여기서도, 역력히 들려오는
아득한 波濤ㅅ소리…….
레이테灣의 波濤ㅅ소리……

－〈松井伍長頌歌〉 전문141)

이 시는 〈항공일에〉와 같은 맥락으로 읽힌다. 태평양전쟁에 참가하여 죽은 마쓰이 히데오를 찬양하는 시로, 반(反)영미주의와 친일을 드러내는 시다. 서정주를 비롯한 한국민을 직접 억압하는 정체는 일본이기에 그 억압을 벗어날 길은 억압하는 자에 대한 항거로 죽든가 아니면 거기에 귀속하는 수밖에 없다. 서정주는 두 세계 사이에서 엄청난 갈등을 겪으며 생명의지를 뽐어대다가 얼마 가지 않아 결국 현실에 굴복하고 만다. 본능과 도덕 사이에서, 현실과 내면 사이에서 서정주의 정신적 갈등은 이렇게 친일이라는 순응주의로 귀결하고 만다. 순응주의란 운명의 힘에 굴복한 정신의 귀의처로, 이것은 서정주 개인에만이 아니라 당대 우리 민족이 처한 정신적 상황으로 확장될 수 있다. 그는 일제의 파쇼 체제 아래에서 살아남기 위한 방편으로 순응주의를 내면화하는 과오를 남기고 있는 것이다. 그는 암울한 시대 속에서 격렬한 몸부림 끝에 별다른 방도 없이 일제와 타협하고 만 것이다.142)

오세영에 의하면, 이러한 국민시의 창작의도를 ① 내선일체와 황도사상의 고취 ② 태평양전쟁의 합리화와 전의의 고취 ③ 승전의 축하 ④ 전쟁 영웅의 찬양 ⑤ 한민족의 전쟁 동원을 위한 징병, 징용의 선전과 학도병의 지원 입대의 강요143)를 들고 있다.

이외에도 「헌시」(『매일신보』, 소화 18년 11월 16일. 4면), 「詩의 이야

---

141) 서정주, 『매일신보』, 昭和 19년(1944) 12월 9일.
142) 최두석, 「서정주론」, 『미당연구』, p.265

기- 주로 국민시가에 대하여」(『매일신보』, 1942. 7.13- 17. 평론), 「징병적령기의 아들을 둔 조선의 어머니에게」(『춘추』, 1943. 10. 수필), 「隣保精神」(『매일신보』, 1943. 9.1-10. 수필), 「스무 살 된 벗에게」(『조광』, 1943.10. 수필), 「崔遞夫의 군속지망」(『조광』, 1943.11. 단편), 「步道行- 경성사단 추계연습의 뒤를 따라서」(『조광』, 1943.12. 수필) 따위의 글들에서 서정주는 친일을 분명히 하고 있다. 제목만 보아도 알 수 있듯이 일제와의 타협 후 노골적인 친일의 모습을 드러내고 있다.

이렇듯 서정주의 친일과 권력지향은 그의 시에 있어 현실 포착력, 역사적 통찰력의 결여라고 볼 수도 있겠으나, 시대 속에서 살아 남으려는 생존전략 또는 실존의 방식이라 하겠다. 일제 어용시 창작에 대해 서정주는 "적어도 몇백년은 일본의 지배속에 아리나 쓰리나 견디고 살아갈 밖에 없다."는 체념 하나 밖에는 더 아는 것이 없었다[144]고 술회하고 있다. 즉 일제가 대동아전쟁에 승리하여 한 백 년 정도는 한국이 그들의 식민지로 남아 있을 것"이라는 생각에서 그렇게 했다[145]고 한다. 어느 누구라도 당대의 현실에서 정확한 현실인식과 역사의식을 갖는다는 것이 그리 쉬운 일은 아니다. 서정주가 보여준 정치지향적이고 반역사적인 행태는 시와 시인의 삶을 분리한 데서 기인하는 결과이다. '친일'의 문제는 논리로 해명될 문제라기보다 윤리 또는 개인의 양심과 결부되어 있는 문제이다.[146] 그러나 그의 친일시는 너무나도 치명적이어서 또 다른 모습을 보여준다. 이는 그의 내부에 결핍된 '부(父)의 부재'가 극에 달하자, 친부를 대처할 수 있는 권력에의 힘을 가진 일제와 타협하여 자기 위안을 하려는 심리가 저변에 깔린 것으로 사려된다. 그는

---

143) 박갑수, 『한국근대문학의 정신사론』, 삼지원, 1993. p.138
144) 서정주, 「일정 말기와 나의 친일시」, 『신동아』, 1992.4. pp.490-502
145) 오세영, 「미당과 그의 시대」, 『작가세계』 20호(서정주특집), 1994년 봄호, p.159
146) 소영현, 「1940년대 전후 동양 담론 분석-전통과 근대의 대결구도를 중심으로」, 상허문학회, 『1930년대 후반문학의 근대성과 자기성찰』, 깊은샘, 1998. p.149

이제 "에미의아들"이 아닌 종의 아들로 전락하고 만 것이고, 굴욕적인
노예생활을 대를 이으며 감당해야 하는 내면의 핏빛이 붉기만 할 지가
의심스럽다.

2. 사자(死者)와의 대면과 분열의식

서정주에게 있어 병적인 요인은 이미 어렸을 때부터 잠재되어 있다
가 발현된 것이다. 할머니와 아버지의 '귀신 쫓기 요법'이라는 일종의
정신 요법으로 그는 치료받은 바 있다. 제도 속의 의사도 못 고친 병을
민간요법 내지는 샤마니즘적인 방법에 의거해 낫곤 했던 것이다. 그의
어머니 역시 신명으로 빌어 그를 고치는 등 치료방법은 과학적인 힘에
의거한 것이 아니라 비과학적인 주술의 힘에 의해 이루어졌다.

> (가) 1942年 여름이던가.……나는 한여름을 參禪 속에서 지냈다. 그러
> 자 웬 영문인지 酷毒한 熱病을 앓았다. 나는 죽을 뻔 하다가 다시 살아
> 났다. 그래, 꼭 그때부터라고 하긴 어렵겠으나 좌우간 이 무렵부터 내게
> 는 한 개의 形而上的 省察이 비롯했다고 생각된다. 觀念으로서가 아니
> 라, 間歇的이나마 그러한 感動 말이다. 死亡한 사람 전체의 呼吸이 精氣
> 가 되어 나를 에워싸고 있는 것 같은 의식이 적으나마 내게 생긴 것은
> 이때부터다.147)

1942년은 중일전쟁에 이어 태평양전쟁 등의 피비린내나는 지옥과도
같은 죽음의 현장일 텐데 그는 그런 현실과는 무관하게 절간에서 "參
禪"을 하고 있다. 물론 피비린내나는 살육의 현장을 보았기에 그 타락
할대로 타락한 현실과는 유리된 절로 들어갔는지 모른다. 그의 정신이
시대를 짊어지기에는 너무 벅찼는지도 모른다. 어쨌든 『花蛇集』 시절
처절하리만치 정신적인 방황과 고통 속에 몸부림치던 그가 서구적인 요

---

147) 서정주, 「나의 시인생활 약전」, 『전집 4』, p.200

소와 전통적인 것 사이에서의 대립, 갈등을 서서히 지워나가기 시작한
다. 사망한 자의 정기가 자기를 에워싸고 있다는 의식, 죽은 자와 산 자
의 교통이라는 의식은 서정주 개인적인 기질에 연유하는 것이다. 참선
속에서도 혹독한 병을 앓았다는 것을 보면, 정신적인 욕구가 너무 큰
나머지 육체가 그것을 감당하지 못하고 있음을 알 수 있다. 육체와 정
신의 삐걱거림, 그는 자아분열이라는 병에 오랫동안 시달려왔다. 육체
는 혼을 담는 그릇이다. 사자(死者)가 너무 버거운 존재이기에 서정주
의 육체로써는 감당할 수 없어 육신의 두드러기인 병으로 나타난 것이
다. 『花蛇集』 시절의 육체성의 추구는 인간 존재의 유한성을 알고도 그
한계를 초극하려는 의지에서 나온 식민치하에서의 생존의 논리로, 그
당시 그가 택한 최선의 방책이었다. 그러나 "死亡한 사람 전체의 呼吸
이 精氣가 되어 나를 에워싸고 있는 것 같은 의식"을 느끼는 것으로 보
아 '영통' 또는 '혼교'에의 가능성을 시사해주고 있다. 이 점은 한국전
쟁 이후 신라정신으로 이어져간다. 신라정신과의 만남 이전부터 서정주
는 우리 고대인으로부터 이어진 '영통' 또는 '혼교' 의식을 육체에의
본능으로 체득하고 있다. 영적 세계와의 교섭은 타고난 서정주의 기질
과 부합하는 문제이다.

        가신이들의 헐떡이든 숨결로
        곱게 곱게 씻기운 꽃이 피었다.

        흐트러진 머리털 그냥 그대로,
        그 몸ㅅ짓 그 음성 그냥 그대로,
        옛사람의 노래는 여기 있어라.
        오! 그 기름묻은 머리ㅅ박 낱낱이 더워
        땀 흘리고 간 옛사람들의
        노래ㅅ소리는 하늘우에 있어라.

쉬여 가자 벗이여 쉬여서 가자
여기 새로 핀 크낙한 꽃 그늘에
벗이여 우리도 쉬여서 가자

맞나는 샘물마닥 목을추기며
이끼 낀 바위ㅅ돌에 택을 고이고
자칫하면 다시못볼 하눌을 보자.

- 〈꽃〉 전문

1943년에 쓰여진 이 시는 "白熱한 그리이스 神話的 肉體에서 先人들
의 無形化된 넋의 세계로 옮겨오는 轉機의 작품"148)이다. 물론 "꽃"으
로 피어난 "가신이들"의 넋은 서정주의 내면의 공간에서 피어난 것이
다. 서서히 그의 영원을 향한 길이 피어나고 있음을 알 수 있다.

그러나 1940년 전후로 해서 서정주는 개인적으로 깊은 시름을 앓고
있음을 알 수 있다. 『花蛇集』에 내재되어 있듯 그의 내면에 한(恨)서린
정서가 형성되고 있다.

못오실니의 서서 우는듯
어덴고 거긔 이슬비 나려오는
薄暗의 江물 소리도 없이…
다만 붉고 붉은 눈물이
보래 피빛 속으로 젖어
낮에도, 밤에도, 거리에 서도,
문득 눈우슴 지우려 할때도
이마우에 가즈런히 밀물처오는
서름의 江물 언제나 흘러…
봄에도, 겨을밤 불켤때에도,

- 〈서름의 江물〉 전문

---

148) 이성교, 「서정주론-초기시를 중심으로」, 『한국현대시인연구』, 태학사, 1997. p. 408

서정주의 가슴 속에 흐르는 그 '서름의 江물'은 이미 암흑기에 젖어들어감을 보여주고 있다. 어둠이 깊으면 깊을수록 가슴에 흐르는 '서름'의 감정이 '恨'의 정서로 발전하게 된다. 서러움은 현재 상태에 대한 불만과 결코 만족될 수 없는 절망감이 혼합된 감정으로, 이것이 증폭되면 한(恨)으로 응결되어 나타난다. 이것이 서정주 시의 변화를 낳는 원인이 된다.149) 그 서러움의 공간은 다음 시에서도 나타난다.

> 저놈은 대체 무슨심술로 한밤중만되면
> 차저와서는 꿍꿍앓고 있는것일까
> 우리 아버지와 어머니에게 또 나와 나의 안해될사람에게도
> 분명히 저놈은 무슨불평을 품고있는것이다.
> 무엇보단도 나의詩를, 그다음에는 나의表情을, 흐터진머리털 한가닥까지, … 낮에도 저놈은 엿보고있었기에
> 멀리 멀리 幽暗의 그늘, 외임은 다만 수상한 呪符.
> 피빛 저승의 무거운물결이 그의쭉지를 다적시어도
> 감지못하는 눈은 하눌로, 부흥…부흥… 부흥아 너는
> 오래전부터 내 머릿속暗夜에 둥그란집을 짓고 사럿다.

> — 〈부흥이〉 전문

이미 서정주의 가슴은 시대의 탄압 속에 붉을 대로 검붉게 타버려 "피빛 저승의 무거운물결"이 다가와도 차마 "감지못하는 눈"을 한 '부흥이'와 닮아 버렸다. 현실 너머의 죽음도 험한 세상에서 그를 끌고가지 못한 채 현실을 살 수밖에 없는 숙명적인 존재인 것이다. 그렇게 부흥이는 "오래전부터 내 머릿속暗夜에 둥그란집을 짓고 사"는 슬픈 운명적인 한(恨)서린 존재인 것이다.

이렇듯 서정주는 지옥 같은 시대의 어둠 속에서 발버둥을 치지만 현실은 끄떡없다. 그 현실은 서정주를 한없는 나락으로 떨어뜨렸지만 도

---

149) 임재서, 앞의 글, pp. 18–19

무지 끝날 줄 모른다. 〈밤이 깊으면〉이 그러한 현실을 잘 드러내준다. 결국 검은 가슴 부여안고 살기 위한 방법을 강구할 수밖에 없다. 그런 현실을 바꿀 수 없는 한, 그 억압의 주체에 다가서는 길밖에 없다. 강자에게 굴복할 수밖에 없는 약한 자의 슬픔은 마침내 서정주를 야합에의 길로 이끈 것이다.

3. 동양적 한(恨)의 세계관

서정주의 가슴에 흐르는 '한'(恨)의 정서는 『花蛇集』에서 두 세계의 혼재 속에 이미 내재되어 있다. 두 세계가 서정주의 가슴에서 피가 터지도록 싸우고 있었다. 모더니즘적인 면과 전통 세계의 갈등 끝에 서정주는 서서히 동양적인 '한'(恨)의 세계로 나아간다. '한'(恨)이란 주체가 자기의 운명을 극복하지 못하고 좌절된 상태에서 그것을 삭이는 과정에서 형성된 것으로, 풀 수 없는 모순의 복합적 감정을 말한다. 한이란 복합된 갈등의 감정으로 아직 해결되지 않은 자기 모순의 감정이다. 그러므로 '한'에는 원망과 자책, 공격성과 죄의식, 불안과 염원 등 상호모순적인 두 감정적 요소가 내재해 있다. 한(恨)은 민족이라는 구성원의 저류에 흐르는 보편적인 감수성이고 한민족의 근원적 정서이다. 민족의 공통된 정서이기에 새로운 세계로 나아갈 수 있는 지향성을 내포하고 있다. 이 한은 권력층에서 소외된 인간들에 의해 삭여져온 것을 말한다. 타력(他力)에 의한 욕망의 좌절이 한이라면 일제시대에는 이 원초적 한 위에 일제라는 것에 의해 형성된 한이 겹쳐져 있다.

흰 무명옷 가라입고 난 마음
싸늘한 돌담에 기대어 서면
사뭇 숫스러워지는생각, 高句麗에 사는 듯

아스럼 눈감었든 내넋의 시골
별 생겨나듯 도라오는 사투리.

등잔불 벌서 키어 지는데…
오랫동안 나는 잘못 사렀구나.
샤알·보오드레-르처럼 설ㅅ고 괴로운 서울女子를
아조 아조 인제는 잊어버려,

仙王山그늘 水帶洞 ㅣ·四번지
長水江 뻘밭에 소금 구어먹든
曾祖하라버짓적 흙으로 지은집
오매는 남보단 조개를 잘줍고
아버지는 등짐 서룬말 젔느니

여긔는 바로 ㅣ·年전 옛날
초록 저고리 입었든 금女, 꽃각시 비녀하야 웃든 三月의
금女, 나와 둘이 있든곳.

머잖어 봄은 다시 오리니
금女동생을 나는 얻으리
눈섭이 검은 금女 동생,
얻어선 새로 水帶洞 살리.

- 〈水帶洞詩〉 전문

이 시에서 '수대동'은 반드시 돌아오지 않으면 안될 원래의 자리로,
이는 외래적 문화에서 전통적 문화로의 귀환을 의미하는 중요한 시이
다.[150] 1930년대 작품이지만 그의 시가 나아갈 방향(전통지향)을 암시
하는 최초의 시다. 이는 과거를 현재화하고 현재를 공간화한 전통에 대

한 재발견을 보여준다.

서구의 경우, 엘리어트 중심의 전통론은 1930년을 전후로 해서 만연된 파시즘의 신화와 정면으로 대결하기 위한 것이었다. 그러나 1935년에 시작된 한국의 고전부흥론은 파시즘에 자극된 자국 고전에 대한 애착으로서의 문화 옹호 현상이며 당시의 세계적인 풍조이다. 조선주의적 심정에다 학술적 연구가 결부된 것이 본질이다. 고전부흥론은 1939년 창간된 현실 참여 의식이 강한 『인문평론』과 조선주의에 직결된 역사적 심정으로서의 직관적 복고주의 의식이 강한 『문장』이 대립 전개되어 나간다. 전자는 고전론, 민족유산이란 미명 아래 동양문화론으로 발전되고 대동아공영권으로 나아가서 이른바 신체제론, 국책에의 야합에까지 도달하기에 이르고, 후자는 복고주의적 현실도피로 흐른다. 이는 양자가 개성과 전체의 본질적 파악이 결핍했음을 반증하는 것이다.[151]

> 눈물 아롱 아롱
> 피리 불고 가신님의 밟으신 길은
> 진달래 꽃비 오는 西域 三萬里.
> 흰옷깃 염여 염여 가옵신 님의
> 다시오진 못하는 巴蜀 三萬里.
>
> 신이나 삼어줄ㅅ걸 슳은 사연의
> 올올이 아로색인 육날 메투리.
> 은장도 푸른날로 이냥 베혀서
> 부즐없은 이머리털 엮어 드릴ㅅ걸.
>
> 초롱에 불빛, 지친 밤 하늘
> 구비 구비 은하ㅅ물 목이 젖은 새,

---

150) 이영희, 「한국 현대시에 나타난 삶의 인식 방법 연구—한용운, 김소월, 서정주의 시를 중심으로」, 경희대박사논문, 1987. p.114
151) 김윤식, 앞의 책, p.325, pp.432-433

참아 아니 솟는가락 눈이 감겨서
제피에 취한새가 귀촉도 운다.
그대 하늘 끝 호올로 가신 님아

註. 육날메투리는, 신중에서는 으뜸인 메투리중에서도 가장 아름다운
조선의 신발이었느니라. 귀촉도는, 행용 우리들이 두견이라고도하고 솟
작새라고도하고 접동새라고도하고 子規라고도하는 새가, 귀촉도…귀촉
도…그런發音으로서 우는것이라고 地下에도라간 우리들의 祖上의때부터
들어온데서 생긴 말슴이니라.

— 〈歸蜀途〉 전문

이 시는 해인사 시절(1936년)의 소쩍새 울음소리를 형상화한 작품으
로 1943년 『춘추』에 발표되었다. 서정주는 근대의 폭력 속에 서구적인
것과 전통적인 것 사이에서의 갈등, 대립을 보이는 가운데 육체성에다
생명의지를 불어 넣는 시를 쓰는가 하면, 한편으로는 일본군 종군기자
로 활약하는 동시에 친일시를 써서 전쟁을 고취하는 데 앞장서 민족적
인 오욕을 남기기도 한다. 또한 죽은 이와의 영적 교류 속에 자아분열
이라는 혹독한 병고 속에 영원성의 씨앗이 배태되어 있음도 보았다.

그런데 일제시대의 근대주의는 훼손된 근대주의이며 그 근대주의의
주체가 일제라면 한민족이 이에 맞설 수 있는 기저는 반근대주의일 수
밖에 없다. 한민족의 근대주의를 방해하는 것이 일제의 근대주의일 때
한민족이 처한 근대주의는 이중적인 의미를 띠게 된다. 저항과 창조가
그것이다.[152]

이런 맥락하에 한국 근대시는 모더니티 지향성과 전통지향성을 대립
항으로 하여 변증법적 운동을 전개하여 왔다. 근대는 기존의 전통적 질
서에 대한 쇄신과 질적 변화를 의미하고, 계몽적 이성의 진보에 대한
맹목적 믿음과 직선적 시간의식이 초래한 자아와 세계, 주체와 객체,

본질과 현상의 분리를 보여주는 반면, 전통은 근대 사회의 위기상황에서만 문제로 등장하여 그에 대응하는 일체의 정신적 탐색을 보여준다. 근대 시인들이 보여준 반(反)전통관은 서구의 왜곡된 동양관 또는 일본에 의해 역투영된 조선관과 밀접하게 관련된다. 그들은 서구적인 것을 보편적인 것으로, 한국적이고 동양적인 것을 지역적이고 방언적인 특수한 것으로 잘못 인식하는 서구중심적인 사고에 입각한 편견을 보여준다. 한국사회에서 한국적 전통 또는 민족적 특수성은 진보의 장애물로 표상되면서 타파의 대상이 된다.153)

그러나 1940년을 전후로 한 시기에 〈西風賦〉(『문장』, 1940.10), 〈水帶洞詩〉 등이 쓰여진 것을 보면 서정주는 〈歸蜀途〉에서 예비된 길로의 방향전환을 하는 셈이다. 또한 〈石窟庵觀世音의 노래〉를 보면 불교적인 사유도 보여주고 있다. 일제 파시즘에 의거하여 내선일체가 강요되고 신체제론으로의 야합이 감행되던 시기에 서정주는 맹목적인 생명의지만으로는 근대성을 초극할 수 없다는 자각에 전통을 통해 근대의 위기를 초극하려는 가능성을 보여주기도 한다. 일본제국주의에 의한 조국상실의 상황에서 전통 회복은 곧 부성(父性) 원리를 회복함이기 때문이다.

---

152) 김윤식, 「문협정통파의 정신구조—생의 구경적 형식」, 앞의 책, pp.191-192
153) 남기혁, 「1950년대 시의 전통지향성 연구」, 서울대박사논문, 1998. p.21

V. 질곡된 삶의 구원으로서의 '신라' 회귀

V. 질곡된 삶의 구원으로서의 '신라' 회귀

1. 한국전쟁과 존재의 위기

한국전쟁이 초래한 개인의 실존적 위기와 시대적 고통은 엄청난 것이었다. 일상성의 파괴라는 존재론적 위기는 불안과 공포의 체험이었으며, 자의식의 분열은 치유할 수 없는 정신적 상처와 세계상실감을 맛보게 했다. 이런 단절과 상실에서 오는 자아와 세계 사이의 심연, 불안과 공포는 자아에 대한 새로운 성찰과 전통적 질서로의 회귀를 꿈꿔 고전적 미의식과 세계관으로 역류하기도 했다. 전쟁의 살육, 파괴된 도시, 분단의 고통, 직선적 시간의식, 근대적 제도와 과학문명 등은 인간의 생명과 존재론적 안전을 위협하는 요인으로 작용하고, 이런 전쟁의 폐허와 정신적 무정부 상태의 극복방안으로 서정주는 전통세계로 몰입한다. 뼈저린 죽음의식과 자살미수라는 개인의 실존적 위기를 경험하고, 한국전쟁이라는 집단적인 광기로 표출된 근대의 야만적인 얼굴을 통찰한 서정주는 서서히 과거의 우리 것으로 돌아가 '영원성이라는 신라정신'을 끌어올려 시작활동을 한다. 그가 겪은 정신적인 충격은 단지 시대라든가 역사적인 사건에만 기인하는 것이 아니라, 이미 그 이전부터 그의 내부에 잠재되어 있던 기질과 맞물린다. 그는 의식의 카오스에서 코스모스로의 전환을 꾀하는, 근원적인 고향을 찾아 전통 세계로 귀환한 것이다. 이는 흔히들 근대의 타자를 통해 근대의 위기를 뛰어넘을 수 있는 가능성을 보여준다고 한다. 이런 정신적인 외상의 치유는 영원성 지향의 현실초월의 시를 통해 서서히 이루어진 것으로 보인다.

1950년대는 진보와 발전을 의미하는 근대성이 필연적으로 도달한 참

혹하고도 비참한 폭력의 시기이다. 한국전쟁이라는 충격적인 사건을 통해서 근대성의 위기를 깊이 체험하고 자각하기 시작한 시기이다. 또한 합리성·논리성·체계성·계몽주의를 부르짖는 근대의 이면에 이성의 도구화·이성의 타락이라는 또 다른 끔찍한 얼굴이 도사리고 있음을 입증한 시기이기도 하다. 그러므로 1950년대의 한국적 상황은 도구적 합리성의 비합리성이 지배하는 현대사회의 현실과 분리될 수 없는 긴밀한 관계에 있다. 한국전쟁은 민족 내부의 정신적 상실감과 황폐감을 가져와 이 시대의 작가들은 비극적인 시대인식을 하고 있었다. 한쪽에서는 모더니티의 실체인 이성에 토대한 근대의 계몽주의와 과학주의가 물화되고 도구화된 데 대한 비판적 태도와 본래적 이성 및 휴머니즘의 회복 지향을 지적하기도 했다. 서구의 근대를 이끌어왔던 정신적 지주는 계몽주의적 이성으로, 인간의 능력을 중시함으로써 주체의 인식과 자아의 정체성 확립을 근간으로 한 개인주의가 지배한 시대를 근대로 파악한 데 비해, 도구화된 이성이 인간의 주체성을 상실케 하여 해체된 개인의 모습을 보여주는 시대를 현대[154]라 규정하고 있다.

한국전쟁은 현대의 부정성과 인식의 단절성을 형성시키는 절대적인 계기가 된다. 1950년대의 모더니스트들은 한국전쟁이 초래한 정신적 위기의식을 한국사회가 현대로 진입하는 시발점이자 동시에 세계사적 동시대성으로 편입하는 증거적 사건으로 인식했는데, 그 이유는 당대의 혼란과 무질서를 뚫고 새로운 질서로 유토피아를 지향함은 현실에 대한 부정적 인식을 기반으로 계몽적 이성의 회복을 전제로 했기 때문이다. 또 다른 한쪽에서는 문단적으로 문협전통파의 주도하에 전통계승논의가 쟁점으로 떠오른 시기와 맞물려 전통세계에 빠져들어 전통적 삶과 정서를 시적으로 형상화하는 부류가 있었다. 식민지하에서 근대주의

---

154) 박윤우, 「1950년대 한국 모더니즘시 연구—否定性의 형태화 양상을 중심으로」, 서울대 박사논문, 1998. p.13

의 주체가 일제일 때 한민족이 맞설 수 있는 기저는 반근대주의임을 보았다. 그 반근대주의를 계승한 것이 해방 이후 소위 문협정통파의 정신적 기저이다.[155]

서정주는 직선적이고 선형적인 시간의식을 안고 있는 근대성에 반발하여 신화 속으로 회귀하는 모습을 보여준다. 이는 전쟁의 폐허와 정신적 무정부상태를 '전통'을 통해 극복하려는 의지를 보인 것이기도 하다. 그는 한국적인 것 속에서 근대문명에 의해 억압된 자연이나 초월적 상상력, 보편적인 인간정신을 발견하여 전통적인 것을 복원함으로써 시적 주체의 자기정체성을 확립하고자 한다. 이는 근대에 대한 불만 또는 부정의식으로 근대에 의해 훼손되기 이전의 근원적인 고향으로의 회귀를 꿈꾸는 것이다. 자본주의적 물질문명의 야만과 광기로 세상을 뒤덮는 도구적 이성의 횡포에 맞서는 처절한 싸움을 통해 근대문학의 반(反)근대적인 입장을 지키는 것이 전쟁 이후 서정주의 자리인 셈이다.

전쟁은 일상성의 파괴라는 존재론적 위기를 동반하고, 그 결과 불안, 공포의 체험은 자의식의 분열을 가져온다. 이런 한국 사회의 폭력적 근대성을 '끔찍함'으로 규정하기도 한다. 그 끔찍함은 병적인 증상으로 나타나는 '섬뜩함'과도 맞물린다. 섬뜩함은 현실에 길들여지지 않은 낯선 데서 오는 공포의 세계이다. 너무나 압도적이고 일방적인 근대지향성의 폭력을 행세한 한국전쟁은 서정주에게도 엄청난 혼란과 정신적인 황폐화 및 비인간화를 가져온다.

(가) "너는 서울에서 네가 文敎部 在職 때의 부하였던 Y사무관을 죽이고 내려온 놈이다."
"너는 공산당 五列의 앞잡이로 잠입해 내려온 놈이다. 네 아우 徐廷太는 그래서 전라도로 내려보냈지?"

---

155) 김윤식, 앞의 글, pp.191

　"저 문둥이. 저 흉악한 문둥이. 네가 쓴 詩 〈문둥이〉를 생각해 봐라. 얼마나 흉악한가. 여러분들, 徐廷柱라는 놈하고는 같은 대야에 세수해서도 안 됩니더. 그놈을 까맣게 태워 죽이는 燒殺刑에 처하라!"

　"저의 장모를 강간하고 온 놈. 저런 놈은 두 대의 지프차에 손발을 노나 묶어 매달아 찢어 죽여야 한다!"

　"서울에 남은 네 계집과 자식의 소리를 들어 봐라."

　"그러고는, 아직 국민 학교의 어린애인 내 자식의 마음이라고 "아버지" "아버지" 연거푸부르는 소리를 전해 보내고, 뒤이어 "내 남편은 부산에 첩을 두고 살고 있어라우." 하고 내 아내의 마음이라고 소개하는 것을 전해 보냈다.

　그리고는

　"해병대 사령부로 오라. 너를 오전 x시 xx분 함포 사격으로 사형한다!"

　"헌병대 사령부로 오라. x소위의 명령으로 너를 오늘 오후 x시 정각에 총살한다."

　"xx 방위대 사령부로 x에 오라. x소령 명령으로 너를 타살한다."

　"이 거미 같은 놈! 일찌감치 어서 앞발 벗고 꿇어앉아라. 모략— 만일에 모략이라고만 말하는 날은 너는 다시는 없는 줄 알어……!"156)

　(나) 나는 또다시 내 정신의 혹독한 病과 맞부딪쳐야 하게 되었다. 그것은 딴 게 아니라 저 6·25사변 이후의 기록에서 내가 이에 가끔 말해 온-하늘에 울려 들려 오는 내 의식과 딴 사람의 의식과의 교환에의 沒入이었다. …… 이것은 내 의식이 잠이 들거나 昏睡狀態에 빠지기 전에는 늘 당하고 있어야만 했기 때문에 여간한 고역이 아니었던 것이다. 더구나 내게 이 짓을 강요하고 있는 機械, 눈에 안 보이는 조종자는 매양 左翼 世界에 반대하고 있는 내 의식과 일치하고 있는 걸로 봐서, 더 많이 우리 정부거나 우리 정부와 우호적인 나라의 정부가 하는 일이라고 이때엔 믿고 있었으므로, 이걸 나는 한 개의 뚜렷한 現實力으로 믿고 現

---

156) 서정주, 「6·25사변(Ⅱ)」, 『전집 3』, pp. 289-290.

實化해 나가려는 亂暴 속에 놓이기까지 했던 것이다.[157]

전쟁 이후 죽음을 넘나드는 서정주의 의식의 혼란은 이미 내부에 잠
재되어 있던 병적 요인이 전쟁을 계기로 근대의 폭력과 함께 폭발해 버
린 것이다. 1950년 8월 대구에서 시작된 환청은 그에게 '공중의 소리
의 협박'으로 다가왔다. 물론 그는 이것이 "내 불신과 의심이 만들어
온 의식의 결과"임을 부인하지 않지만, 이후 그는 반정신병자가 다 되
어 헤매고 다닌다. 협심증과 일종의 과대망상이 어우러진, 지독한 노이
로제증상으로 무당 넋두리 같은 의식의 발작—언어상실과 정신착란증세
를 보이기 시작하여 마침내 부산으로 후송되어 유치환의 집에서 요양
하게 된다.

이 가운데서도 영도(影島)에서 구상한 〈山下日誌抄〉 1·4 후퇴 후 서
울에서 썼다는 〈내리는 눈발 속에서는〉 같은 작품은 일초도 빠짐없이
계속해 추궁해 대고 있었던, 마음 속 의식을 노리는 그 정체 불명의 알
수 없는 기계력이 작품화할 때의 마음 속을 송두리째 음향화해 공중에
강제로 표출하면서 쓴 것이다. 자연의 미물 같은 소리마저도 언어화하
여 서정주의 의식을 노리고 논란하고 공격하고 때로는 무고(誣告)해 댄
것이다. 서정주는 이미 전쟁체험을 통해 의식의 죽음을 경험한 자다.
1951년 여름 전주에서 서정주는 데라볼이라는 학질약을 다량으로 복용
한 자살미수사건을 일으킨다. 전쟁의 상처는 문명파괴적인 면만 남긴
것이 아니라 의식의 혼란 속에 정체 모를 열병까지 앓던 자에게 "슬그
머니 없어져 버리고 싶은 생각"을 심어 놓아, 마침내 기억상실의 어둠
속에 잠기게 한 것이다. 서정주의 죽음체험은 현실을 견디지 못한 자로
서 진달래 꽃빛의 피빛을 토해내도록 만든다. 정치적으로 우리나라의
장래를 절망했기 때문이다. 서정주의 몸뚱어리는 꽤 복잡한 병을 만들

---

157) 서정주, 「광주에서」, 앞의 책, p.333

고 있었던 것이다. 〈上里果園〉은 이 자살미수 뒤의, 햇볕의 간절도(懇切度) 속에서 그 생각의 뼈다귀가 이루어진 시다.

이처럼 무의식은 어둠이요, 혼돈이고, 캄캄한 소용돌이이다. 그러나 그것은 창조하는 카오스를 간직하고 있다. '정신적 外傷(trauma)'은 충격적인 사건 또는 쇼크를 말한다. 이미 무의식의 세계, 심연을 경험하고 생명의지로 극복하려는 몸부림을 보여준 서정주 내부에는 무한한 잠재의식이 내재되어 있다. 정신적 외상에서 갈등 원인은 사소한 신체적 손상이 아니라 두려움이라는 감정, 즉 심리적 외상이다. 아무런 말 없이 당해야만 했던 모욕이 병으로 발현되는 것이다. 그것은 현실이 참을 수 없을 정도로 고통스러워졌거나 본능이 매우 강해졌을 때 일종의 정신신경증으로 나타나게 된다. 이 병에 대해 "未堂 弟氏(徐廷太)의 진술에 의하면 '그 당시 서울에 두고온 가족 생각과 李博士傳記의 판매 금지로 인한 충격이었던 듯' 하다"158)고 했다.

> 一九四七年 여름부터 겨울까지는
> 美國서 막 돌아오신 李承晩 老人과 나는
> 아무렴 꽤나 다정한 친구였었지.
> 그는 國父로서, 나는 天才詩人으로서,
> 한 週日에 한두 번씩은 정해 놓고 만나서
> 그는 그의 지낸 얘길 내게다 털어놓고
> 나는 그걸 열심히 노오트하고 있었지.
> 비오시는 날은 카츄샤 사과도 나눠 먹으며
> 大統領이 안될까봐 걱정해 쓴 그의 漢詩를
> 둘이 함께 吟味하며 서로 의지도 했었지.
> 그러신데, 이 情分으로 그의 傳記를 써냈더니,
> 그의 아버지 이름 밑에 尊稱을 안 붙였다고

---

158) 송하선, 『미당서정주연구』, 선일문화사, 1991. p.63

大統領된 이 양반이 發賣禁止를 시켜버려서
그 뒤 여러 해 나를 서럽게 한 건
꽤 오래 두고두고 도무지 理解가 안 갔네.

내 나이도 환갑 진갑 다 넘어서
'늙으면 누구나 다 어린애로 돌아온다'는
옛 어른들의 말씀의 뜻을 몸소 겪기까지는……

註. '카추샤' 사과는 껍질을 안 벗기고 그냥 먹는 사과. 톨스토이의 小
說『復活』속에서 그 여주인공 카추샤가 고로코롬 먹었대서……
　　　　　　　　　　　　　　－〈李承晩 博士의 곁에서〉 전문

　이 일이 두고두고 한이 되어 있다가 전쟁의 폭력성 앞에서 의식이 터
져버린 것이다. 그런데 정신병은 다른 천조각(환상 등)으로 덧댈 수밖
에 없는 기표 체계의 틈새(구멍)를 뜻하는데, 남근(자본·이성 등)을 지
닌 기표 체계의 내면화에 실패[159]하여 일어나는 증상이다. 이는 현실과
의 실존적 단절을 나타내고, 스스로의 생각이나 행위를 모두 남의 조종
을 받아 하는 것으로 느끼는 체험과도 유사한 점에서 '강박적 망상'(작
위 체험)[160]이라 할 수 있다. 서정주에게 있어 '구멍'이란 '아버지의 이
름의 부재'를 말한다. "애비"는 그에게 애초부터 없는 것이나 다름 없
다. 대신 종의 주인이던 일제를 양부삼아 모시다가 광기의 완전한 폭발
인 원자폭발의 여파로 그 꿈은 실현되지 못한다. 다시 친부에게로 돌아
왔으나 판매금지라는 곤욕을 치르기까지 한다. 이런 일련의 사건이 정
신적 외상으로 작용하여 내면에 축적되어 있다가 한국전쟁의 발발을 계
기로 함께 폭발해버린 것이다. 그러나, 폭발로 인한 정신적인 잿더미

---

159) 나병철, 『모더니즘과 포스트 모더니즘을 넘어서』, 소명출판, 1999. p. 314
160) 柄谷行人, 『탐구 1』, 송태욱 역, 새물결, 1998. p. 46

속에서 그는 원점으로 돌아와 새로운 모색을 하게 된다.

　(나)에서는 "의식과의 교환"을 볼 수 있다. 주체의 의식이 희미할 때 타인의 의식이 강하게 들어오기 마련이고 딴 의식에의 몰입은 주체의 존재가 없어져나가는 무서운 증상이다. 그런데 그런 의식에의 몰입은 주체의 힘으로 이루어지는 것이 아니라 "이 짓을 강요하고 있는 機械, 눈에 안 보이는 조종자"에 의해서 빨려들어가고 있음을 알 수 있다. 서정주의 혼은 한국전쟁 앞에서 이렇게 산산조각이 나 버린 것이다. 그러면 그 조종자는 누구인가? 그것은 "左翼 世界에 반대"하는 "우리 정부거나 우리 정부와 우호적인 나라의 정부"라고 말하고 있다. 일제 때의 '父의 부재'로 구멍난 의식세계에다 자신을 조종하는 자, 한때의 적이었다가 해방 후 우방이 된 자가 "내 의식과 일치"하여 그를 괴롭히고 있다.

　이렇게 의식의 붕괴, 인격의 붕괴, 사고와 감정의 불일치, 그리고 무엇보다도 강한 감정이 인격의 분리 현상의 바탕이 되기도 한다. 이것이 심해지면 공포증, 강박증을 동반한다. 이러한 상황에서는 의식과 무의식이 따로 노는 것을 하나로 합치는 전체정신의 실현이 요구된다. 융이 무의식을 원형 개념으로 끌어올린 데 비해 애들러(Adler)는 무의식에 억압된 것이 권력의지임을 주장한다. 서정주는 일제 말에 친일적인 태도가 돌변하여 이승만 전기를 쓰게 되고, 한국전쟁 후 미국이 우방이 된 시대의 변화 속에 약자가 살아 남을 수 있는 방법을 보여주고 있다. 결국 그는 그런 충격으로 미쳐버린 것이다.

　서정주의 병인(病因)에 대해서는 몇 가지로 추정해 볼 수 있다.

　우선 시인의 기질적인 문제를 들 수 있다. 정열적인 사람은 항상 내적 갈등을 경험하게 마련이고 그 격렬함이 제대로 표출되지 못했을 때, 근원적인 병인이 될 수 있다. 내적 갈등을 겪지 않는 이도 없지만, 서정주의 경우는 정도가 심하다. 1930년대를 시적 출발로 하여 막힌 현실 속에서 탈출에의 의지가 있었다 할지라도 그것은 피지배인의 희망 사항일 뿐이다. 이미 1942년 해인사 시절 영과의 교통 속에 혹독한 병을 앓은 바에 의하면, 그는 이성보다 본능이나 직관이 앞선다. 참선 도중 죽은 영의 기운에 휩싸여 죽을 고비를 넘긴 점을 보아 그는 감정이나 정서면에 타고난 무당 기질도 갖고 있음을 알 수 있다. 지성이 파괴된 현장에서 육체에의 함몰을 추구하던 격한 본능이, "이마우에 언친 詩의 이슬"에 섞인 "멫방울의 피"가 용암처럼 끓다가 폭발해버린 것이 그의 병이다. 무의식 속에 억압되어 있는 정신적 외상의 기억을 언어화함으로써 육체로 나타난 병적 증상을 없애는 것이 시인의 예술일텐데도 서정주의 격렬함은 억압된 정서의 해방을 언어로써 카타르시스화하는 것보다 더 컸다. 정신의 발견을 위하여 정말로 필요한 것은 지성 못지 않게 감수성과 상상력, 혹은 간결함과 시적 과학161)인데, 서구의 이성 우위적 시각은 인간을 환자로, 세상을 병원으로 인식하게 한다. 근대의 폭력하에 서정주 역시 병적 증상을 보이다가 폭발하는 과격함을 보여준다.

다음으로 1950년대의 시대적 상황과 연결지어 살펴볼 수 있다. 진보와 발전의 이름으로 근대가 밀려왔지만, 그 이면에는 폭력과 야만, 광기가 넘치고 있었다. 암울한 시대 속에 자신의 광기어린 육체 속에 꼭꼭 갇혀 있던 정신이, 15년이라는 시간 속에 묶여 있다가 마침내 분리되어 '질병'이라는 악마의 미소로 표현되어 나타날 때, 그것은 죽음보다 더한 고통이다. 결국 그의 육체는 다량의 약을 원하고 이어 자살미수사건이라는 어설픈 결과로 끝난다. 죽음보다 더 큰 고통인 병. 인간 세상에 슬픔과 고뇌의 근원이고 비인간화를 불러오는 원인이 병인 것이다.

질병은 예술가에게 독창적인 창조 활동의 도구가 된다. 횔덜린이 그

---

161) Walter Kaufmann, 『프로이트와 그의 시학』, 김평옥 역, 학일출판사, 1994. p.94

랬고, 니체가 그랬고, 보들레르가 그랬고, 고호가 그랬다. 키에르케고르는 "모든 창조적 싹의 궁극적 토대였던 것은 사실 질병이었다. 창조하면서 나는 나을 수 있었고, 창조하면서 나는 건강을 찾았다."[162]고 고백하고 있다. 하이네도 〈창조의 노래〉에서 노래한다.[163]

> 질병은 모든 창조적 욕구의
> 궁극적 근거.
> 창조하면서 나의 병이 나았고
> 창조하면서 나는 건강해졌네.

서정주 역시 스스로 자신의 병을 초래한 셈이지만, 그것을 바탕으로 창조의 실을 자아낸다. 이처럼 작품과 질병과의 관계는 긴밀한 긴장을 보여준다. 한번은 작품이 예술가를 병들게 하다가 또 한번은 작품이 예술가를 치료하는 것이다.

2. 정체성 확립과 현실 긍정

서정주가 전통에 본격적으로 관심을 가지기 시작한 것은 전쟁의 충격이 그의 영혼을 갈갈이 찢던 1951년부터이다. 전쟁이 남기고 간 심층에서 서서히 자아에 대한 새로운 성찰과 전통적 질서로의 회귀를 꿈꾸게 된다. 그는 신화적 상상력을 통해 인식의 전환을 하게 된다. 이전의 카오스적 세계에서 코스모스 세계로의 전환을 하게 된다. 그때 만나게 된 것이 신라와 신라정신이다. 서정주는 한국전쟁이라는 동족상잔의

---

162) Philippe Brenot, 『(미술과 음악, 그리고 문학에서) 천재와 광기』, 김웅권 역, 동문선, 1997. p.253
163) Sigmund Freud, 『무의식에 관하여』(프로이트 13), 윤희기 역, p.63

비극, 그 역사의 폭력과 광기의 현장에서 신라라는 영원의 세계와 상봉한 것이다. 1951년 전주고 국어교사 시절과 1952-1953년 광주 조선대 교수 시절에 서정주는 『삼국유사』, 『삼국사기』를 비롯한 여러 사료(史料)들을 두루 모아 신라 중심의 삼국사와 신라의 통일사 쪽을 집중적으로 파고 들었다. 중요하다고 생각되는 부분들은 꼼꼼이 노트해 따로 카드도 만들었다. 그러면서 그는 삶에 대한 욕구를 되찾았고 귀중한 정신적 기틀을 마련했다.

전쟁체험으로 인한 인식의 분열, 지속의 단절을 겪은 뒤의 서정주 시는 극복에의 의지가 강해지면서 현실을 긍정하기에 이른다. 단절과 찢김의 세계 저 너머의 영원의 세계를 동경하게 된 것은 마음의 필연성으로 보인다. 그러기에 그는 현실의 피안에 있는 영원이라는 왕국에 이르는 게 절실한 문제였는지 모른다.

근대화란 자본주의의 발전과정이며 곧 기술적으로 앞서고 물질적으로 부요하며 사회적, 종교적 권위라는 미망에서 자유로운 삶을 추구하는 것이다. 그러나, 도시 공간의 외적 화려함과 번잡함 속에 텅 빈 공허가 존재하는데, 이 이중성의 밑바닥에 서정적 구원의 소리가 있다. 근대성 체계의 타자로서 반근대성 체계를 대표하는 유기론이 그것이다. 이는 전통이론으로 근대 문명에 의해 억압되어온 자연의 생명을 추구함으로써 근대 사회의 폭력성과 물질성을 고발한다. 근대성에 대한 부정적인 태도의 배경에는 본질에 대한 향수가 전제되어 있다. 이 본질회귀, 원점으로의 회귀가 서정주 정신의 고향 발견으로 이어진다.

(가) 광주 무등산 위의 어느 때때의 이내[嵐]는 우리나라에서는 보기 드문 것이다. 이 빛깔은 우리가 늘 보는 코발트의 하늘빛하고는 아주 다른 빛이고, 그건 풀밭에 가깝지만, 또 아주 깊이 깊이 몇천 길같이 빛나는 풀밭이다. 이것이 이내[嵐]다. 옛 신선들이 그들의 정신의 어떤 전답으로, 아니면 내려와 숨쉬어 가끔 마시던 것으로 정했던 그 이내인 것이

다. …… 나는 이 무등산 위의 이내 속에 잠입해서, 내가 저 이백이나 도연명, 장자, 노자의 자연몰입의 경지를 난생처음 잘 이해한 것은 이 언저리 아니었던가 한다.[164]

가난이야 한낱 襤褸에 지내지않는다
저 눈부신 햇빛속에 갈매빛의 등성이를 드러내고 서있는
여름 山같은
우리들의 타고난 살결 타고난 마음씨까지야 다 가릴수 있으랴

靑山이 그 무릎아래 芝蘭을 기르듯
우리는 우리 새끼들을 기를수밖엔 없다
목숨이 가다 가다 농울쳐 휘여드는
午後의때가 오거든
內外들이여 그대들도
더러는 앉고
더러는 차라리 그 곁에 누어라

지애비를 물끄럼히 우러러보고
지애비는 지어미의 이마라도 짚어라

어느 가시덤풀 쑥굴헝에 뇌일지라도
우리는 늘 玉돌같이 호젓이 무쳤다고 생각할일이요
靑苔라도 자욱이 끼일일인 것이다

註. 無等- 湖南 光州의 名山
           - 〈無等을 보며〉 전문

서정주에 의하면, 광주 무등산은 앞에 앉은 산과 뒤에 앉은 산의 두

---

164) 서정주, 「천지유정-무등산 밑에서」, 앞의 책, p.325

겹을 이룬다고 한다. 앞에 앉은 산은 엇비슷이 누워 있는 아내의 모습 같고, 뒤에 앉은 산은 뭔지 안심찮아 일어나 앉아 있는 남편의 모습 같다는 것이다. 두 오랜 부부의 어느 오후의 휴식의 모습과도 같다. 이런 정신적인 안정을 이룬 모습은 그의 시적 출발부터 따지자면 긴 세월을 거쳐 도달한 지점이다. 이 지점은 "無等"에서 보는 바와 같이 차별이 없는 자연으로의 귀의와 같은 점으로 보인다. 전쟁 이후의 경제적인 궁핍상 속에서 가난을 미화시킨 점이 있지만, 현실을 긍정하는 낙관적인 자세가 담겨져 있다. 이것은 자기 구원을 위한 일종의 정체성 확립으로 보인다.

괜, 찮, 타, ……
괜, 찮, 타, ……
괜, 찮, 타, ……
괜, 찮, 타, ……
수부룩이 내려오는 눈발속에서는
까투리 매추래기 새끼들도 깃들이어 오는 소리.……
괜, 찮, 타, ……괜, 찮, 타, ……괜, 찮, 타, ……괜, 찮, 타, ……
폭으은히 내려오는 눈발속에서는
낯이 붉은 處女아이들도 깃들이어 오는 소리.……

울고
웃고
수구리고
새파라니 얼어서
運命들이 모두다 안끼어 드는 소리.……

큰놈에겐 큰눈물 자죽, 작은놈에겐 작은 웃음 흔적,
큰이얘기 작은이얘기들이 오부록이 도란그리며 안끼어 오는 소리.……
괜, 찮, 타, ……

괜, 찮, 타, ……
괜, 찮, 타, ……
괜, 찮, 타, ……

끊임없이 내리는 눈발속에서는
山도 山도 靑山도 안끼어 드는 소리.……
- 〈내리는 눈발속에서는〉 전문

이 시를 통해 볼 때 서정주는 이제 모든 것을 받아들일 수 있는 정신
적인 여유마저 보여준다. "내리는 눈발속에", "울고", "웃고", "수구리
고", "새파라니 얼어서"라도 모든 운명을 감싸안는 현실긍정의 낙관적
인 삶의 여유를 보여주고 있다. 긴 세월 비극적인 상황과 비극적인 인
식 속에 지내온 자가 한국전쟁을 계기로 죽음의 문턱까지 넘나들고 난
뒤, 현실을 초월하는 느긋한 면마저 보여주고 있다. 이 시는 서정주의
파편화된 시간성과 분열의식에 대한 극복으로 자연의 질서 속에 자신
을 편입시켜 영원의 세계로의 동화 속에서 이루어졌다. 전쟁을 통해 물
질성이 주는 횡포와 공포에 의한 정신성과 육체성의 대립·혼란이 소
멸되면서 정신성이 승리한 결과로 쓰여진 시이다. 즉 정신성의 고양과
물질성의 하락이라는 전후상황과 맞물리면서 육체성이 떨어져나온 결
과가 1950년대 서정주가 지향했던 시적 세계인 셈이다. 이러한 육체성
의 소멸은 영원성으로 나아가는 계기가 된다. 초기시에서 보여준 관능
성에 대한 회의가 신화의 세계인 영원성으로 나아가는 단초가 된다. 그
의 신화적 상상력의 도입은 개인적 지향성과 사회적 필연성이 통합되
어 나타난 것이다. 즉 신라정신이라는 영원성은 전후 물질성의 황폐함
이 가져다준 현실, 그런 물질성에 대한 극복의지로 나온 것이다.

北岳과 三角이 兄과 그 누이처럼 서 있는것을 보고 가다가
兄의 어깨뒤에 얼골을 들고있는 누이처럼 서있는것을 보고 가다가

어느새인지 光化門앞에 다다렀다.
光化門은
차라리 한채의 소슬한 宗敎.
조선 사람은 흔이 그 머리로부터 왼몸에 사무쳐 오는 빛을
마침내 보선코에서까지도 떠바뜰어야할 마련이지만,
왼하늘에 넘쳐흐르는 푸른 光明을
光化門 - 저같이 으것이 그 날개쭉지우에 실人고 있는者도 드물라.

上下階層의 지붕위에
그득히 그득히 고이는 하늘.
드디어 치-ㄹ 치-ㄹ 넘쳐라도 흐르지만,
지붕과 지붕사이에는 新房같은 다락이 있어
아래層엣것은 그리로 왼통 넘나들마련이다.

玉같이 고으신이
그 다락에 하늘 모아
사시라 함이렀다.

고개 숙여 城옆을 더듬어가면
市井의 노랫소리도 오히려 太古같고

문득 치켜든 머리위에선
파르르 쭉지치는 내 마음의 매아리.……
          - 〈光化門〉 전문

　'광화문'은 조선조 태조 4년(1395)에 지어진 경복궁의 남쪽 정문을
말한다. 물론 서정주는 그것을 시적 은유의 장치로 빌려와서 시를 쓴
것이다. '光'이란 빛의 이미지로 상층의 의미를 지니고, '化'는 '변화
시킨다', '교화시킨다'는 의미이다. '문'은 하나의 경계로써 상하 양층
의 대립을 조화시키고자 하는 시인의 의식을 볼 수 있다.

千年 맺힌 시름을
출렁이는 물살도 없이
고은 강물이 흐르듯
鶴이 나른다

千年을 보던 눈이
千年을 파다거리던 날개가
또한번 天涯에 맞부딪노나
山덩어리 같어야 할 忿怒가
草木도 울려야할 서름이
저리도 조용히 흐르는구나

보라, 옥빛, 꼭두선이,
보라, 옥빛, 꼭두선이,
누이의 수틀을 보듯
세상은 보자

누이의 어깨 넘어
누이의 繡틀속의 꽃밭을 보듯
세상은 보자
　　　　　　　　　－ 〈鶴〉의 일부

　‘학’은 우리 민족을 상징하는 새로 비유되어 왔다. 이 시에서는 민족의 시름인 한을 학에다 비유시켜 놓았는데, 그것은 시인 자신의 한이기도 하다. 학의 "忿怒"와 "서름"은 우리 민족의 한인 동시에 서정주의 정서인 것이다. 그러나 그는 "누이의 繡틀속의 꽃밭을 보듯" 인생을 긍정·달관하는 자세를 보여주고 있다. 이것은 ‘영혼의 죽음’ 뿐만 아니라 육체의 죽음 직전까지 갔던 자가 한발 뒤로 물러나서 세상을 보는 여유라고 할 수 있다.

香丹아 그넷줄을 밀어라
머언 바다로
배를 내어 밀듯이
香丹아

이 다수굿이 흔들리는 수양버들 나무와
벼갯모에 뇌이듯한 풀꽃뎀이로부터,
자잘한 나비새끼 꾀꼬리들로부터
아조 내어밀듯이, 香丹아

珊瑚도 섬도 없는 저 하눌로
나를 밀어 올려다오.
彩色한 구름같이 나를 밀어 올려다오
이 울렁이는 가슴을 밀어 올려다오!

西으로 가는 달 같이는
나는 아무래도 갈수가 없다.

바람이 波濤를 밀어 올리듯이
그렇게 나를 밀어 올려다오
香丹아.

— 〈鞦韆詞 – 春香의 말 壹〉 전문

   시인이 열두 살 때 마냥 행복하기만 했던 것은 학교 운동장에 그네가
있었고 그 그네를 같이 탔던 남숙이와 공유했던 나날들이 있었기 때문
이다. 그런 정신적 원형의 공간을 끄집어내서 '춘향의 그네'로 대입한
것은 개인의 경험을 보편적인 차원으로 끌어올리려는 의도로 보인다.
그 행복의 공간, 훼손되지 않은 세계를 재생하는 데는 그동안 시인이 겪
은 심적 고통이 남달랐기 때문인지도 모른다. 어쨌든 서정주는 자신의

황금시대에 해당하는 원형 세계를 춘향의 그네로 형상화시켜 놓았다.

그렇다면 '그네'의 상징의미는 무엇인가? 그네는 상승과 하강으로 이루어지는 반복운동을 말한다. "하눌"을 향한 염원은 미지의 세계에 대한 무한한 동경과 꿈을 뜻하고, 땅으로 내려올 수밖에 없는 운명은 비극적인 인간의 숙명적인 한계상황을 그리고 있다. 그러므로 '그네'는 인간의 꿈과 욕망의 한계를 보여주는 소재이다. "수양버들 나무"와 "풀꽃뎀이"와 "꾀꼬리들"로부터 벗어나고 싶은 시인의 욕망은 "珊瑚도 섬도 없는 저 하눌"로, "彩色한 구름같이" 올라가고 싶어한다. 그러나 시인은 "西으로 가는 달 같이"는 갈 수 없는 한계를 자각하게 된다. 천상적 세계에 대한 지향이 끝내는 도달할 수 없는 것임을 자각한 데서 오는 갈등은 시인도 결국 지상적 현실에 머물 수밖에 없는 운명적 존재이기 때문이다. 열두 살의 그네는 이렇게 나이를 먹었다. 원초적 행복의 공간이 훼손될 대로 훼손된 뒤, 원체험을 변형시켜 창조의 공간에 갖다 놓았으나, 시인은 여전히 슬픈 운명의 족속이다. 그러나 여전히 "나를 밀어 올려다오"라는 소리는 끊이지 않는다. 현실을 바라보고 그 현실을 뛰어넘는 시도를 하고 비극을 자각하기에 이르고 도로 현실로 오지만 다시 저 하늘을 향한 시도는 계속된다. 이상을 향한 무한한 시도는 어디까지 이르려는 것일까?

이외에도 〈百結歌〉, 〈新羅의 商品〉은 한국전쟁 이후의 궁핍한 현실에 대한 나름대로의 대응책으로, 가난을 이겨내는 힘과 그 원리로서의 전통적인 인정의 세계를 부각시켜 놓은 시다. 『歸蜀途』(1948)에서 일제 말부터 해방 직후까지 사상적 구조인 동양 정신에 입각한 점이 『徐廷柱詩選』(1956)에도 여전히 나타난다. 이처럼 서정주가 현실긍정의 모습을 보이게 된 것은 근대지향성의 일방적인 횡포에 역방향으로 나타난 전통 사유의 힘이 결정적인 계기가 되었기 때문이다. 단군신화에 의하면, 환인이 탐구인세(貪求人世), 즉 인간 세상을 탐하였다는 대목이 보

인다. 이는 한국인의 전통적 사유가 현실긍정165)이 중심이라는 것을 제
시하는 것이다. 서정주의 전통정신에 대한 끊임없는 추구는 한국인으로
서의 존재론적 자기인식의 과정을 보여준다. 그의 '영원성 지향'은 이
미 초기시에서 그리이스 로마 신화를 통해 꿈꾸던 아득하고 영원한 신
들의 세계, 그 카오스적 원형의 세계에 대한 향수와 시원(始原)에의 회
귀를 '신라정신'으로 대체한 것이다.

3. 현실초월의 '신라'라는 영원성 추구

신화란 시공을 초월한 인간의 꿈의 원형을 간직하고 있다. 그런 점에
서, '신화는 문학의 최초의 말'166)이요, 한 겨레의 문학의 모태이다. 인
간 정신의 근저에 내재한 선험적 경험인 원형을 융은 인간의 정신 구
조에서 찾는다. 인류의 내면세계에 잠재되어 있는 무의식을 끄집어내어
문학 작품의 상징요소로 삼는 것을 원형 탐색이라 한다. 신화는 이러한
인간 본성의 회복을 꿈꾸며 인간의 원초적 세계, 즉 인간의 심층 심리
에 내재된 무의식적 꿈의 원형을 형상화할 뿐 아니라 당대 삶의 의미
를 인식하고 파악하는 힘을 갖는다.

그러기에 유년은 단순한 행복의 원형 공간이며, 신화의 세계이며, 시
인을 신에게로 이끄는 정신적 안내자의 역할을 한다. 서정주의 시적 감
정의 발생은 대여섯 살 때부터 몸에 젖은 영원의 세계에 뿌리를 둔 고
독에서 비롯된다.

> (가) 이렇게 하여 나는 대여섯에 天體의 살을, 딴 것 새에 두지 않고,
> 내 살에 댈 수가있었다. …… 이런 커다란 살(肉)로서의 하늘 속에- 하

---

165) 송주성, 「'전통' 과 '근대성' -1950년대 미당 시의 전통성과 초근대성 문제」, 정창범 편,
『전후시대 우리 문학의 새로운 인식』, 박이정, 1997. p.307
166) 김열규, 『한 그루 우주나무와 神話』, 세계사, 1990. p.95

늘 밑이 아니라 차라리 하늘 속에, 이것을 느끼고 사는 사람들의 피는 일가 친척이 아니라도 서로의 울타리를 경계로 하지 않고 한맥을 이루고 있는 듯했다.167)

서정주는 혼자 있는 세계의 적막감에 빠져들면서 천체의 살을 체감한다. 그의 시는 현실 세계의 '벽'을 뚫고 영원의 세계에 도달하려는 원형적이고 본원적인 인간 경험의 기록168)임을 보여주는 것이다. 영원을 향한 그의 시적 지향은 이미 『花蛇集』 시절에 예비되어 있었다.

근대의 폭력이 한국전쟁으로 폭발되어 나타났을 때, 이에 대한 대결 의식은 전통지향성 뿐이다. 근대지향성의 일방적인 횡포를 막아내는 것은 1950년대라는 시대의 당연한 요청사항이었다. 그러나 근대지향성의 폭력이 너무나 엄청난 것이기에 이에 대응되는 것의 모색으로서의 전통지향성이 문화의 차원을 벗어날 정도에까지 이른 것, 그것이 『新羅抄』의 세계로 파악된다.169) 서정주는 자살을 기도했기도 했던 6·25 동란 중에 신라에 대한 관심 속에 신라정신이라는 구원의 빛을 발견한다. 『삼국유사』, 『삼국사기』, 『삼국사절요』, 육당이 편집한 『신라수이전』 등에 담긴 설화를 발굴하여 시적 직관으로써 형상화한 세계가 『新羅抄』와 『鶴이 울고 간 날들의 詩』(1982)이다. 6·25를 전후한 역사의 소용돌이가 신라라는 시세계를 형성시키는 계기가 되지만, 이것은 기록성의 자의적 해석에서 빚어진 방법론상의 난점으로 물신적인 차원으로까지 후퇴하는 모습을 보여준다.

東夷란 물론 中國 사람들이 옛날 우리 조선사람들한테 붙인 별명으로, 夷字는 弓大人을 합친 글자니까 활을 특별히 아주 잘 쏘는 君子라는 뜻

---

167) 서정주, 「내 마음의 遍歷-질마재」, 앞의 책, p.15
168) 이태동, 「현실과 영원의 善美한 조합」, 박철희 편, 앞의 책, p.74
169) 김윤식, 「거울화의 두 양상-서정주론」, 『한국현대문학사』, 일지사, 1985. p.330

이라, 그들 나라의 동쪽에 사는 우리의 활쏘기와 사람됨이 그들보다 훨
씬 훌륭함을 찬양하여 만들어 낸 표현입니다.

- 〈東夷〉 중 일부

이 시는 신라 이전의 조선인들이 문무를 겸비하고 있음을 보여준다.
문(文)과 무(武), 질서와 예술을 조화시킨 신라정신이야말로 한국인의
영원한 정신모델이다.170) 서양의 르네상스 운동이 '그리스 · 로마 정신
으로 돌아가자'였다면, 우리의 정신적인 뿌리는 삼국을 통일한 신라,
그 '신라정신으로 돌아가자'는 것이다. 한국 민족의 정서와 지혜의 보
고인 『삼국유사』 등에 담긴 설화를 통해 체득된 민족 정신의 뿌리(원형)
로 돌아가는 행위를 말한다. 이제 신라의 근본정신을 이해하는 데 힘이
되었다는 『삼국사기』 신라본기 4권 진흥왕 조에 보이는 최치원의 '난
랑비서'라는 글을 보기로 한다. 이 글은 우리나라 문헌에서 가장 오래
된 풍류에 관한 기록으로서 한국적 풍류의 원 모습과 사상적 근원을 제
시해주는 중요한 기록이다.

　　(나) 崔致遠鸞郎碑序曰 國有玄妙之道 曰風流 設敎之源 備詳仙史 實乃
包含三敎 接化群生 且如入則孝於家 出則忠於國 魯司寇之旨也 處無爲之
事 行不言之敎 周柱史之宗也 諸惡莫作 諸善奉行 竺乾太子之化也(최치원
의 난랑(화랑의 이름인 듯)비 서문에는 "나라에 심오하고 미묘한 도가 있
는데 풍류라 한다. 敎를 設施한 근원은 『仙史』에 자세하거니와, 실로 三
敎(儒 · 佛 · 道)를 포함한 것으로써 여러 백성을 접촉하고 교화시켰다. 또
한 들어가면 집안에서 효도하고 나가면 나라에 충성함은 노나라 사구(司
寇 : 공자의 벼슬)의 뜻이요, 자연 그대로 행하고, 말없는 가르침을 행함
은 주나라 柱史(노자의 벼슬)가 주장한 요지며, 모든 악한 짓을 하지 말

---

170) 서정주-김수남 대담, 「신라정신으로의 복귀가 한국의 르네상스이다」, 『월간조선』,
　　 1995.1. p.243

Ⅴ. 질곡된 삶의 구원으로서의 '신라' 회귀　145

고 착한 일만 받들어 행함은 인도 태자의 교화다"고 했으며,[171]

이 글은 풍류도 혹은 화랑도의 정신성격을 말한 것이다. 여기에 보면 이 신라의 화랑도라는 것도 어느 정도 발전했을 때는 유교, 도교, 불교의 장점 등을 종합한 것임을 말하고 있어 신라에 있어 종합적 비빔밥이 이루어진 것을 보여준다. 신라에는 최치원이 말한 삼교(三敎)의 종합으로서의 화랑도(花郞道)가 그 중기 이후 성립하기 전에 일종의 신도수행(神仙修行)이라는 것이 먼저 있었다. 일종의 신선적 정신(神仙的 精神)을 바탕으로 그 위에 유·불교의 이입과 아울러 통합되어 나간 것이다. 유교의 현실주의적 인격 위에 또 다른 하나의 영생주의적 인격을 이루어온 것이다. 요컨대 우주적 무한과 시간적 영원을 근거로 하는 영원주의임과 동시에 자연주의라고 할 수 있는 이것은 신라통일 이후 신라정신(新羅精神)에 있어 가장 중요한 것이다.[172]

그런데 신라에는 불교와 유교가 들어오기 전에 그들만의 고유한 종교가 있었다. 그것이 샤마니즘이다. 그 샤마니즘은 지금의 그것과는 다르다. 그들은 '신령'을 믿었다. 그 신령이 자연 속 어디에나 깃들여 있다고 생각했다. 그리고 인간이 그 신령스러운 것과 접할 수 있는 공간을 산으로 생각했다. 신령이 자기들의 마음에 가장 잘 감응하는 영매를 꽃으로 생각했고, 아름다움으로 생각했다. 그리하여 신을 기쁘게 하기 위해 춤을 추고 노래를 불렀다. 이를 주관하는 신관은 여자였으나, 나중에 화랑으로 바뀌었다. 신에게 가장 어여삐 받아들여지는 정신은 화합이었다.[173]

화랑정신이 우리 민족 고유의 전통으로 신라의 정신인 것은 틀림없

---

171) 김부식, 『삼국사기 1』, 이재호 역, 솔, 1997. pp.150-151, p.169
172) 서정주, 「한국 시정신의 전통」, 『전집 2』, pp.117-118
173) 서영은, 「김동리 안의 경주' 또는 無極」, 권영민 편, 『김동리가 남긴 詩』,, 문학사상사, 1998. p.154

다. 이 화랑정신이라는 것은 그 당시 백제에도, 고구려에도 있었다. 그러나 문제는 화랑운동이 신라에서 일어난 것만큼 또 이 정신이 신라에서 발휘된 만큼 화랑 연구는 신라에서부터 출발하지 않을 수 없다.[174] '화랑'이란 인물을 뜻하는 것이 아니라 한국민의 주체성을 초래하는 민족적 영성 또는 얼로서의 화랑도 곧 풍류도를 뜻한다. 풍류란 일반적으로 동양 종교가 추구하는 이상에 대한 표현이다. 그것은 자연과 인생과 예술이 혼연일체가 된 삼매경에 대한 심미적 표현이다. 중국에서 삼교가 우리나라에 들어오기 이전부터 우리 민족이 가지고 있었던 이런 고유신앙은, 하느님을 섬기는 '밝의 뉘' 신앙이었다. '밝'과 '불'은 태양과 광명의 뜻이다. 하느님을 '부루', 혁거세를 '부거안(弗居內)'이라 했는데, 이것은 우랄 알타이어의 부르칸(Burkhan)과 그 말 뿌리를 함께 한다. 부르칸은 불·밝·환·한·한울·태양 등의 뜻과 함께 하느님을 나타내는 개념이다. 이러한 맥락에서 하늘의 밝음을 뜻하는 우리 옛말 '부루'에 한자를 붙인 것이 풍류(風流)이다. 곧 풍류도는 신인합일(神人合一)을 핵으로 한 우주적 조화의 정신이다. 자연과 인생과 문화 또는 천·지·인 삼재가 하나의 조화를 이루게 하는 진리요, 혼이다.[175]

    (다) 新羅에는 녜로부터 '부루'라는 神道가 잇서서 國民의 信仰을 統一하야가더니 中年에 佛敎가 드러와서 그 敎徒가 文化와 政治上에 貢獻이 만흠으로부터 佛敎의 勢力이 늘면서 '부루'의 宗敎的 意味가 열버지고 인하야 風月主니 國仙이니 花郎이니 하는 이름으로써 그 敎團이 一種의 敎化機關을 이뤘다. 더욱 統一運動의 內面에 佛敎人의 活動이 만핫든 사닭으로 統一의 뒤에 佛敎의 勢力이 더욱 늘고 쏘 中에서 거룩한 人物이 만히 나서 그 地位가 더욱 무거워젓다.[176]

---

174) 김범부, 『花郎外史』, 이문출판사, 1981. p.218
175) 유동식, 『풍류도와 한국의 종교사상』, 연세대출판부, 1997. pp.44-74, p.275
176) 최남선 撰, 『故事通』, 삼중당, 1947. p.42

　이렇게 신령과의 화합을 노래하던 신선정신이 풍류이고 신라정신의
근원이다. 풍류 곧 국선이란 단어 속에는 하늘의 광명을 숭상하여 살려
는 뜻이 스며 있다. 신라 시조 박혁거세의 치국 이념에도 이런 국선 사
상이 나타나 있다. 『삼국유사』나 『삼국사기』에 보면 박혁거세가 '하늘
의 이치를 본받아 세상을 다스렸다(光明理世)'는 기록과 '땅이 주는 온
갖 이익을 다 차지하도록 했다(以盡地利)'는 표현이 나온다. 하늘의 뜻
에 맞추어 땅을 맡아 책임지고 이익을 얻는 주인의식, 그것이 국선사상
이고, 나아가 화랑도 정신인 것이다. 자연과 인간과의 원만한 조화, 하
늘과 땅의 에너지에 인간의 기운을 일치시키는 이런 국선 정신은 이미
단군 때부터 있어온 우리의 고유한 진리이다. 왕 노릇을 하던 단군이
아사달산에 들어가 자취를 감춘 것도 일종의 신선수행, 국선수행이라는
게 서정주의 해석이다.

　이렇듯 풍류정신이란 낭만적 민족정신으로 절망하지 않고 웃는 마음,
곧 의젓하고 여유있는 끈질긴 선대의 국풍이며 민족 공동체의 산 정신
이다.[177] 즉 우리나라 고유의 풍류정신은 국선도 정신이다. 그러기에 인
간이 자연과 합일하여 풍류를 다 알고 나면 신선이 된다는 말도 있다.

　　신라의 시인 崔致遠이 말한 걸 보면 "우리 나라에서 처음 생긴 이 風
　流라는 생각은 인도의 석가모니의 불교와 중국의 노자의 도교와 공자의
　유교를 아주 잘 포함하고 있다"는 것이고, 또 얼마 전에 세상을 뜬 崔南
　善의 해석으론 "하늘의 밝음을 뜻하는 우리 옛말 '부루'의 소리에 맞추
　어 그 두 한문 글자를 붙인 것이다"는 것인데,
　　　　　　　　　　　　　　　　　　　　　　－ 〈風流〉 중 일부

　서정주의 〈風流〉는 이미 앞에서 살펴 본 최치원과 최남선의 해석이

---

177) 이운룡, 「사소설화와 단군신앙의 시적 의미―서정주의 시」, 『한국현대시인론』, 지평,
　　　1990. p.85, p.91

다 들어가 있다. 그런데 서정주는 "중국이나 우리 나라에서 風流라는 이름으로 일컬어 온 이 신선의 길은 이 하늘 밑에서는 처음으로 단군 께서 열어 놓으신 것"(〈神市와 仙境〉 중에서)이라고 했다. 이처럼 서정 주의 시세계를 관류하는 전통의 뿌리는 단군신화에서부터 시작되고, 이 는 후에 대종교의 원리요 사상 체계로까지 발전한다. 그러나 서정주는 『삼국유사』의 영향하에 생의 허무에 자리잡고 있는 생명의지, 곧 우리 민족의 심성에 자리잡고 있는 생의 원형을 추적하기 시작한다. 단군신 화의 이념인 홍익인간의 뜻은 민족의 주체의식을 형성하는 힘이 되어 인간중심주의를 형성하는 전통사상의 연원이 된다. 이런 단군신화에서 배태된 전통적 신앙이자 생활양식인 풍류도를 화랑도의 이념으로 채택 하고, 여기에 유·불·도 삼교의 사상을 실천덕목으로 도입한 것이 화 랑정신이다.178) 원광법사의 세속오계에도 이런 유불도 사상이 포함되어 있다. 또한 최치원이 말하는 현묘한 도 역시 유불도가 들어오기 전부터 있던 우리 고유의 토착사상인데, 여기에 삼교의 외래사상을 융화하여 조화시킨 것이 그의 공인 것이다.

　또한 서정주는 자신의 고향인 전라도에서도 이어져 내려온 '풍류'를 발견하고, 질마재라는 마을 생생한 사람들 속에서 민중의 구체적인 삶 의 사상을 발견한다. 그는 일찍이 전라도 말의 놀라운 음악성을 예찬하 면서 신라로부터 이어받은 풍류도에 대해 말하고 있다.

　　(라) 신라의 풍류도는 경상도가 본고장이긴 하지만 경상도는 유교 興
　　隆 후 연기 멸종해서 近朝 官邊을 장식한 사람들이 오래 지도해 왔기 때
　　문에 신라적인 풍류도는 근조에 와선 오히려 쇠미하고, 중인의 자리에
　　놓여 근조 관변과 멀리 天與의 생활인으로만 살아가기망정이었던 전라
　　도인의 많은 수가 도리어 신라적인 자연주의와 풍류도의 전통을 계승한

---

178) 심우섭, 『한국전통사상의 이해』, 형설출판사, 1994. p.51
179) 서정주, 「全羅道 風流」, 『전집 4』, p.140

것으로 보인다.[179)

라면서 그 흔적을 육자배기 등의 산조(散調)와 시나위 등에서 찾고 있
다. '신라' 이후의 '질마재' 시편 속에 스며있는 무식한 생활인들의 지
혜와 사상 그리고 그들의 이야기를 풍류적인 차원에서 붙잡아 거기에
일정한 형태의 멋들어진 형식으로 빚어내고 흥겨운 놀이의 분위기를 퍼
뜨리기까지 한다.

　그런데 최남선에 의하면, 샤만이란 시간의 계속을 통한 음악적 주송
(呪誦) 가창의 감정 격앙력을 빌어 관계있는 영과 교섭하는 고대 이래
의 영통(靈通)의 한 방법이라고 한다. '영통(靈通)' 또는 '혼교(魂交)'라
는 것, 이것이야말로 우리 민족 고대 정신이 현대와 다른 가장 큰 특질
을 표시하는 명칭이라는 것이다. '영통' 또는 '혼교'란 육체성이 직면
하는 죽음의 공포로부터 해방되고자 하는 힘을 말한다. 즉 이것은 삶과
죽음, 정신과 육체, 과거 · 현재 · 미래를 하나의 영원의 흐름으로 보려
는 정신의 소산이다. 영혼은 영원히 살아서 미래의 민족 정신 위에 거
듭거듭 재림한다는 것이다. 이런 힘으로 신라의 통일도 이루어졌다는
것이다. '영통주의(靈通主義)'라는 것이 가장 타당해 보이는 우리 고대
인들 사유는 유 · 불 · 도의 수입과 흡수합류되고, 그 방식의 어떤 것들
만이 무속으로 전달된다고 한다. 원래 샤머니즘은 시베리아 북부에서
극동지방에 주로 많이 분포한 원시종교의 한 형태로서 이것은 죽은 이
의 영혼을 불러내어 길흉판단 혹은 예언 등을 하는 무술(巫術)인데, 주
로 샤먼에 의해 주도된다.

　　(마) '靈通'이라는 것은 다만 佛敎에만 있는 것이 아니라, 고대로부터
　오는 종교에는 공통되는 것으로, 이것이 歷史 參與意識을 긴밀히 하여
　永遠性이라는 것을 우리에게 實有ㅎ게 하는 것이다.[180)

180) 서정주, 「내 마음의 現況」, 『전집 5』, p.285

(바) 사람은 자기 당대만을 위해서 살아서는 안된다. 자손을 포함한 다음 세대들의 영원을 위해서 살아야 한다. 자기 당대에 못다 할 일이 많으면 많을수록 이 영원한 유대 속에 있는, 우리 눈으론 못본 선대의 마음과 또 후대의 마음 그것들을 우리가 우리 살아 있는 마음으로 접하는 것— 그것을 혼교라고 하기도 하고 靈通이라고도 한다.[181]

서정주에게 있어서 신라는 역사적인 신라라기보다는 인간과 자연이 하나가 된 어떤 정신적인 초월 곧 영원주의와 영생주의의 원형으로 인간과 자연이 합일을 이룬 경지의 민족과 개인적 이념의 등가물로 현존하는 신라이다. 서정주의 신라정신은 영겁회귀의 불교적 이상주의와도 맥이 닿는다. 서정주는 "이러한 等級없는 영원을 그 歷史의 시간으로 삼"았다.[182] 여기에서 신라정신으로 돌아간다는 것은 『삼국유사』나 『삼국사기』 등에 담긴 설화를 통해 체득한 민족정신의 뿌리로 돌아가는 행위이다. 그 대표적인 예로 웅녀의 동굴과 사소의 산을 들 수 있다. 이 공간은 천상적 세계요 모태의 상태이고 원초적이고 근원적인 상황인 동시에 죽음 및 새로운 생명의 탄생 공간이다. 일상적 존재가 파괴·소멸되고 정신적·영적 생명의 새로운 탄생, 인간의 전체성과 완전성의 회복과 구현을 드러내는 동시에 완성된 인간으로서의 재생을 보여주는 이데아적 세계를 그는 그려내고 있다. 동시에 민족 공동의 보편적 체험과 정서로까지 확대하여 나타낸다. '신라'라는 원형 공간이 서정주에게는 자기정체성을 확립한 공간이요, 전통 탐구의 시대적 요청 속에 발견한 민족정서의 원형으로 작용하고 있다.

그러나 신라로의 회귀는 문명 현실의 부정의식에서 비롯된 것이다. 인간성 상실의 문명 앞에서 삶의 원형을 회복하려는 욕구에서 나온 것이다. 서정주의 신라는 그가 일찍이 선험적 의식을 통해 체득한 시적

---

181) 서정주, 『미당산문』, 민음사, 1993. p.119
182) 서정주, 「신라문화의 근본정신」, 『전집 2』, 일지사, p.303

상상력으로 인해 태어난 창조적 공간이며 구원적 공간이다. 그는 직관과 상상력을 통해 자연과 우주의 무시간적 영원성의 비전을 제시한다. 이는 무한한 진보라는 근대의 신화(허구)가 인간에게 가한 비합리적 폭력과 억압을 환기시켜 준다. 이처럼 무시간성과 과거로의 회귀는 근대의 직선적 시간의식에 대한 부정을 뜻한다. 토착신앙인 무교와 노자사상, 그리고 불교사상의 결합체인 신라정신은 무엇보다도 인간과 생명에 대한 뜨거운 애착을 가지고 있다. 이는 인간 세상의 육체를 가진 생명의 시인이 인간의 체취와 핏줄을 통해 살아가려는 모습을 보여준다. '신라'는 그의 정신적 고향이다. 그래서 한국 시정신의 전통은 우주적·영원주의적 정신에서 찾아야 한다.

그런데 모든 이원론은 사람의 육체와 정신의 분리, 육체와 정신은 다른 세계에 속한다는 주장으로부터 비롯된다.[183] 서정주 역시 초기시부터 정신과 육체의 대립·갈등 속에 분리를 경험하고 결국 병적인 고통까지 감내하는 걸 보아왔다. 그러나 정신도, 마음도, 영혼도 자연이고 인간을 다시 자연으로 번역하는 가운데 이원론적인 사고를 초월할 필요가 있다. 그런 점을 볼 때, 신라정신은 지성과 감성을 분리하지 않는 통합적 사고이다. 그것은 인간적 사랑과 욕망이 살아 움직이는 현세적 삶에 대한 긍정이며 사랑이고, 또한 인간 존중의 정신을 의미한다. 그것은 하늘이 표상하는 영원의 세계에 도달하려는 이념지향성을 함께 지닌다. 영원한 생명적 귀속인 영생주의의 생명은 (바)에 나타난 바 죽음 이후의 세계에까지 자손 만대 이어져야 할 사상 즉 '영원'을 뜻한다. 이런 인간애에 바탕을 두고 상승과 초월을 꿈꾸는 것이 신라정신이고 영원주의인 것이다.

『歸蜀途』 이후 비극적 세계관의 해소와 함께 한(恨)이 소멸되어 나타나고, 그 후 서정주는 민족적인 정서를 보편화하여 나름대로 소화시키

---

183) Walter Kaufmann, 앞의 책, pp. 48-49

려는 의도적인 몸부림을 한다. 단군신화에 뿌리내린 토속신앙의 원동력
인 샤마니즘과 무당의 향토적인 수호력으로서 신라정신을 이룩한 줄기
찬 민족전통의 계승에 대한 관심과 찬미를 보인다. 이 신라정신은 고유
의 민간신앙인 샤마니즘과 유·불·도 삼교가 융합된 세계로 영원성에
대한 회귀의 갈망을 보이고 있다. 『新羅抄』(1961)는 바로 이런 신라정
신을 주로 담은 것이다. 『新羅抄』에 이르러 하늘의 정신주의에 근접했
어도 그것은 인간적인 대지적 사랑에 근원을 두고 있다. 신라정신[184]이
라는 영원주의는 현세의 인간적 질서, 즉 인정과 의리를 바탕으로 한
것이다.

> 나 娑蘇는 몽땅 無熟하고 그리움 많은 處女라, 시집도 가기 전에 애
> 기를 배서 法에 따라 마을에서 쫓겨났지만, 國祖檀君 이래의 風流思想
> 으로 神仙 중의 암神仙-- 仙女가 하나 되어 不老長生 八字 되기로 하
> 고 慶尙道 仙桃山에 들어가 숨어 살았었도다. 山골에 널려 여무는 仙
> 桃를 따 팔기도 하고, 매 사냥을 해먹고 살면서, 내 외아들 朴赫居世
> 를 낳아 큼직한 神仙으로 길러 냈도다.
> ─ 〈朴赫居世王의 慈堂 娑蘇仙女의 自己紹介〉 중 일부

노래가 낫기는 그중 나아도
구름까지 갔다간 되돌아오고,

---

184) 서정주의 『新羅硏究』(교수자격청구논문, 국립도서관 소장 등사본, 1960)는 신라의 문헌
설화를 토대로 창의적인 서사구조의 이야기를 함께 말하고 있는 시적 발상의 창작물에
가까운 것이다. 총 16장으로 이루어졌는데, 그 중 제3장(구름)을 보면, 신령(神靈)인 구
름─ 모든 自然力이 그랬던 것처럼, 신라인(新羅人)에게는 사는 힘의 한 원통력(原動力)
이었던 영성(靈性)으로 묘사되어 있다. 제5장(신선)에서는, 이러한 신선들이나 신선수행
자들은, 신라에는, 화랑(花郞)이나 원화(源花)의 이름이 생기기 훨씬 전의 개국초엽(開國
初葉)에도 상당히 좋은 경치들 속에 자리잡아 있었던 것으로 본다. 제14장(사랑 其二)에
서는 신라인(新羅人)의 '사랑'이라는 것은 '知情意'의 잘 조화된 지속하는 한 '마음'이
었던 것이라고 한다. 제16장(형제)에서는 '永遠人', 즉 현세적 한계(現世的 限界)를 무
한(無限)히 외연(外延)하여 그 의미(意味)를 이루는─ 인간(人間)의 현생적 인격 이상의
딴 격(格)의 뜻을 가진다고 한다. 이 '靈通(靈과의 사귐)은 신라인(新羅人)에게 있어서
는 일반적(一般的)인 현실(現實)이었다고 한다.

네 발굽을 쳐 달려간 말은
바닷가에 가 멎어버렸다.
활로 잡은 山돼지, 매(鷹)로 잡은 山새들에도
이제는 벌써 입맛을 잃었다.
꽃아. 아침마다 開闢하는 꽃아.
네가 좋기는 제일 좋아도,
물낯바닥에 얼굴이나 비취는
헤엄도 모르는 아이와 같이
나는 네 닫힌 門에 기대 섰을 뿐이다.
門 열어라 꽃아. 門 열어라 꽃아.
벼락과 海溢만이 길일지라도
門 열어라 꽃아. 門 열어라 꽃아.

註. 娑蘇는 新羅始祖 朴赫居世의 어머니. 處女로 孕胎하여, 山으로 神仙
修行을 간 일이 있는데, 이 글은 그 떠나기 전, 그의 집 꽃밭에서의 獨白.
　　　　　　　　　　　　　　－〈꽃밭의 獨白 － 娑蘇 斷章〉 전문

피가 잉잉거리던 病은 이제는 다 낳았습니다.
올 봄에
매(鷹)는,
진갈매의 香水의 강물과 같은
한섬지기 남직한 이내(嵐)의 밭을 찾아내서

대여섯 달 가꾸어 지낸 오늘엔,
홍싸리의 수풀마냥. 피는 서걱이다가
翡翠의 별빛 불들을 켜고,
요즈막엔 다시 生金의 鑛脈을 하늘에 폅니다.

아버지.

아버지에게로도,

내 어린 것 弗居內에게로도, 숨은 弗居內의 애비에게로도,

또 먼 먼 즈믄해 뒤에 올 젊은 女人들에게로도,

生金 鑛脈을 하늘에 폅니다.

註. 娑蘇의 神仙修行시절의 두 번째의 편지.

진갈매 - 짙은 葛梅. 葛梅는 綠色.

이내(嵐) - 山氣 蒸淸한 하늘의 特殊한 기운.

弗居內 - 朴赫居世.

　　　　　- 〈娑蘇 두번째의 편지 斷片〉 전문

　　　　　娑蘇의 매(鷹)는 娑蘇가 山에 간 지 이듬해의 가을
　　　　　날, 그 아버지에게 두번째의 편지를 그 발에 날라왔
　　　　　다. 이번 것은 새의 피가 아니라, 좁풀의 진액을 이
　　　　　겨, 역시 손가락에 묻혀 적은 거였다. 피딱지의 두루
　　　　　마리는, 아직도, 집에서 가지고 간 그것이었다.
　　　　　- 이것은 그 편지의 前半部 한 조각만 남은 것이다.

　사소라는 인물과 관계된 세 편의 시를 통해 서정주는 인간의 한계를
뛰어넘어 영원의 세계에 자신의 모습을 투사하고 있다. 사소의 시적 형
상화를 통해 나타낸 인간적 갈등은 무의식에 잠재되어 있는 욕망을 인
간의 보편적인 문제로까지 심화·확대시키려는 의지를 보여준다. 〈꽃
밭의 獨白〉에서 꽃은 지상에 피어 있는 생명일 뿐 아니라 영원에 이르
는 통로이고 영원 자체를 의미한다. 서정주가 굳이 "娑蘇"라는 신화적
인물을 선택한 이유는 성모(聖母)의 원형(原型)을 통해 신화적 초월을
꾀하려는 정신사적 근저 (사소(娑蘇)라는 聖母를 통해 시공을 초월한
영원성과 원초적이며 무한회귀적인 생명의식을 고양하려는 의지)가 있

---

185) 신병은, 「신화적 인물의 시적변용에 대한 고찰」, 조선대석사논문, 1985. p.15

었기 때문이다.185) 처녀로 잉태한 사소는 영원의 세계와 영교(靈交)하는 인간정신의 상징적 구체화이다. 사소는 신라의 국모(國母), 즉 선도산신모(仙桃山神母)로서 현실과 영원을 이어주는 힘을 소유한 것이다. 서정주는 사소라는 인물을 통하여『花蛇集』시절부터 비극의 원천이었던 "피가 잉잉거리던 病"은 다 낳았음을 고백한다. 병은 인간의 몫이기에 신선이나 다름없는 사소라는 인물을 통해 정신적인 고통에서 해방됨을 노래하는 것이다. 서정주에게 있어 '신라'로의 회귀는 자기정체성을 확보한 가운데 정신의 고향에 안주하는 것을 의미한다.

그런데 사실 '신라천년'은 정지용의 발명이다. 작품을 통하여 살펴보기로 한다.

薔薇꽃 처럼 곱게 피여 가는 화로에 숯불,
立春때 밤은 마른풀 사르는 냄새가난다.

한 겨을 지난 石榴열매를 쪼기여
紅寶石 같은 알을 한알 두알 맛 보노니,

透明한 옛 생각, 새론 시름의 무지개여,
金붕어 처럼 어린 녀릿 녀릿한 느낌이여.

이 열매는 지난 해 시월 상ㅅ달, 우리 둘의
조그마한 이야기가 비롯될 때 익은것이어니.

자근아씨야, 가녀린 동무야, 남몰래 깃들인
네 가슴에 조름 조는 옥토끼가 한쌍.

옛 못 속에 헤염치는 힌고기의 손가락, 손가락,

---

186) 『정지용전집 1 · 詩』, 민음사, 1999. p. 49

외롭게 가볍게 스스로 떠는 銀실, 銀실,

아아 石榴알을 알알이 비추어 보며
新羅千年의 푸른 하늘을 꿈꾸노니.186)

정지용의 〈石榴〉(『조선지광』 65호, 1927.3) 마지막 연에 "新羅千年"
이라는 단어가 보인다. '신라'라는 단어가 시적으로 형상화된 것은 정
지용이 최초일 것이다.187) 이런 정지용의 시적 재능은 김동리의 형 김
범부가 미리 간파한 바 있다고 한다.

그런데 서정주에게 있어 신라의 영원성이란 초시간·무시간성 뿐 아
니라 창조적 시간을 의미하는 신화적 시간이며, 모든 시간을 응결시킨
시간인 동시에 공간이며, 무궁한 가치를 지닌 이상의 세계이다. 그는
이 영원을 통하여 지상에서의 현실적 삶과 영통의 삶을 통일시키고 조
화시켜 놓았다.

朕의 무덤은 푸른 嶺 위의 欲界 第二天.
피 예 있으니, 피 예 있으니, 어쩔 수 없이
구름 엉기고, 비터잡는 데―― 그런 하늘 속.

피 예 있으니, 피 예 있으니,
너무들 인색치 말고
있는 사람은 病弱者한테 柴糧도 더러 노느고
홀어미 홀아비들도 더러 찾아 위로코,
瞻星臺 위엔 瞻星臺 위엔 그중 실한 사내를 놔라.

살(肉體)의 일로써 살의 일로써 미친 사내에게는
살 닿는 것 중 그중 빛나는 黃金 팔찌를 그 가슴 위에,

---

187) 유종호, 『문학이란 무엇인가』, 민음사, 1990. p.333

그래도 그 어지러운 불이 다 스러지지 않거든
다스리는 노래는 바다 넘어서 하늘 끝까지.

하지만 사랑이거든
그것이 참말로 사랑이거든
서라벌 千年의 知慧가 가꾼 國法보다도 國法의 불보다도
늘 항상 더 타고 있거라.

朕의 무덤은 푸른 嶺 위의 欲界 第二天.
피 예 있으니, 피 예 있으니, 어쩔 수 없이.
구름 엉기고, 비 터잡는 데-- 그런 하늘 속.

내 못 떠난다.

　　註. 善德女王은 志鬼라는 者의 女王에 對한 짝사랑을 위로해, 그 누워
자는 데 가까이가, 가슴에 그의 팔찌를 벗어 놓은 일이 있다.
- 〈善德女王의 말씀〉

　선덕여왕은 유머와 슬기가 순금처럼 빛나는 멋진 여성으로 매우 합
리적인 자다. 그러나 여왕은 지상에서의 인간의 고뇌를 그대로 감싸안
은 인물이다. 지귀와의 사랑 애기는 이 땅의 신분과 윤리 등 온갖 차별
과 불평등을 넘어서는 계층을 초월한 사랑의 영원성과 평등정신을 나
타낸다. ‘忉利天’은 선덕여왕이 붕할 때 ‘忉利天 속에 장사 지내달라.’
고 유언한 데서 근거를 얻은 것이다. 도리천이란 불교의 하늘의 계급들
가운데서도 높지 못한 맨 아래의 욕계 둘째 하늘에 불과하다. 아마 여
왕 자신의 피와 욕망 있는 사람으로의 분수를 그렇게 헤아린 듯하다.

아무도 이것을 주저앉힐 힘이 없는 때문이겠지,
王陵들은 노랑 송아지들을 얹은 채

애드발룬처럼 모조리 하늘에 두웅둥 떠 돌아다니고,
사람들은 아랫두리를 벗은 어린아이 모양이 되어
그 끈 밑에 매어달려 위험하게 浮遊하고 있었다.

吐含山에 올라서니
善德女王陵이지 아마
그게 十月 상달 石榴 벙그러지듯 열리며
웬일인지 소리내어 깔깔거리고 웃으며
山가슴에 만발하는 철쭉꽃 밭이 돼 딩굴기 시작했다.

누가 그러는가 했더니
石窟庵에 기어들어가 보니까
역시 그것은 우리의 제일 큰 어른 大佛이었다.

善德女王의 食指의 손톱께를 지긋이 그 웅뎅이로 깔아
자즈라지게 웃기고,
또 저 뭇 王陵들이 즈이 하늘로 가버리는 것을
그 살의 重力으로 말리고 있는 것은….
— 〈慶州所見〉 전문

이 시는 선덕여왕릉을 보고 시적 발상을 얻은 데다 상상력을 가미하여 쓰여진 작품이다. 위엄있는 선덕여왕과 석굴암 대불의 성적 장면을 희화화시켜 그리고 있다. 왕릉 앞에서 썩어 없어진 여왕의 육체 앞에서도 여왕과 부처의 사랑, 즉 죽음마저 초월한 사랑을 노래한다는 점에서 서정주의 '경주'는 '자연' 곧 내적 현실을 뜻한다고 볼 수 있다. 이처럼 경주 석굴암에 앉아 있는 석가모니는 영원을 가고자 뜻했던 사람들의 한 형상으로 남아 있다.

(사) 그러나, 이 그리이스的 神性이라는 것은 조만간 그 肉壁 때문에 막혀 타개할 길이 없는 것이라는 것을 二ㅣ代 중간 쯤부터 요량해 오게

되었다. 니이체의 永劫回歸라는 것은 되면야 물론 좋지만, 디오니소스나 아폴로的 肉壁을 지니고선 不可能하다는 걸 짐작하게 되었다.

그래서, 니이체도 결국은 神醉한 채 미쳐 버리고 만 것이라고 생각한 것이다.…… 이분이 겨우 디오니소스的, 아폴로的, 비이너스的 또 무엇 무엇하는 그리이스 神性의 肉壁을 내 속에서 언제부턴가 헐게 한 것만은 사실이지만, 야, 참, 이것은 정말 더디다.

마음에서 마음으로 전해져 가는 永遠의 輪廻--이것을 쉬어 버리고 解脫하라는 釋迦牟尼의 말씀이시다.[188]

그런데 서정주는 한국전쟁의 쓰라림(국가 전체적인 면으로나 개인의 실존적 측면에서나) 속에서 '신라'와 만나는 행운을 얻게 된다. 그것은 앞의 사항 두 가지를 충족시켜 줄 수 있는 조건을 갖춘 셈이다. 물론 역사상의 신라와 서정주 시 속의 신라는 다르다. 신라정신의 심연은 한국 고유의 지혜로운 슬기이다. 신라인의 평등한 '歸依思想'은 〈善德女王의 말씀〉에서 살펴 보았다. 그것은 사회와 문화를 형성한 신라인의 신념 같은 것으로 이룩되고 불국정토의 국가적 관념 같은 것으로 이룩되었다. 서정주의 '신라'는 우리의 고유한 사상에다 유불선의 사상이 융합되었는데, 그 외래사상 중에서도 불교 사상이 짙게 깔려 있는 게 서정주의 '신라'다.

新羅사람들은 百年이나 千年 萬年 億萬年 뒤의 未來에 살 것들 중에 그 중 좋은 것들을 그 未來에서 앞당겨 끄집어내 가지고 눈앞에 보고 즐기고 지내는 묘한 습관을 가졌었습니다.

彌勒佛이라면 그건 過去나 現在의 부처님이 아니라, 먼 未來에 나타나기로 豫言만 되어 있는 부처님이신 건데, 新羅사람들은 이분까지도 그 머나먼 未來에서 앞당겨 끌어내서, 눈 앞에 두고 살았읍지요.

- 〈新羅사람들의 未來通〉 중 일부

---

188) 서정주, 「내 詩와 精神에 影響을 주신 이들」, 앞의 책, p.270

가난한 寡婦 慶祖는 외아들 大城이를 남의 집에 고용살이를 시켜, 겨우 둘의 목숨을 부지해 살고 있었는데, 그나마 그 외아들 大城이마저 훌쩍 죽어 가 버려서 밤내 혼자 가슴을 치며 목메 울고 있었읍니다.

이웃의 어진 金文亮氏가 이것을 알고 불쌍히 여기고 있던 중에, 때마침 그의 아내가 사내아이를 낳게 되자, 그 죽은 이웃집 아이 이름을 그대로 이어 붙여 大城이라 붙이고, 울고 있는 그 외토리 寡婦를 모셔 들여서, 새로 생긴 大城이의 '前生의 어머니'라는 族譜上의 한 새 資格을 주었읍니다.

그리하여 金大城이는 親父母 외에 '前生의 어머니' 한 분을 더 모시고 孝道를 다 하고 지내다가 세월이 가서 드디어 그 '前生의 어머님'이 늙어 세상을 뜨자, 그네의 冥福을 빌어 吐含山에 石窟庵을 지어 드렸는데, 그러자니 이 石窟 안에 새겨 논 사람들의 모습에는 그런 새 族譜의 意味를 담을 밖에 없었읍니다. 누구도 안 빼 놓으며, 또 안 끝나는 永遠한 그 慈悲를 線마다 담을밖엔 없었읍니다.

－〈吐含山 石窟庵 佛菩薩像의 線들〉 전문

참으로 인간적인 정이 넘치는 모습을 보여주는 시다. 김대성이 죽은 자리에 새 김대성이 죽은 김대성을 잇고, 또 죽은 김대성의 어머니가 새 김대성의 "전생의 어머니"가 되어 영원으로 이어가는 신라인의 모습을 담고 있는 시다. 전생과 이승을 연결하여 전생마저 이승으로 끌어오는 점을 보여준다. 이렇게 〈新羅사람들의 未來通〉과 〈吐含山 石窟庵 佛菩薩像의 線들〉을 통해 볼 때, 과거·현재·미래가 현재 속에서 하나가 되어 신선처럼 살아가는 신라인의 사고관과 영생관을 볼 수 있다.

섭섭하게,
그러나
아조 섭섭치는 말고
좀 섭섭한듯만 하게,

이별이게,
그러나
아주 영 이별은 말고
어디 내생에서라도
다시 만나기로하는 이별이게,

蓮꽃
만나러 가는
바람 아니라
만나고 가는 바람 같이…

엇그제
만나고 가는 바람 아니라
한 두 철 전
만나고 가는 바람 같이…
- 〈蓮꽃 만나고 가는 바람같이〉 전문

시노다 하지메(篠田一士)도 앞의 글에서 〈피는 꽃〉과 〈蓮꽃 만나고 가는 바람같이〉 등을 그 예로 들면서 극찬하고 있다. 여기서 "蓮꽃"은 영혼의 생사경계에 대한 왕래를 보여주는 은유로 지상과 천상을 이어주는 매개체이다. "蓮꽃 만나러 가는 바람"이 아니라 "蓮꽃 만나고 가는 바람"을 보여줌으로써 이미 이승에 깃든 극락 세계를 보여주고 있다. 윤회론으로 대변되는 영원주의 사상이 보인다.

그런데 서정주가 노래하는 '신라'는 근대의 직선적인 시간과는 다르다. 그의 '신라'에는 과거·현재·미래가 뒤섞여 있는 원형공간의 의미를 띤다. 원형은 세계 인간 누구에게나 존재하는 보편적인 무의식으로 시공간, 인종적인 조건마저 초월한다. 그런 점에서 서정주가 창조한 '신라'는 역사적인 개념을 끌어와 상상력을 가미하여 만들어낸 원초적이고 본원적인 고향의 의미를 띤다. 『花蛇集』 시절의 고대 그리이스 신화와 니체의 허무주의, 보들레르적 상징의 한계도 잊혀진 지 오래다. 그러나 '신라'가 초기시의 토속적인 아름다움과 무속적인 관심에서 비롯되어 더 확대된 것임을 부인할 수는 없다. 근대의 부정성에 좌절한 결과 만난 신라정신은 원형적인 민족정신과 고대신화라는 역사적인 상징체계와 자신의 경험 그리고 시정신을 일치시켜 영원에 이르려는 노력이다.

앞에서 서정주의 '신라'는 영통 또는 혼교의 방식을 취하여 후대에까지 오래오래 이어가는 영원주의임을 밝혔다. 그런 차원에서 죽은 이와의 관계를 다루는 시를 보기로 한다.

> 국화꽃이 피었다가 사라진 자린
> 국화꽃 귀신이 생겨나 살고
>
> 싸리꽃이 피었다가 사라진 자린
> 싸리꽃 귀신이 생겨나 살고
>
> 사슴이 뛰놀다가 사라진 자린
> 사슴의 귀신이 생겨나 살고
>
> 영너머 할머니의 마을에 가면
> 할머니가 보시던 꽃 사라진 자리
> 할머니가 보시던 꽃 귀신들의 떼
>
> 꽃귀신이 생겨나서 살다 간 자린
> 꽃귀신의 귀신들이 또 나와 살고
>
> 사슴의 귀신들이 살다 간 자린
> 그 귀신의 귀신들이 또 나와 살고
>   ―〈古調 貳〉전문

이 시는 죽은 혼들로 가득찬 시다. "국화꽃, 싸리꽃, 사슴, 할머니가 보시던 꽃, 꽃귀신, 사슴의 귀신들"이 살다가 죽은 자리에는 고스란히 "국화꽃 귀신, 싸리꽃 귀신, 사슴의 귀신, 할머니가 보시던 꽃 귀신들, 꽃귀신의 귀신들, 사슴 귀신의 귀신들"이 새로 태어나 산다. 영의 세계를 다루며 산 자와 죽은 자의 혼교를 이루고 있는 장면이다. 그것은 해인사 시절에 "死亡한 사람 전체의 呼吸이 精氣가 되어 나를 에워싸고 있는 것 같은 의식"이 들었다는 점에서 '신라'가 아니더라도 이미 영통에의 가능성을 시사한 바 있다. 이 시에서는 인간 뿐 아니라 동식물에까지 두루 퍼져 있는 온갖 정령들을 끌어 모은 느낌을 준다. 천상과 지상을 잇고 자아와 사물과 세계에 질서를 부여하는 자가 시인일진대, 서정주 시는 샤머니즘적인 데다가 애니미즘적인 풍모마저 풍긴다. 샤머니즘과 애니미즘의 신비로움과 아울러 비극에 이르는 허무의 의지가 결합하여 나타난 것이 서정주의 토속적인 인간상이다. 샤머니즘을 '사회적 본능의 확장'으로 보는 관점(S.레나쉬)과 '외적 영혼'에 대한 신앙에 바탕을 두는 관점(프레이저)[189]으로 나눠볼 때, 서정주의 경우는 후자에 가까운 면을 보여주고 있다.

마흔 다섯은
귀신이 와 서는 것이
보이는 나이.

참 대 밭 같이
참 대 밭 같이

겨울 마을 낼

---

189) Sigmund Freud, 『종교의 기원』(프로이트 16), 이윤기 역, p.364, p.369

풍기며,
처녀 귀신들이
돌아 와 서는 것이
보이는 나이.
귀신을 길를만큼 지긋치는 못해도
처녀 귀신 허고
相面은 되는 나이.
- 〈마흔다섯〉 전문

이 시는 어렸을 때 처음으로 접한 '서운니의 죽음'을 형상화한 것이다. 죽은 이가 산 자의 가슴에 남아 있고 산 자가 죽은 이를 잊지 못한다면, 산 자와 죽은 이의 상면이 이루어지는 것일까? 죽은 에우리디체를 데리러 간 오르페우스나, 『금오신화』류에 나오는 죽은 이와 산 자의 사랑은 과연 가능한 것일까? 삶과 죽음은 동전의 앞뒤와 같고 이승과 저승은 문 하나 차이라지만, 그것은 이 세상에서 가능한 일인 듯이 보인다. 그러나 정신과 육체가 어울려 하나의 유기체가 아닌 이상, 산 자와 죽어 떠도는 영과의 교류가 과연 의미있는 작업인지 의심스럽다.

죽은 자의 마음과 산 자의 마음을 연결하는 그 신라식 혼교(魂交), 그 신라식 불교식 영통(靈通)이 서정주의 시 표현에 있어 서서히 불교적 은유의 방식으로 옮겨져 간다. 서정주는 초기시의 혼돈과 무질서 즉 카오스의 세계를 질서, 즉 코스모스의 세계로 창조하고자 한다. 『新羅抄』이후부터는 불교 사상을 기초로 한 신라의 설화를 제재로 보편적 진리의 세계인 영원주의의 이념과 선적(禪的)인 정서를 부활시켜 왔다. 이 점은 〈西風賦〉에서 예견된 세계이다. 화랑도를 비롯해서 불교와 가까운 점을 모색하다 보니까 좀더 불교적으로 깊이 파 들어간 것이 『冬天』(1968)이다. 『冬天』은 불교적 은유기법과 초현실주의의 접목을 통하여 승화시킨 시집이다. 서정주는 영원에다 기초를 두고 살아가고 있는 사

람이다. 영원은 무시간성 속에서 과거 · 현재 · 미래가 하나가 된 형언할
수 없는 하나의 전체- 사람은 그 속에 완전히 들어 있고 그러면서도 또
한 그것을 객관적으로 지각할 수 있는 객관성의 체험의 공간을 말한다.
그러기에 주관 · 객관의 분리에 기인된 경험의 필연적 결과인 감정적 오
염이나 허망한 지성화 등을 극복한 상태를 말한다.
 이런 경지에서의 평안한 상태란 인간의 본성과 일치하고 있는 상태
이며 붕괴와 소외를 극복하고, 존재하는 모든 것과 하나가 되는 경험에
도달하는 것을 뜻한다. 충분히 새로 탄생하는 것이고, 기쁨이나 슬픔에
대해 최대한의 수용능력을 가지게 되는 것이며 반수면의 상태로부터 깨
어나 완전히 깨닫게 되는 것, 창조적인 것을 말한다. 즉 나 자신과 타
인과, 존재하는 모든 것에 대해 반응을 나타내고 응답을 하되, 있는 그
대로의 전인(全人)으로서의 '내'가, 있는 그대로의 모든 사람들과 모든
사물의 현실성에 반응하고 응답하는 것을 뜻한다. 190)

禪雲寺 고랑으로
禪雲寺 동백꽃을 보러 갔더니
동백꽃은 아직 일러 피지 않았고
막걸릿집 여자의 육자백이 가락에
작년것만 오히려 남았습니다.
그것도 목이 쉬여 남았습니다.
                              － 〈禪雲寺 洞口〉 전문

 선운사라면 서정주의 고향 선운리 즉 질마재에 있는 절이다. 고향의
절간 안에 피어있는 동백이란 무엇인가. 동백은 현실에서 찾아가야 하
는 곳에 있다. 그러나 서정주의 동백은 그의 원초적인 공간에 놓여 있

---

190) Erich Fromm 외, 『禪과 精神分析』, 김용정 역, 원음사, 1992. pp.23-36

는 것이다. 그것은 근원적인 세계에 숨어 있는 것이다. 정신적인 공간
에 원체험으로 고스란히 남아 있는 것이다. 그것은 낯익은 곳, 어머니
가 있었던 곳이다. 그곳에 동백이 오롯이 피어 있다니, 동백은 움직일
수 없는 정적인 사물이다. 동백은 향기도 없다. 그렇기 때문에 동백은
다른 이들을 끌어들이는 역동적인 힘을 내부에 감추고 있다. 내부에서
이글이글 타오르는 그런 격정적인 힘이 사람들을 끌어들인다. 이런 면
은 『花蛇集』 시절의 서정주의 격렬함을 연상시킨다. 그게 동백의 힘이
다. 동백은 또한 통꽃이다. 다른 꽃이 한 잎 한 잎 떨어질 때 동백은 최
절정에서 한순간에 툭 떨어져내린다. 동백의 이승을 정리하는 방식에서
는 삶의 엄숙함과 비장함마저 울려온다. 이런 동백꽃을 보러 선운사 고
랑으로 갔으나 동백꽃은 아직 일러 피지 않았고 "육자백이 가락"만 남
아 있다. 그 육자백이 가락 속에 시방 작년의 동백꽃만 남아 있는 것이
다. 과거의 지속을 보여주는 "육자백이 가락"은 서정주가 「全羅道 風
流」에서 언급했던 '풍류'의 흔적이다. 선운사 고랑에 출렁이는 영원의
가락, 그 미묘한 곡선 속에서 동백꽃과 어우러진 "육자백이"의 영원을
보고 있다. "禪雲寺 洞口"에서 서정주는 결국 "육자백이"의 영원을 발
견한 것이다. 동백 피는 선운사는 동백의 죽음 이후 열리는 선의 세계
에 도달한 영적인 경지를 말하는지도 모른다.

　이 점에서 서정주는 이승과 저승의 한계를 깨뜨린 자이다. 저승은 미
지의 영역, 무의식의 세계인 사자(死者)의 나라이다. 이런 무의식의 영
원한 창조자는 어머니이다. '나의 힘은 어머니와 나의 관계 속에 뿌리
를 내리고 있다.'는 괴테의 발언이나, '모든 사람은 그의 내면에 자기
자신의 이브를 가지고 있다.'는 독일격언이 이를 잘 증명해준다. 이처
럼 신화에 대한 열쇠는 무의식적인 인간 정신의 모든 문(門)을 열 수 있
는 가능성을 보여준다. 서정주의 경우도 원초적 경험에서부터 의식 형
성에 있어서 여성적인 면이 두드러짐을 보았다. 또 그의 시에서도 아니

마적 성향이 큰 것을 증명해 준다. 초기시의 헐떡거림에서 의식의 확장마저 보여준다. 현실을 인식하고 현실을 긍정하며 그 현실 속에 영원마저 끌어내리려는 시도를 보여준다.

어렸을 때 자신을 중심으로 둘러앉아 가장 은밀한 부분을 얘기 속에 꽃피우던 여성들, 즉 서운니, 행복의 공간에 자리잡은 남숙이, 일본인 여교사 등을 바람 부는 대로 따라다녔던 서정주이다. 그 바람은 물론 서정주 내부에 부는 바람을 말한다. 그 바람은 한시도 멈춘 적이 없다. 『花蛇集』에서의 불길한 바람이 일제 말에는 살아남기 위한 전략으로 일제에 순응할 수밖에 없는 과오를 남기고 해방 후에는 이승만 전기를 쓰다 실패로 끝나 버리는 아픔을 겪고, 또 한국전쟁 때는 자살미수와 정신착란증세마저 보여 죽음을 넘나들던 서정주이다. 그의 무의식 중에 모친류의 미적 감수성이 심어져 있기에 그 바람이 자꾸 그를 미적인 대상으로 이끌다가 다른 한편에 결핍된, '父의 부재'를 발견하고 권력의 힘을 추종한 것이다. 그만큼 그에게 "애비찾기" 작업은 소중하고 중요한 일인 것이다. 한 인간에게 있어 "애비"와 "에미"는 공히 있어야 하는 것임을 보여준다.

> 병 나아
> 기러기표 옥양목의
> 새옷 새로 갈아 입고,
> 눈 멀었던 햇빛
> 눈 띠여
> 내가 또 유랑해 가게 하는것은
> 내가 거짓말 안한
> 단하나의 처녀귀신이 나를 찾아 오기 때문이다.
> 문둥이山 바윗금 속에도 길을 내여
> 그 눈섭이 또 다시 찾아 오기 때문이다.
> 겨드랑이에 옛 湖水를 꺼내여 끼고

아버지가 입고가신 두루막이 내음새로
내가 또 유랑해 가게 하는것은……
　　　　　　　- 〈내가 또 유랑해 가게 하는 것은〉 전문

　시적 화자는 처녀귀신이 부르는 대로 유랑한다. 그러나 이번에는 죽
은 '서운니'의 형상만 있는 게 아니라 서정주에게 결핍된 '아버지'의
대용품이 있다. 그 내음새 따라 시인은 유랑의 길을 떠날 수밖에 없다.
이미 '바람'은 서정주의 운명인 것이다. 두 개의 정신적 지주 중에 어
느 한쪽만 상실하더라도 인간은 방황하게 마련이다. 정신적 기둥 세우
기는 이렇게 중요한 일인 것이다.
　여기에서 남성과 여성의 상징의미를 짚어보기로 한다. '남성'은 아버
지, 법, 국가, 이성과 정신에 대한 관계를 결정하는 존재이며 자연의 동
적인 힘, 바람과 폭풍과 뇌성과 번개 같은 것, 그것은 마치 바람처럼 세
계를 움직이는 것, 창조적 기풍(氣風), 입김, 기(氣, Pneuma), 아트만
(Atman), 혼을 의미하고, 또 '여성'은 느낌, 가정, 개인의 감정, 대지,
생명 잉태, 죽음 포용, 무의식적인 것, 비합리적이며 영원한 것과 호흡
을 의미한다.191)
　서정주 시에서 그의 의식세계를 고찰해 볼 때, 남성과 여성의 상징의
미를 알고 서정주 시를 파악하면, 훨씬 도움이 될 것이다. 그는 본질적
으로 본능과 직관의 힘이 강하다. 그러기에 이성이 지배하는『花蛇集』
시기에 그 한계를 알면서도 육체성을 노래할 수밖에 없었다. 그것은 그
의 의식을 결정한 데는 여성들의 힘이 컸기 때문이다. 그러던 그가 서
서히 결핍된 '父'를 찾아 정체성을 만들어갈 수밖에 없었다. 그의 변절
은 이렇게 해서 이루어진 것이다. 심지어 죽은 "아버지가 입고가신 두
루막이 내음새"를 따라가는 데까지 이른다. 그에게는 '아버지'가 부재

---

191) 이부영, 『분석심리학-C.G.Jung의 인간심성론』, p.71

했기 때문이다. 그것도 '처녀귀신'을 앞세워 찾아온 아버지의 대용품인 것이다.

　　　　머리에 石南꽃을 꽂고
　　　　내가 죽으면
　　　　머리에 石南꽃을 꽂고
　　　　너도 죽어서……
　　　　너 죽는 바람에
　　　　내가 깨어나면
　　　　내 깨는 바람에
　　　　너도 깨어나서……
　　　　한 서른 해만 더 살아 볼꺼나.
　　　　죽어서도 살아나서
　　　　머리에 石南꽃을 꽂고
　　　　한 서른 해만 더 살아 볼꺼나.
　　　　　　　　　　　　　－「小戀歌」 전문

　"石南꽃"은 '죽은 연인도 다시 일어나게 하는 꽃'이다. '살아 남은 연인의 울음소리와 힘을 합해서는 죽은 자도 불러 일으켜 한 30년쯤은 더 살게 할 수도 있는 꽃'이다. 그리이스 신화에 나오는 오르페우스의 '리라'에 해당하는 게 서정주의 '石南꽃'인 셈이다. 죽은 혼도 살려내어 다시 살고자 하는 바램이 잘 나타나 있는 시다. "이마우에 언친 詩의 이슬"에 "멫방울의 피"가 섞여 있어 굴곡있는 세월을 지나더니 이제는 "머리에 石南꽃"을 꽂고 삶을 연장하고 싶은 데까지 이른 것이다. 정신의 고향을 발견한 이후 심리적인 안정 가운데 서정주의 의식지향이 저승에까지 뻗쳐 이승으로 끌어들이려는 면모를 보여준다.

　내 永遠은

              물 빛
              라일락의
              빛과 香의 길이로라.

              가다 가단
              후미진 굴헝이 있어,
              소학교 때 내 女先生님의
              키만큼한 굴헝이 있어,
              이뿐 女先生님의 키만큼한 굴헝이 있어,

              내려 가선 혼자 호젓이 앉아
              이마에 솟은 땀도 들이는
              물 빛
              라일락의
              빛과 香의 길이로라
              내 永遠은.
                      - 〈내 永遠은〉 전문

   1960년 『현대문학』에 발표된 이 시에는 열두 살 때 만난 일본인 여
선생이 서정주의 가슴에서 30년 이상 잠자고 있다가 '영원'의 모습을
하고 나타난다. 이 시에서 그는 시공의 개념을 초월하는 이념인 '영원'
을 라일락에 비유하여 나타내고 있다. 이외에도 서정주는 신라라는 영
원성을 꽃의 영원성으로까지 확대하여 나타내고 있다. "石榴꽃은/ 永遠
으로/ 시집 가는 꽃"(〈石榴꽃〉) 따위가 이를 잘 드러내고 있다.
   그런데 서정주에게 근대화란 원형적 순결성을 짓밟는 폭력이었다.[192]
그래서 그는 근대가 안고 있는 진보의 물결인 변화보다는 지속을 택하

---

192) 손진은, 「서정주 시의 시간성 연구」, 경북대박사논문, 1995. p.114

는 전통미학을 보여준다. 전통탐색은 자아정체성을 회복하는 일이고 존재의 뿌리를 캐는 행위이다. 그것은 과거의 재창조를 말한다. 전통적 가치의 몰락에서 야기된 20세기의 정신적 비극-인간성의 상실, 정신적·도덕적 황폐, 암담한 세계종말론-을 전통의 옹호와 과거성의 회복으로 극복하고자 한다. 엘리어트의 역사의식과 비개성론은 현실의 분열에 대한 비판적인 역사의식이며, 과거의 현재화를 통한 현실극복의 논리이다. 그의 전통론은 1차대전 직후의 문명사의 종말의식과 근대성의 위기에 대한 반성으로 제기되었다.

   (아) 전통은······ 역사적 의식을 포함하고 있다. 그리고 이 역사적 의식이라고 하는 것은 과거가 과거로서만 존재하고 있을 뿐만 아니라 그것이 현재에도 존재하고 있다는 의식을 포함하고 있는 것이다.······ 이 역사적 의식은 시간적인 동시에 초시간적인 것에 대한 감각이며, 또한 초시간적인 것과 시간적인 것이 합쳐진 감각이며, 이것이 작가를 전통적으로 만들고 있는 것이다.[193]

 전통은 결코 과거의 답습이 아니며, 문학에 있어 살아있는 다양성과 집단적 개성의 표현이며 정서와 감정, 사상이 융합된 질서의 양식이다. 그러므로 엘리어트의 전통은 시사(詩史)에 대한 역사의식이며 역사의식은 무질서의 현재를 질서 있는 현재로 변용시킬 수 있는 가치의 근거가 된다. 이러한 근거야말로 영원한 현재성이라고 볼 수 있다. 엘리어트의 현재의 뿌리로서의 역사의식은 과거의 문학이 이룩해 놓은 전통을 끊임없이 재조정할 수 있는 개성의 확대를 추구한 것이다.
 한국문학에 있어서 특히 전통에 대한 논의가 중요한 의미를 지니는 것은 한국사의 특수성에서 연유한다. 식민지 통치하에서는 주체적이며

---

193) Thomas Stearns Eliot, 「전통과 개인적 본능」, 『문예비평론』, 이경식 편역, 범조사, 1983. p.14

자주적인 문학활동을 상실했고, 해방과 함께 좌우익의 혼란기를 거쳐 남북분단이라는 특수한 현실 속에서의 위축된 문화활동이 전통논의를 부각시키는 계기가 되었다. 전후 폐허의 상황은 전통부재의 상황으로 이어지고, 정신의 붕괴 및 역사의 붕괴라는 위기의식까지 겹치게 된다. 이는 민족분열에 입각한 민족사적 정통성 확보 실천의 문제로 직결되는 문제이다.[194]

근대지향적 의식은 전통지향적 의식을 근대와는 어울리지 않는 것으로 평가한다. 이런 태도의 이면에는, 전통의 배제를 통해 '새로운' 시대의 문화적 원리를 관철시키려는 근대적 주체의 문화 지배 전략이 자리잡고 있다. 한국전쟁이 초래한 전통의 파괴와 근대의 위기라는 상황은 근대에 대한 반성을 요구했고, 이때 서정주는 직관과 상상력을 통해 영원성의 비전을 제시한다.

서정주의 신라정신의 핵심은 '靈通'과 '魂交', 불교의 '三世因緣'과 '輪廻轉生'의 종합을, 곧 '형이상학적 지향'을 보여준다. 이런 '신라정신'은 우리 민족의 고대적 종교와 인간관·우주관을 지칭하며 영원주의를 지향한다. 그것은 계몽적 이성의 뒤에 도사리고 있는 근대 문명의 폭력성, 그 결과 파편화된 현실과 정신적 분열, 인간의 생명 상실인 황무지 상태를 비판하고 초극에의 가능성을 보여주기도 한다. 그런 점에서 영생을 지향하는 초월주의라 할 수 있다.[195]

그러나 서정주의 '신라정신'은 몇가지 문제점을 안고 있다.

우선, 사자(死者)와의 영적 교류(魂交)를 역사의식과 동일시한 점이다.

> (자) 내게 있어 現實意識이란 目前의 現代만을 상대하는 그것이 아니라, 人類史의 過去와 現代와 未來를 전체적으로 상대하는 '歷史意識' 그것인 것이다.…… 그러나 깨어있는 한에 있어서는 내게 있어 現實意識이

---

194) 문학사와 비평연구회 편, 『1950년대 문학 연구』, 도서출판 예하, 1991. pp. 79-80
195) 남기혁, 앞의 글, pp. 41-42

란 언제나 過去가 덧붙은 바의- 말하자면 鬼神붙은 바의, 또 子孫의 씨를 現代보단 더 귀히 認識하는 바의, 그러한 史的自覺을 주로하는 永遠意識인 것이다.…… 즉, 그것은 살아있는 肉身안에 있는 것만이 전부가 아니고, 肉身을 이미 떠난 마음의 大集團(말하자면 鬼神들)이 어제 보고 오늘은 안뵈는 大河와같이 우리에게 連結되어 있어 그것이 현재의 우리의 思索과 言語와 行動의 源流라는 自覺이다. 즉 神은 있다는 자각이다.196)

이성과 논리 또는 합리주의에 의해 돌아가는 근대적 삶의 현실에서 서정주는 본능과 직관에 의거하여 신라정신을 절대화했는데 이는 사물 또는 현실에 접근하는 시인의 개인적인 기질과 관계되는 문제이다. 한국전쟁 이후 신라라는 영원성을 만나기 전부터 서정주는 참선 중에 혹독한 열병을 앓아 죽을 뻔 하다가 살아난 경험이 있고 여기에서 형이상학적 성찰197)이 비롯되었다. "死亡한 사람 전체의 呼吸이 精氣가 되어 나를 에워싸고 있는 것 같은 의식"이 생겼다는 고백을 볼 때, 서정

---

196) 서정주, 「역사의식의 자각」, 『현대문학』, 1964. 9, p.38
197) 김우창, 「한국시와 형이상」, 『미당연구』, pp.36-41. 김우창은 서정주가 후기시로 갈수록 일원적 감정주의로 후퇴하여 결국 자위적인 자기 만족의 시가 되어버렸고, 이러한 서정주의 실패는 한국 시 전체의 실패이며, 경험의 모순을 계산할 수 있는 구조를 이룩하는 데 있어서의 실패라고 했다. 그리하여 구조는 부단히 변화하고 종합하는, 움직이는 구조여야 한다며, 이 노력은 일상적인 세계의 지루하고 얼크러진 것들의 밑바닥을 꿰뚫어 보고자 하는 형이상적 정열이라 보았다.
신오현, 『절대의 철학-제일철학의 임무와 목표』, 문학과 지성사, 1993. pp. 102 -104. 여기서 '형이상학(metaphysics)'은 라틴어 'meta-physica'의 번역어이다. 'meta'는 '넘어서다' 즉 '초월'이라는 뜻이고, 'physis' 즉 여전히 'physica'란 '자연 또는 자연하다'는 뜻이다. 덧붙이면 인위적인 것이 아니라 저절로 진행되는 것을 말한다. 그러므로 '형이상학'은 초시간적이고 초공간적이며 비인과적이고 비숫자적인 면을 탐구하는 학문을 말한다. 특히 동양의 형이상학은 가장 본질적인 것, 영원한 과제에 관한 깊은 통찰을 탐구해 왔다. 또한 서양에서도 스피노자 같은 경우는 직관적 통찰(Intuition)을 중시했는데, 이는 전체(본질)를 보는 것을 말한다. 이런 점에서 서정주의 경우도 직관력이 뛰어난 시인이라 볼 수 있다.

주는 신라와의 만남 이전에 이미 사자(死者)와의 영적인 교류를 하고 있
었던 것이다. 여기에 그의 영통에의 가능성이 예비되어 있었던 것이다.
그러므로 서정주의 '역사의식'은 육신을 초월한 영적인 것의 계승과 그
에 대한 자각을 의미한다.198) 그는 과거의 과거성 뿐 아니라 과거의 현
재화를 이룬 살아있는 정신에는 아직 이르지 못한 셈이다. 또한 미래를
창조하는 것이 아니라 미래를 현재로 끌어왔을 뿐임을 보여준다.

　잠시 서정주가 자신과 세계를 카오스의 상태로 되돌린 이유를 보기
로 한다. 모든 신화적 인간은 역사에 대한 공포가 있다. 전쟁, 학살, 정
치적 폭력 등에서 기인하는 역사에 대한 공포를 피할 수 있는 방법은
시간을 무화시키는 일이다. 시간의 무화는 신화의 세계에서만 가능하
다. 결국 신화적 세계로의 침몰에 의해 인간은 그 공포로부터 벗어날
수 있다. 문학 작품에 신화가 많이 등장하는 것은 신화의 무시간성을
통해 역사의 공포를 회피하고자 함이다. 서정주가 카오스에의 회귀를
염원한 것이 일제의 혹독한 식민지시대라는 점, 『新羅抄』 이후 새로운
코스모스의 창조를 꿈꾸던 것이 한국전쟁시기라는 점은 주목할 일이
다.199) 그러기에, 그의 신라정신은 역사를 신비주의적 관점에서 재구성
했다는 비난을 받고 있다. 서정주의 역사의식의 맹점은 '근대'에 대한
안목이 결여된 데 있다200)는 것이다.

　근대 사회는 무한한 진보에 대한 믿음과 미래지향적 의식에 기초하

---

198) 이광호, 「영원의 시간, 봉인된 시간—서정주 중기시의 '영원성' 문제」, 『미당연구』,
　　 p.364
199) 오세영, 「서정주 시의 영원과 현실」, 앞의 책, p.100
200) 최두석, 앞의 글, pp.277-278. 최두석은 초월적 세계를 부인하지 않으면서도 합리적
　　 이거나 현실적 인과관계를 최대한 확보하려고 노력하는 것이 근대적 정신의 성향인데,
　　 서정주의 전통탐구는 반근대적인 속성을 지니면서도 사회현실과는 동떨어진 시세계를
　　 구축했다고 본다. 반근대주의자는 기본적으로 진보의 문제를 도외시하고 현실적 모순
　　 을 외면하게 마련인데, 이는 체제에 순응하는 자세로부터 나온다는 것이다. 그런 의미
　　 에서 서정주의 반근대주의는 일제 때의 순응주의의 연장선 위에 놓인다고 했다.
201) 남기혁, 앞의 글, p.108, p.134

여 과거와 전통을 타자로서 배제·억압하거나 또는 자신의 문화적 헤게모니를 장악하기 위해 전통을 근대문화에 편입시킴으로써 스스로를 근대 사회의 지배적 전통으로 확립하였다.[201] 보들레르에게 있어 근대성은 덧없는 것, 사라지는 것, 우연적인 것으로 예술의 반을 차지하며, 다른 반쪽은 영원한 것, 불변적인 것으로, '영원성'을 반근대의 전략으로 삼았다. 서정주는 이를 응용하여 과거 속의 '신라'를 택하여 그의 영원성으로 삼았다. 그러나 보들레르가 추구한 반근대의 전략은 분명 폭력과 야만적 타락으로 점철된 근대에 대한 대결양식으로서의 의미를 가지는 데 반해, 서정주의 '신라라는 영원성' 추구는 오히려 역사 속으로 빠져들어 현실과의 치열한 긴장에 올바른 대응을 하지 못한 것으로 보인다.

또한 니체의 영겁회귀는 형이상학적 개념으로, 현실에 대한 무한한 긍정, 곧 긍정의 긍정, 이중긍정을 뜻한다. 형이상학과 기독교의 니힐리즘을 깔고 있는 영겁회귀는 절대적이고 순수한 현재인 절대적인 긍정을 말한다. 디오니소스의 인간 삶의 전형이 이를 대변하고 있다. 이는 우주론적인 순수 생성으로 존재하는 인간들은 무시무종으로 생성하는 과정에 해당하는 힘의 요소를 말한다. 즉, 니체의 경우는 인간, 일체의 존재(현존세계)는 영원히 회귀하며 그것은 끝없는 순환과 부단한 생성으로 불사성, 영원성의 신념을 대처하는 것으로 나타난다.

> 만물이 가고, 만물이 온다. 존재의 수레바퀴는 영원히 돌아간다. 만물은 죽었다가 다시 소생되어 꽃을 피운다. 존재의 연령은 영원히 달리고 있다.
> 만물은 소멸되고, 만물은 새로 이루어진다. 존재의 집은 영원히 자기 스스로 세워진다. 만물은 흩어지고 만물은 다시 만난다. 존재의 수레바퀴는 영원히 자기 자신에게 충실하다.[202]

---

202) Friedrich Wilhelm Nietzsche, 『짜라투스트라는 이렇게 말했다』, p.208

윗글은 〈회복기의 환자〉 항에서 따온 것으로, 영겁회귀는 "자기 자신을 회복하기 위하여" 지금까지의 제 가치를 파괴시키는 자연의 힘으로 표현되어 나타난 것이다. 바로 이 점이 니체의 '새로운 사상'이자 '새로운 철학'이다. 그러므로 영겁회귀의 필연성은 인간 존재의 운명이며, 운명에 대한 긍정이다. 그러나 서정주의 신라정신은 현실에 대한 긍정적인 면을 가지고는 있으나 과거·현재·미래가 섞인 가운데서의 영원의 의미를 부여하고 현실을 넘어서서 그 영원성에 안주하는 모습을 보여주는 게 한계라 지적할 수 있다.

또한, 서정주의 시간관은 직선적인 근대적 시간이 아니라 순환적인 신화적 시간을 보여 준다. 니체의 초인은 과거와 미래가 '현재'라고 불리는 계기에서 일치하는 '영원의 우물'에 섬광을 비추는 자다. 그는 '세계의 최절정의 순간'인 영원회귀의 순간에 자신을 극복하는 자다. '찰나의 영원성'을 지닌 순간, 신비스런 직관에 대한 체험을 한다. 니체의 권력의지란 살아있는 힘, 생명이 있는 힘, 스스로 움직이는 힘인 동시에 성장하고 정복하는 힘으로서 자신의 생을 확대하기 위해 타(他)를 부단히 섭취, 동화, 지배하는 생명의지를 말한다. 그러나 서정주의 경우는 현실에 대한 직접적인 직관과 교감과 참여 없이 역사적인 소재에 개인의 상상을 달아 미래마저 앞당겨 끌어와 영원성의 의미를 부여한 점은 납득하기 힘든 면이 있다. 서정주의 '신라라는 영원성' 역시 과거·현재·미래가 섞인 원형적 공간임을 보여준다. '父의 부재'를 극복하기 위한 부단한 몸부림 끝에 '신라'를 발견하고 민족적 정서의 원형을 창조한다. 그러나 무구한 변모 끝에 도달한 신라가 과연 우리 민족 정서의 뿌리인가라는 의문이 제기된다. 삶의 긍정, 생명력 확장을 위한 내적인 힘, 곧 삶(모든 평가의 궁극원리)의 에너지는 의식과 이성으로부터가 아니라 심층적, 심오한 생명력인 내면적 의지에서 나온다. 이것이 세계를 설명하는 형이상학적 보편원리이다.

VI. 결론

Ⅵ. 결 론

　우리에게 근대는 식민지적 상황에서 전개되어갔다. 계몽적인 이성과 합리성에 기반을 두었던 애초의 근대는 세계사적 판도 속에 비이성적이고 비합리적인 폭력을 행세하기 시작하여 전쟁으로 치달았다. 우리를 지배하는 일본 역시 서양으로부터 유입한 근대를 초극하기 위해 파시즘이라는 파행적인 모습으로 바뀌어갔고, 피지배민으로서의 지식인과 시인들은 근대의 위기를 감지하고 근대의 초극을 위한 몸부림을 한다.

　서정주는 그런 흐름 속에서 시적 출발을 한다. 그 역시 망국민의 현실과 정신적 지주인 '父의 부재'라는 이중적 형벌 속에 몸부림을 친다. 이성중심주의가 판을 치는 시대에 그는 '생명'의 기치 아래 생의 의지를 외치며 일어선다. 그러나 현실이 '벽' 그 자체임을 자각하고 난 후 한없는 육체에의 추구로 함몰해간다. 그는 보들레르의 상징의 개념을 끌어오고 이상과의 교류에서 영향받은 초현실주의를 끌어오며 니체의 디오니소스적 개념을 끌어와 현실을 버티려 한다.

　서정주의 긴 시력을 통해 볼 때 그의 시적 기둥은 두 가지로 대별해 볼 수 있다. 하나는 변하는 측면이고, 다른 하나는 변하지 않는 측면이다. 우선 전자를 보면, 시 속에 함축되어 나타난 '바람'의 의미로 대변할 수 있다. 바람은 운동성을 내포한다. 운동은 생성·변화·활동을 전제로 한다. 정지했을 때 이미 바람의 운명은 끝난다. 그때 바람은 바람이 아니다. 그의 초기시는 대립적인 본질로 인하여 두 세계 사이에서 고통스러운 왕복운동을 보여주었다. 그의 초기시는 갈등하는 두 세계가 신라로 통일되어 화해해가는 과정의 고통스러운 결과물로서, 문학이 설

자리를 마련해 놓았다. 이런 점에서 초기시는 그의 시세계에 있어 소중하다.

서정주가 등단한 1936년부터 『안 잊히는 일들』(1983)까지는 격동의 연속이었다. 시대가 변함에 따라 그의 외면적인 현상도 바뀌어 나타났다. 어린 시절부터 가지고 있던 '父의 부재'로 인한 공허함을 그는 권력에 편승해 '애비찾기'를 시도함으로써 해소하고자 한다. 그 결과 암흑기에 이르러 그는 변질의 모습을 보여준다. 즉 그는 일본의 종군기자로서 태평양전쟁에의 참가를 권유하고 전쟁영웅을 찬미하는 국민시를 쓰는 데까지 이르는 것이다. 이는 권력 앞에서 살아 남기 위한 생존의 논리라고 볼 수 있다. 이는 '父의 부재'에서 오는 결핍을 메꾸기 위해 '父'를 추종하는 과정에서 나타난 현상이다.

이러한 과정 속에서도 그는 죽은 혼과의 대면을 통해 혹독한 병을 앓는 등 형이상학적 성찰을 보이는데, 이는 그의 나아갈 방향을 암시해준다. 즉 영통과 영원성에의 가능성을 보여주는 것이다. 결국 그것이 한국전쟁 이후 그의 시가 '신라'의 발견으로 이끄는 결과를 가져온다. 이 시기 다른 한편으로 그는 『歸蜀途』 같은 전통세계의 시도 쓴다. 물론 발표는 해방 이후에 이루어졌지만 창작 시기는 암흑기이다. 이런 점을 볼 때 서정주의 시는 여러 면에서 분할된 면을 보여주다가 한국전쟁 이후 그 분할된 여러 가닥들이 한꺼번에 '신라'로 모아진 점을 알 수 있다.

해방 이후 그는 이승만전기를 쓰는 등 일제시대의 반미적인 태도를 우호적인 태도로 바꿔 또 한번의 변신을 보여준다.

그러나 한국전쟁 이후 자살미수와 정신분열적인 증세를 보이며 그런 몸의 해체를 통해 죽음을 체험한다. 일종의 통과의례(initiation)를 경험한 셈이다. 그런 혹독한 병과 죽음체험을 통해 그는 현실을 긍정하게 되고 또 신라와 만나는 행운을 갖기에 이른다. 서정주의 '신라라는 영원성'은 시인의 의식이 확장되어 개인의 실존 문제가 보편적이고 민족적인 차원으로까지 발전되는 모습을 보여준다. 이런 그의 전통지향적인 면은 1950년대가 경험한 근대의 엄청난 폭력에 맞서는 시대적인 요청에 부응하는 한편, 시인의 기질과도 맞물려서 나타난다. 그는 이 신라에서 자아정체성을 확립하고 또한 현실 초월을 꿈꾼다. 결국 이것은 그의 정신적 원형공간이나 마찬가지인 셈으로 무의식의 세계를 의식화시켜 놓는 작업이라고도 하겠다. 이로써 그는 1930년대부터 억압되어온 정서로부터 해방된 셈이다. 그는 시대마다 고통을 겪어온 자로서 태초의 정신적 어둠과 고독의 경험 속에 모성적 비밀을 안고 권력에의 동경을 이루어온 셈이다. 〈自畫像〉 속에 그려놓았던 집단적 그림자가 '신라'에 오면 어느 정도 빛을 발한다.

그러나 그의 '신라정신'의 문제점은 시적 현실인 영원성을 경험적 현실로 끌어내리는 공허함을 보여준다. 보들레르가 취한 '영원성'은 근대에 대한 반근대의 전략으로 제기되었던 데 반해 서정주의 영원성은 상상적 역사 속에 안주해버려 현실과는 유리된 한계를 안고 있다. 또한 니체의 영겁회귀는 현실에 대한 무한한 긍정, 긍정의 긍정의 개념을 내포하는 데 비해 서정주는 과거와 미래를 현재 속에 끌어와 경험적 현실과는 유리된 면을 없잖아 보여준다.

다음으로 그의 시력에서 변하지 않은 측면은 그의 타고난 기질과 연관시켜 살펴 볼 수 있다. 전자가 드러나는 현상이라면, 후자는 본질에 해당되는 것으로 현상적인 것을 넘어선 것이다. 초기시부터 나타난 직관과 본능에의 탐닉이 이에 연결되며 그것은 영적인 교류와도 상통하는 면을 지닌다. 이러한 그의 기질은 일종의 형이상학적 성찰로, 근원탐구로 이어지는 것이다. 그것은 시인의 타고난 기질이다. 겉으로 드러나는 현상을 보고 그를 친일적이니 권력지향적이니 폄하할 수는 있지만, 그 내면에 감춰진 직관과 원초적인 본능에 의거해서 사물과 인간, 세계의 본질을 통찰한 측면은 부인할 수 없는 놀라운 능력이다. 시인의

시편마다 그런 점은 나타나 있다. 그러기에 그가 한국전쟁 이후 신화의
세계로 빠져들 수밖에 없는 개인적인 면도 첨가할 수밖에 없다. 이런
장점이 현실과 밀착된 가운데 치열한 탐색을 거쳐 시적 전개를 보이지
못한 점은 큰 아쉬움으로 남는다.

참고문헌

참고문헌

I. 1차자료

서정주, 『화사집』, 남만서고, 1941

______, 『귀촉도』, 선문사, 1948

______, 『서정주시선』, 정음사, 1956

______, 『신라초』, 정음사, 1961

______, 『동천』, 민중서관, 1968

______, 『서정주문학전집』(1-5), 일지사, 1972

______, 『질마재 신화』, 일지사, 1975

______, 『떠돌이의 시』, 민음사, 1976

______, 『학이 울고 간 날들의 시』, 소설문학사, 1982

______, 『안 잊히는 일들』, 현대문학사, 1983

______, 『팔할이 바람』, 혜원출판사, 1988

______, 『신라연구』(교수자격청구논문), 국립도서관 소장 등사본,
         1960

______, 『시문학원론』, 정음사, 1969

______, 『한국의 현대시』, 일지사, 1982

______, 『육자배기가락에 타는 진달래』, 예전사, 1985

______, 『시인과 국화』, 갑인출판사, 1987

______, 『노자없는 나그네길』, 신원문화사, 1992

______, 『미당산문』, 민음사, 1993

______ 외, 『서정주문학앨범』, 웅진출판사, 1993

______, 『시와 시학』 23호, 1996년 가을호

김병걸 · 김규동 편, 『친일문학작품선집 · 2』, 실천문학사, 1986

김소운 外 역, 『미당 · 서정주시선: 조선ダンポポの歌』, 冬樹社, 1982
　　　　　『성경전서』(한글판개역), 1980

윤동주, 『하늘과 바람과 별과 시』, 정음사, 1948

정지용, 『정지용전집 1 · 시』, 민음사, 1999

Anton Pavlovich Chekhov, 「6호실」, 『세계문학대전집 25』,
　　　　　김학수 역, 대양서적, 1980

Charles Baudelaire, 『악의 꽃』, 김인환 역, 한그루, 1986

Charles Baudelaire, 『파리의 우울』, 윤영애 역, 민음사, 1979

Reiner Maria Rilke, 『말테의 수기』, 전영애 역, 서울대출판부,
　　　　　1997

이외에 『국민문학』, 『매일신보』, 『신동아』

Ⅱ. 2차 자료

1. 국내논저

(1) 단행본

강우식, 『한국 상징주의시 연구』, 문학아카데미, 1999

고　목, 『조주록 탐구』, 도서출판 삼양, 1997

권기호, 『선시의 세계』, 경북대출판부, 1991

______, 『현대시론』, 경북대출판부, 1998

김범부, 『화랑외사』, 이문출판사, 1981

김부식, 『삼국사기 1』, 솔, 1997

김성기 편, 『모더니티란 무엇인가』, 민음사, 1997

김열규, 『한 그루 우주나무와 신화』, 세계사, 1990

김윤식, 『한국근대문예비평사연구』, 일지사, 1987

______, 『한국근대문학사상비판』, 일지사, 1987

김준오, 『가면의 해석학』, 이우출판사, 1987

김춘수, 『시의 위상』, 둥지, 1991

나병철, 『한국문학의 근대성과 탈근대성』, 문예출판사, 1996

______, 『모더니즘과 포스트 모더니즘을 넘어서』, 소명출판, 1999

마광수, 『운명』, (주)사회평론, 1995

문학사와 비평연구회 편, 『1950년대 문학 연구』, 예하, 1991

박갑수, 『한국근대문학의 정신사론』, 삼지원, 1993

송기한, 『한국 전후시와 시간의식』, 태학사, 1996

송 욱, 『시학평전』, 일조각, 1971

송하선, 『미당서정주연구』 선일문화사, 1991

신기철·신용철 편저, 『새 우리말 큰사전』, 삼성출판사, 1986

신범순, 『한국 현대시의 퇴폐와 작은 주체』, 신구문화사, 1998

신오현, 『절대의 철학-제일철학의 임무와 목표』, 문학과 지성사, 1993

심우섭, 『한국전통사상의 이해』, 형설출판사, 1994

오세영, 『20세기 한국시 연구』, 새문사, 1989

유동식, 『풍류도와 한국의 종교사상』, 연세대출판부, 10997

유 영, 『영국문학사 논강』, 한신문화사, 1987

유종호, 『시란 무엇인가』, 민음사, 1995

유혜숙, 『우리 시의 서정과 인식』, 태학사, 1999

윤재웅, 『미당 서정주』, 태학사, 1998

______, 『문학비평의 규범과 탈규범』, 새미, 1998

이몽희, 『한국현대시의 무속적 연구』, 집문당, 1990

이부영, 『그림자-우리 마음 속의 어두운 반려자』, 한길사, 1999

이부영, 『분석심리학-C.G.Jung의 인간심성론』, 일조각, 1995

이창배, 『20세기 영미시의 형성』, 민음사, 1985

정효구, 『20세기 한국시의 정신과 방법』, 시와시학사, 1995

______, 『20세기 한국시와 비평정신』, 새미, 1997

최남선 찬, 『고사통』, 삼중당, 1947

허창운 외, 『프로이트의 문학예술이론』, 민음사, 1997

(2) 논문

강우식, 「서정주시의 상징연구-초기시집을 중심으로」, 한양대 석사논
　　　문, 1983

김기림, 「우리 신문학과 근대의식」, 『시론』, 백양당, 1947

김동리, 「『귀촉도』의 발」, 『귀촉도』, 선문사, 1948

김석준, 「서정주 초기시 연구-사상적 변화를 중심으로」, 서울대 석사
　　　논문, 1994

김선영, 「미당산, 광활한 정신의 숲」, 『서정주문학앨범』, 웅진출판사,
　　　1993

김수이, 「서정주 시의 변천과정 연구 – 욕망의 변화 양상을 중심으
　　　로」, 경희대박사논문, 1997

김용직, 「직정미학의 충격파고-서정주론」, 『현대시』 3의 2, 1992.2

______, 「초인의 역정, 또는 마그마 미학-서정주론」, 『시와 시학』 23
　　　호, 1996년 가을호

김우창, 「한국시와 형이상」, 『미당연구』, 민음사, 1994

김유중, 「〈화사〉의 정신분석적 연구-작품 〈화사〉에 잠재하는 외디푸
　　　스적 양상에 대한 고찰」, 『운당 구인환 교수 정년퇴임기념논
　　　문집』, 서울대 국어교육과, 1995

김윤식, 「역사의 예술화」, 『현대문학』, 1963.10

______, 「거울화의 두 양상-서정주론」, 『한국현대문학사』, 일지사, 1985

______, 「문협정통파의 정신구조-생의 구경적 형식」, 『한국근대문학사상비판』 일지사, 1987

김은자, 「한국현대시의 공간의식에 관한 연구」, 서울대박사논문, 1986

김은전, 「상징주의의 수용과 그 전개」, 김용직 외 편, 『문예사조』, 1986

김인환, 「서정주의 시적여정-『화사』에서 『질마재신화』까지의 거리」, 『문학과 지성』 8, 1972년 여름호

김재홍, 「미당 서정주 시의 전통성과 영원주의」, 박노준 · 이창민, 『현대시의 전통과 창조』, 열화당, 1998

김정신, 「미당시에 나타난 '피'의 심상 연구」, 경북대석사논문, 1993

김종욱, 「규율화된 주체, 자율적인 주체-모더니즘과 시간성」, 『문학사상』, 1998.3

김준오, 「원시주의와 자학-생명파의 시적 자아」, 『가면의 해석학』, 이우출판사, 1987

김창근, 「한국현대시의 원형적 상상력에 관한 연구」, 부산대박사논문, 1992

김춘수, 「『귀촉도』 기타」, 『서정주연구』, 동화예술선서, 1980

김학동, 「서정주시인론」, 『서정주연구』, 동화예술선서, 1980

______, 「서정주의 시에 미친 보들레르의 영향-〈원수〉와 〈국화 옆에서〉를 중심으로」, 박철희편, 『서정주』, 서강대출판부, 1998

나희덕, 「서정주의 『질마재 신화』 연구 - 서술시적 특성을 중심으로, 연세대석사논문, 1999

남기혁, 「1950년대 시의 전통지향성 연구」, 서울대박사논문, 1998

남진우, 「남녀 양성의 신화-서정주 초기시의 심층 탐험」, 『미당연구』, 민음사, 1994

류철균, 「문학 비평의 근대성과 유토피아-김윤식론」, 『문학과 사회』, 1989년 여름호

문정희, 「서정주 시 연구」, 서울여대박사논문, 1993

박노균, 「1930년대 한국시에 있어서의 서구 상징주의 수용연구」, 서울대박사논문, 1992

박윤우, 「1950년대 한국 모더니즘시 연구-부정성의 형태화 양상을 중심으로」, 서울대박사논문, 1998

박재삼, 「자유자재한 것」, 서정주, 『안 잊히는 일들』, 현대문학사, 1983

서영은, 「김동리 안의 경주 또는 무극」, 권영민 편, 『김동리가 남긴 시』, 문학사상사, 1998

서익환, 「서정주 시 연구-하나의 시도로써 정신분석학적 접근」, 『한국현대문학과 현실인식』, 새미, 1998

서정주-김수남 대담, 「신라정신으로의 복귀가 한국의 르네상스이다」, 『월간조선』, 1995.1

성기조, 「한국근대문학의 전통논의에 관한 연구」, 단국대박사논문, 1984

소영현, 「1940년대 전후 동양 담론 분석-전통과 근대의 대결구도를 중심으로」, 『1930년대 후반문학의 근대성과 자기성찰』, 깊은샘, 1998

손진은, 「서정주 시의 시간성 연구」, 경북대박사논문, 1995

송 욱, 「서정주론」, 『서정주연구』, 동화예술선서, 1980

송주성, 「'전통'과 '근대성'-1950년대 미당 시의 전통성과 초근대성 문제」, 정창범 편, 『전후시대 우리 문학의 새로운 인식』, 박이정, 1997

송희복, 「서정주 초기시의 세계」, 『한국시:감성의 계보』, 태학사, 1998

신병은, 「신화적 인물의 시적변용에 대한 고찰」, 조선대석사논문, 1985

신정인, 「Dylan Thomas의 시:인간 조건의 성찰을 통한 삶의 긍정」, 경북대석사논문, 1994

신현락, 「서정주 시의 시간의식-『화사집』, 『귀촉도』를 중심으로」, 『비평문학』 11호, 1997

엄경희, 「서정주 시의 자아와 공간·시간 연구」, 이화여대박사논문, 1999

오세영, 「미당과 그의 시대」, 『작가세계』 20호, 1994년 봄호

_____, 「서정주 시의 영원과 현실」, 『한국 문학 연구』 17집, 1995

_____, 「오세영의 분석적 시 읽기 ⑮ -서정주의 『화사』」, 『현대시』, 1998.8

오형엽, 「서정주 초기시의 의미구조 연구-이원성과 그 융합의 의지를 중심으로」, 고려대석사논문, 1989

유성호, 「서정주 『화사집』의 구성원리와 구조연구」, 『한국문학논총』 22집, 1998.6

유제식, 「프랑스 상징주의 시의 수용과 그 한국적 변용」, 이보영 외 공저, 『한국 문학 속의 세계문학』, 규장각, 1998

유지현, 「서정주 시의 공간 상상력 연구」, 고려대박사논문, 1997

유혜숙, 「서정주 시 연구 - 자기실현 과정을 중심으로」, 서강대박사논문, 1994

육근웅, 「서정주시 연구」, 한양대박사논문, 1990

윤재웅, 「바람과 풍류」, 『미당연구』, 민음사, 1994

윤정선, 「괴물론-괴물 이미지 분석」, 『시운동』 6집, 1984

이광호, 「영원의 시간, 봉인된 시간-서정주 중기시의 '영원성' 문제」, 『미당연구』, 1994

이성교, 「서정주론-초기시를 중심으로」, 『한국현대시인연구』, 태학사, 1997

이성복, 「BAUDELAIRE에서의 현실과 신비」, 서울대 석사논문, 1982

이승훈, 「서정주 초기시에 나타난 미적 현대성」, 『한국 현대시의 이해』, 집문당, 1999

이영희, 「한국 현대시에 나타난 삶의 인식 방법 연구-한용운, 김소월, 서정주의 시를 중심으로」, 경희대 박사논문, 1987

이용훈, 「개인적 생명의식에의 집념-서정주론」, 『국어교육』 16호, 1970.2

이운룡, 「사소설화와 단군신앙의 시적 의미-서정주의 시」, 『한국현대시인론』, 지평, 1990

이진홍, 「서정주시의 심상연구」, 영남대 박사논문, 1988

이태동, 「현실과 영원의 선미한 조합-서정주론」, 『부조리와 인간의식』, 문예출판사, 1981

임재서, 「서정주 시에 나타난 세계 인식에 관한 연구-비극적 세계관과 신간성의 관련 양상을 중심으로」, 서울대 석사논문, 1996

임문혁, 「한국현대시의 전통 연구-설화의 수용을 중심으로」, 한국교원대 박사논문, 1992

임우기, 「오늘, 미당 시는 무엇인가?-'회귀'의 아름다움?」, 『문예중앙』, 1994년 여름호

장석주, 「뱀의 시학」, 『문학, 인공정원』, 프리미엄 북스, 1997

장영규, 「딜란 토마스의 시에 나타난 삶과 성의 이중성」, 『시와 반시』, 1993년 여름호

전화인터뷰, 「미당 서정주 시인의 근황과 시세계」, 『문학 깊이 갈이』, 자유문고, 1994

정유화, 「서정주 시의 기호론적 연구 – 이항대립과 매개항을 중심으로」, 중앙대 박사논문, 1996

조은희, 「한국 현대시에 나타난 다다이즘·초현실주의 수용양상에 관한 연구」, 서울대 석사논문, 1987

조연현, 「원죄의 형벌」, 김시태 편, 『한국현대 작가·작품론』, 이우출판사, 1988

최두석, 「서정주론」, 『미당연구』, 민음사, 1994

최현식, 「서정주 초기시의 미적 특성 연구」, 연세대 석사논문, 1995

황동규, 「탈의 완성과 해체」, 『미당연구』, 민음사, 1994

황인교, 「서정주 시의 상상력 연구」, 이화여대 석사논문, 1983

황종연, 「한국문학의 근대와 반근대-1930년대 후반기 문학의 전통주의 연구」, 동국대 박사논문, 1991

황지우, 「끔찍한 모더니티」, 이남호·이경호 편, 『황지우문학앨범』, 웅진출판, 1995

황현산, 「서정주, 농경 사회의 모더니즘」, 『미당연구』, 민음사, 1994

2. 국외논저

Alain Vanier, 『정신분석의 기본 원리』, 김연권 역, 솔, 1999

Aniella Jaffé 述, 『C.G.Jung의 회상, 꿈, 그리고 사상』, 이부영 역, 집문당, 1996

Anne Clancier, 『정신분석학과 문학비평』, 이준오 역, 숭실대출판부, 1998

Carl Gustav Jung 편, 『인간과 무의식의 상징』, 이부영 外 역, 집문당, 1995

Erich Fromm, 『선과 정신분석』, 김용정 역, 원음사, 1992

Friedrich Wilhelm Nietzsche, 『비극적 사유의 탄생』, 이진우 역, 문예출판사, 1997

―――――――――――――, 『짜라투스트라는 이렇게 말했다』, 최민홍 역, 집문당, 1979

Georges Nataf, 『상징, 기호, 표지』, 김정란 역, 열화당, 1987

Güter Wohlfart, 『놀이하는 아이 예술의 신 '니체'』, 정해창 역, 담론사, 1997

Herbert Mercuse, 『에로스와 문명-프로이트 이론의 철학적 연구』, 김인환 역, 나남, 1996

Julia Kristeva, 『사랑의 정신분석』, 김인환 역, 민음사, 1999

Maurice Blanchot, 『문학의 공간』, 박혜영 역, 책세상, 1991

Philippe Brenot, 『(미술과 음악, 그리고 문학에서) 천재와 광기』, 김웅권 역, 동문선, 1997

Sigmund Freud, 『꿈의 해석(하)』(프로이트 6), 김인순 역, 열린책들, 1997

―――――――, 『나의 이력서』(프로이트 20), 한승완 역, 열린책들, 1997

―――――――, 『무의식에 관하여』(프로이트 13), 윤희기 역, 열린책들, 1997

―――――――, 『문명 속의 불만』(프로이트 15), 김석희 역, 열린책들, 1997

―――――――, 『억압, 증후 그리고 불안』(프로이트 12), 황보석 역, 열린책 들, 1997

―――――――, 『정신분석강의(하)』(프로이트 2), 임홍빈 · 홍혜경 역, 열린책들, 1997

―――――――, 『종교의 기원』(프로이트 16), 이윤기 역, 열린책들, 1997

___________, 『창조적인 작가와 몽상』(프로이트 18), 정창진 역,
열린책들, 1997

___________, 『쾌락원칙을 넘어서』(프로이트 14), 박찬부 역, 열
린책들, 1997

Smiley Blanton, 『프로이트와 나눈 시간들』, 이동영 역, 솔, 1999

Thomas Stearns Eliot, 「전통과 개인적 본능」,『문예비평론』, 이경
식 편역, 범조사, 1983

Walter Kaufmann, 『프로이트와 그의 시학』, 김평옥 역, 학일출판
사, 1994

柄谷行人, 『일본 근대문학의 기원』, 박유하 역, 민음사, 1997.

_______, 『탐구 1』, 송태욱 역, 새물결, 1998

岸田秀, 『게으름뱅이 정신분석 2』, 우주현, 깊은샘,

篠田一士, 「隣國の詩人」, 『海燕』 제2권 제1호, 昭和 59년(1983).1.1

福永武彦, 『ボードレールの世界』, 講談社, 1992.

에필로그

에필로그 : 『질마재신화』 이후의 시 고찰

I. 숙명적인 떠돌이 의식

서정주 시인의 정신세계를 살펴 보면, 우선 식민지하 '父의 부재'로 권력에 편승하여 살아갈 수밖에 없는 현실이 그 이후에도 계속 이어져 왔다. 이는 그의 시에서 '바람' 이미지로 대변된다.

그러나 또 다른 그의 한쪽 기둥은 그런 정신적 부재를 메꿔주는 '어머니(여성들)의 세계'이다. 그의 시에는 많은 여성들이 등장할 뿐 아니라 시인은 그의 정신적 결핍을 이들에게서 충족하며 살아 왔다. 여기에는 시인의 어머니는 물론 외할머니, 서운니, 남숙이, 질마재 여인들 외에 그의 평생을 좌우하는 국민학교 3학년 때 담임 선생님도 포함되어 있다. 전자가 시인의 정신세계에서 변하는 부분이라면 후자는 변하지 않는 부분이라고 볼 수 있다.

먼저 '바람' 이미지인 떠돌이 의식은 우선 그의 산문에 잘 나타나 있다.

떠돌이, 떠돌이, 떠돌이…… 아무리 아니려고 발버둥을 쳐도 결국은 할 수 없이 또 흐를 뿐인 숙명적인 떠돌이 겨우 돌아갈 곳은 이미 집도 절도 없는 할머니 고향 언저리 바닷가의 노송뿐인 이 할 수 없는 철저한 떠돌이, 그것이 바로 나다.

물론 나도 하 살기가 고단해선 노자한테서 배우고, 석가모니한테까지도 물어서, 민족사회인(民族社會人) 노릇이 하 답답코 억울하면 자연에서나 백 프로의 자존심을 회복하려는 신선 노릇에도 어느 만큼은 길들었고 〈모든 것은 인연이로다. 이 딱함, 이 억울함, 두루 다 인연이로다. 이런 인연을 내가 자진해서는 또다시는 안 만들고, 새로 핀 연꽃같이 영원히 향기롭기만 한 진생명(眞生命)이로다〉 하는 석가모니 진여(眞如)의 연습도 꽤나 〈해보기도 했다〉. 나 아니면 〈절대로 안된다〉는 공간과 시간 속의 주인공 의식, 보들레르보다도, 어느 자진투신(自進投身)의 지옥 속의 보살님보다도 가장 서러운 자의 제일심우(第一心友)가 되려는 느낌도 나대로는 그래도 지탱해 온 셈이다.

그러나 내가 나를 객관하는 눈이 열렸을 때, 곰곰 내 여러 모를 골고루 뜯어보고 그걸 다 합해서 보니, 나는 역시 할 수 없는 떠돌이로다. 자존심으로나, 극한으로 높일 것이나 더러 눈동냥 귀동냥으로 배운 떠돌이로다. 할 수 없는 떠돌이로다.

(……) 그러나 더 밝은 객관의 눈이 내게 열려 나를 또다시 깊숙이 들여다보면, 역시 할 수 없는 나는 떠돌이로다.1)

숙명적인 떠돌이 의식, 즉 그의 바람기는 여행을 통해 많은 세계 기행시들로 탄생되었다. 이런 범주에는 『떠돌이의 詩』(1976), 『西으로 가는 달처럼…』(1980), 『山詩』(1991), 『늙은 떠돌이의 詩』(1993), 『80 소년 떠돌이의 詩』(1997)가 해당된다.

失戀한 女弟子가 「落葉같다」 줏어온 돌이
내 눈에는 돛 단 배의 돛만 같아서
「돛」이라 새 이름 부쳐 그네에게 돌리나니
사랑하는 사람들의 사랑의 落葉들이여
모조리 돛이나 되어 또 한번 떠 가자쿠나.
　　　　　　　　　　－ 〈모조리 돛이나 되어〉2) 전문

---

1) 서정주, 「떠돌이의 글」, 『미당산문 – 문학을 공부하는 젊은 친구들에게』, 민음사, 1993. pp.308-309
2) 『떠돌이의 詩』, 민음사, 1976. p.66

'돛'이란 바람을 받아 배를 가게 하기 위하여, 돛대에 높게 펼쳐 매단 넓은 천을 말한다. 이 시어 하나만 보아도 서정주의 의식을 잘 알 수 있다. 망망대해를 한없이 떠돌아다니는 것이 배이고, 그것을 움직이게 하는 것이 '돛'이고 보면 "모조리 돛이나 되어 또 한번 떠 가"는 것도 세상을 사는 힘이라 하겠다. 이러한 것은 시적 화자에게만 해당되는 것이 아니라 시적 화자가 보는 관찰자에도 해당된다.

> 또 와 보니
> 그애는 그새 벌써 보따리 싸
> 어디론지 또 한 구비 떠돌이 길을 떠나고 없고,
>   - 〈大邱 郊外의 酒幕에서〉[3]의 일부

시적 화자는 주막 갈보계집아이와 한바탕 잘 웃고 놀다가 헤어진 후 또 만나기로 했는데, 그 애는 어느새 어디론가 떠나고 만다. 이 시에는 시인의 세상을 보는 관점이 잘 나타나 있다. 이것은 또한 시인의 시 〈국화 옆에서〉를 잘 외우던 계집애에서도 마찬가지이다.

> 濟州에서 떠돌다 맞은
> 回甲 해 크리스마스날 밤
> 酒幕에서 만났던 그 계집애—
> 高等學校 二學年 國語책에서 배웠다고
> 내 詩 「菊花 옆에서」를
> 고스란히 외여 읊던 그 계집애.
> 짓궂은 어느 술친구가 作者 나를 소개하자
> 내 곁에 와 내 마고자에
> 두 눈 묻고 흐느끼던 그 계집애.

---

3) 앞의 책, pp. 68-69

눈 내리는 이 밤은 또 어디메서 울고 있는가.
눈물도 말라 인제는 캬랑 캬랑 하는가.
　　　　　- 〈눈 오는 날 밤의 感傷〉4) 전문

　그 뿐 아니라 "혼자서 고향을 떠나/ 어느 후줄근한 땅의 막바지 바닷
가나 헤매다니다가"(「꽃을 보는 법」)에서도 그런 떠돌이 의식은 잘 나
타나 있다.

　　　브라질에서 제일 싼 소가죽으로
　　　브라질에서 제일 싼 한국사람이
　　　……　(중략)　……
　　　하필이면 이 世界의 늙은 떠돌이— 내가!
　　　또 그걸 사서 등에다 걸머지고
　　　더 먼 길로 떠나가고 있음이여!
　　　　　- 〈쌍파울루의 히피市場有感〉5)의 일부

　　　내 驛馬살이 너무나도 센
　　　예순 네 살의 내리막길 八字여!
　　　헐수할수 없이
　　　아프리카의 케냐의 나이로비에까지 흘러와서
　　　또 한번
　　　헌 지팽이와 낡은 괴나리를 버리고,
　　　해질녘의 장거리의 黑人 할미에게서
　　　새로 산 魔術師의 지팽일 집고,
　　　새로 산 풀가방을 둘러 메고 가도다.
　　　　　- 〈나이로비 市場의 買物〉6)의 일부

---

4) 앞의 책, p.72
5) 『西으로 가는 달처럼…』, 문학사상사, 1980. p.85
6) 앞의 책, pp.92-93

이 시에서는 시인의 시적 공간이 확대되어 나타난다. 이미 〈바다〉[7]에서 예고되어 있듯이 미국, 캐나다, 중·남미, 아프리카 및 동남아 등지로 그의 시선은 넓어진 것이다. 이제 세계가, 이 우주가 그의 무대이다. 그러면서 떠돌이 의식도 커가 그는 이 세계의 늙은 떠돌이로 변해간다.

>   그래 그 여자는 그 山을 찾아 걸어가다가
>   여덟 달 뒤에 사내애를 낳자
>   이걸 또 둘쳐업고 걸었고
>   이 애가 조금 크자
>   그 손을 잡고 걸었고
>   그 다음에는 말동무가 되어 걸어가서
>
>   그 뒤 여러 십 년이 지나
>   그 여자가 그만 다 늙어빠져서
>   그 어디 소나무 밑에 묻히게 되자
>   뒤이어선 아들이 혼자
>   걷고 걷고 또 걸어서
>   이 에베레스트山 나를 찾아온 것은
>   그 母子가 길을 떠난 지
>   꼭 一白年째 되는 해의
>   어느 화창한 봄날이었네.
>   – 〈어느 흐린 날에 에베레스트 靈峰이 하신 이야기〉[8]의 일부

이 시에 나타나는 여자 역시 길을 떠나 걷고 걷기를 일백년째 되는

---

7) 『화사집』에 의하면 "아라스카로 가라! / 아라비아로 가라! / 아메리카로 가라! / 아푸리카로 가라!"(〈바다〉 5연)라는 구절이 있다.
8) 『山詩』, 민음사, 1991. pp.25−27

어느 화창한 봄날까지 거듭한다. 그러면 시인은 무엇 때문에 이렇게 긴 여로를 택한 것이며, 여행의 목적은 무엇인가? 다음의 시에서 조금이나마 그 실마리를 찾을 수 있다.

> 겨울이면 木浦나 群山 같은 데
> 겨울 여자 나그네를 만나러 가네.
> 얼지도 못하고 서성거리는
> 波濤야 너 같은 여자 나그넬……
>
> 선창가에 즐비한 왕대폿집에
> 날다가 지쳐앉은 기럭이처럼
> 끼룩끼룩 나른이 노래 부르는
> 겨울 여자 나그네를 찾아서 가네.
>
> 이 겨울은 무슨꿈을 어떻게 꾸고,
> 봄이 오면 또 어디로 날아갈 건가?
> 쐬酒 한상 차려놓고 얘기해 보세.
> 젓가락 장단치며 얘기해 보세.
>   - 〈겨울 女子 나그네〉9) 전문

시인이 길 떠나는 목적은 단순한 방랑이 아니라 겨울 여자 나그네를 만나기 위해서다. '겨울', '나그네'란 시어는 설움과 슬픔, 고독을 내포하고 있는 단어이다. 그 고독 속에서 그는 자신의 동류를 찾고 있다. 고독한 자야말로 고독한 이를 알아본다는 말처럼, 참된 나그네야말로 나그네를 알아본다. 그것도 노래를 부르는 나그네를 찾아간다. 이 속에는

---

9) 『노래』, 정음문화사, 1984. pp.122-123
10) 졸고, 「서정주 시의 변모과정 연구」, 경북대 박사 논문, 2000 pp.119-126

서정주의 풍류의식[10]이 넘쳐남을 볼 수 있다. 고독을 알기에 풍류를 찾고 그런 의식의 공유자를 찾아 인생을 논하려는 면을 볼 수 있다. 이런 떠돌이 의식이야말로 우주 삼라만상의 본체를 깨닫고, 그에 합일되고자 하는 진정한 자기 복귀로서의 자유지향[11]을 말한다. 결핍, 즉 '父의 부재'야말로 한없이 길 떠나는 자이게 하는 것이고, 곧 그것은 자유의 욕망을 의미한다.

Ⅱ. 고향에 대한 회귀의식

길을 떠난 이는 이미 고향을 떠난 것이다. 길을 떠났기에 그는 여로에 지쳐 고향을 꿈꾼다. 고향에는 어머니가 있다. 이처럼 어머니는 고향을 의미하고 시인 역시 변화하는 시대현실 속에서 바람으로 떠돌아다니다가 지쳐 고향으로 회귀하기에 이른다. 그는 그의 고향인 선운리, 일명 질마재를 노래하게 된다. 여기서 질마재란 연어처럼, 시인이 출발점으로 회귀함[12]을 의미하고 기억 속의 고향을 찾아가는 것을 말한다. 또한 '질마재신화'란 시인의 신성 공간으로의 회귀[13]를 뜻한다. 곧 고향에 대한 탐구로 정신의 원형을 재발견하는 작업을 뜻함이다. 이는 시간을 소급하여 과거 속으로 투사하면서 자아의 근원과 자기정체성을 찾[14]는 작업을 말한다. 이는 고향 즉 정신의 고향에 대한 회귀의식을 뜻한다. 그것은 또한 기억 속의 고향을 현재화하여 시 속에 재구축함을 뜻하므로, 과거를 현재화한 기억의 공간[15] 그러면서도 그 속에는 근원

---

11) 김수이, 「서정주 시의 변천과정 연구 – 욕망의 변화 양상을 중심으로」, 경희대박사논문, 1997. p.178

12) 허윤회, 「미당 서정주 시의 신화성」, 『한국 문학 이론과 비평』 11호, 2001.6. p.51

13) 앞의 글, p.52

14) 김수이, 앞의 글. p.126

15) 앞의 글, p.127

에 대한 그리움을 가지고 있다. 이런 질마재 계열의 시편들은 우주적 차원의 생활 리듬이 육화되어 나타난다. 질마재는 과거에 대한 회귀가 아닌, 본질에 대한 회귀 의지의 발현으로 탄생된 시적 공간으로서의 의미를 지닌다. 또한 질마재는 특정 시간, 즉 과거의 공간으로 한정되는 것이 아니라, 과거, 현재, 미래가 함께 조우하고 화해하는 예외적인 공간으로 정립된다. 이를 서정주는 '신화'라고 불렀던 것16)이다.

이처럼 고향에 대한 회귀의식을 보여주는 『동천』 이후의 시집으로, 『질마재신화』(1975), 『안 잊히는 일들』(1983), 『노래』(1984), 『팔할이 바람』(1988), 『학이 울고 간 날들의 시』(1982)가 해당된다. 『노래』와 『팔할이 바람』은 떠돌이 의식과 고향을 노래하는 시가 공존하고 있으나 전반적으로 보아 고향을 노래하는 시들이 많다고 생각되어 이 장에서 설명하기로 한다.

가슴에 구멍이 뚫린 사람이
무엇이 남았는가 생각해 보네.
무궁화에 추석달 보고 또 보고
보고 보고 또 보고 생각해 보네.

가슴에 구멍이 뚫린 사람이
어머님 거울 하나 생각해 내네.
무궁화에 추석달 보고 또 보고
보고 보고 또 보고 생각해 내네.
－〈무궁화에 추석달〉17) 전문

이 시는 '부재'의 자리를 역력히 말해주고 있다. "가슴에 구멍이 뚫"

---

16) 앞의 글, pp.131-137
17) 『질마재 神話』, 일지사, 1975. p.78

렸다는 것은 무엇을 말함인가? 그의 가슴에 정신적인 충족을 주는 정
신적인 지주가 없음을 의미한다. 『질마재 신화』(1975) 발간 전후, 곧 이
시의 창작연대를 추정해 볼 때 이미 시인은 60세에 접어 들었음을 알
수 있다. 그러나 인간에게 있어 평생을 좌우하는 것은 유년체험이기에
그의 유년에 이렇다 할 정신적 지주가 없었기에 평생을 허한 가슴을 안
고 살아갈 수밖에 없었던 것이다. 무궁화에 추석달이면 조상들을 생각
하고 추모할 시기이다. 자신을 보고 또 봐도 거기엔 "어머님 거울 하나
"밖에 없다. 그에게는 부(父)의 자리가 없다. 대신 어머니의 세계가 남
아 있는 것이다. 그것도 어머님은 가고 그 어머님을 비춰 보는 거울 하
나가 있다. 이렇게 본다면 시인이 고향을 찾은 이유는 자명해진다. 그
것은 모태회귀 본능 때문이다.

> 마침내는 땀도 못 내고 죽을
> 그 지독한 染病쟁이가 되고 말았네.
> 마을 밖 외딴 곳에 隔離收容이 돼서
> 아버지는 斷念하고 내 곁을 뜨고
> 어머니만이 혼자서 내 染病에 다붙어서
> 「나를 대신 잡아갑소사」 기도만 하고 계셨네.
> 그렇지만 그 40度 넘는 高熱 속에서도
> 나는 날아다니는 피터팬처럼
> 한 마리 幻想의 새가 되어서
> 참 많은 山과 바다를 떠돌고 있었네.
> 正體모를 진절머리의 이 荒野 위를
> 나는 연습만을 되풀이하고 있었네.
>   — 〈染病〉[18]의 일부

  15세 때 시인의 경험한 바 시를 보면, 격리수용될 정도의 심한 병에

---

18) 『안 잊히는 일들』, 현대문학사, 1983. p.34

서도 그의 어머니만은 그 곁에서 끝까지 기도하고 있음을 알 수 있다.
그러기에 그의 정신세계에는 눈물과 정성으로 그의 곁에 있었던 모친
의 세계가 존재하는 것이다. 〈사회주의병〉[19]에서는 "그리고 내 곁에서
늘 항상 나를 지키는 이는/ 저승까지 내 뒤를 따라가시기로 작정한/ 내
어머니 단 한 분뿐이었네."라고 적고 있다. 이것이 어머니가 있는 시인
의 고향이고 질마재인 것이다.

세상일 고단해서 지칠 때마다,
댓잎으로 말아 부는 피리 소리로
앳되고도 싱싱히는 나를 부르는
질마재. 질마재. 고향 질마재.

소나무에 바람소리 바로 그대로
한숨 쉬다 돌아가신 할머님 마을.
지붕 우에 바가지꽃 그 하얀 웃음
나를 부르네. 나를 부르네.

                  - 〈질마재의 노래〉[20] 일부

이렇듯 고향 질마재는 그가 어려울 때마다 그를 부르는 그리운 노래
가 됨을 알 수 있다. 그것은 기억의 원천이고 삶의 원동력이 되는 것
이다.

손등에 굵은 심줄 새파랗게 드러난
진땀나는 삼십대의 修女같은 색시가
윗도리만 입은 나를 참말로 사랑해

---

19) 『팔할이 바람』, 혜원출판사, 1988. pp.48-51
20) 『노래』, 정음문화사, 1984. pp.76-77

그 무릎에 끌이안고 부채질을 해주시네.
빨아벗은 내 아랫도리 꼬치에다가
귀엽다고 더 열심히 부채질을 해주시네.

방안에는 성탄절날 수녀 같은 색시들이
대여섯 명. 그중에 한 색시가 말씀을 하네.
내 꼬치 모양이 특히 좋다고 굽어다보며
「아흐 고 꼬치에 땀 방울이 이뻐」 하고
음력 초사흘날 달눈썹 아래
초롱 같은 두 눈에 불을 밝혀 속삭이네.
아아, 나로 말하면, 이 나로 말하면
그 말씀과 그 눈 그 눈썹을
아조 잊어버릴 수는 영원히 없을거야.
　　　　　　　　　　– 〈사내자식 길들이기 · 1〉[21]의 일부

　이 시는 제 2장 1절(육체에의 자각)[22]에서 이미 살펴 보았다. 두 살
의 서정주는 자신의 은밀한 부분이 노출된 채 주위 시선들에게 바라봄
의 대상 자체가 되어 있다. 이처럼 그의 최초의 기억은 육체의 가장 은
밀한 부분에 대한 담론으로 시작되고 있다. 이것이 그가 주로 여성편향
적인 시를 쓰게 되는 시발점이고, 육체와 본능을 중심으로 한 시를 쓸
수밖에 없는 운명의 출발점이라 할 수 있다. 근대 이성중심주의의 시대
그의 시 방향을 예고하는 이러한 최초의 기억은 초기시의 '육체성'의
추구와 이후 '신라라는 영원성'의 추구[23](『花蛇集』에서 『冬天』까지)와
도 맞물려 있다. 정신적 원형공간에 해당하는 것으로 '신라'를 선택하
여 여성편향적인 시를 쓰게 된 데는 원초적인 생의 공간을 통해 모친

---

21) 『팔할이 바람』, pp. 16–19.
22) 「내 마음의 편력– 질마재」, 『전집 3』, p.10
23) 졸고, 앞의 글, p.11

을 비롯한 주위의 여성들과의 접촉이 있었기 때문이다.

　이외에도 고향엔 '小者 李 생원네 마누라님의 오줌 기운'(〈小者 李 생
원네 마누라님의 오줌 기운〉)이 있고, '물동이를 이고 가는 애'(〈그 애
가 물동이의 물을 한 방울도 안 엎지르고 걸어왔을 때〉)가 있고, '외할
머니'(〈외할머니의 뒤안 툇마루〉)가 있고, '알묏댁'(〈알묏집 개피떡〉),
'한물宅'(〈石女 한물宅의 한숨〉) 등의 질마재 여인들이 있다.

　　　　일본 '나가노'라는 데서 '요시무라 아야꼬'라는
　　　　서른네 살짜리 과부 여선생이 혼자서
　　　　3학년 된 우리 담임 선생으로 정해져 왔는데,
　　　　이 '오까미상'이
　　　　내 가슴속 염통에까지
　　　　고요한 날의 바이얼린 소리처럼
　　　　쩡하고 울려 오는
　　　　내 맨 처음의 여인이 되었네.
　　　　　　　　　　　　－ 〈茁浦 · 2〉[24]의 일부

　또 '요시무라 아야꼬'도 그의 가슴에 평생을 남아 있는 여인이다. 특
히 이 여선생으로부터 시인이 〈안개〉라는 작문을 칭찬받은 바, 글쓰기
의 원형이 비롯되었을 듯하다. 그러기에 그 여선생을 그리워하고 〈내
영원은〉[25], 〈첫 嫉妬〉[26], 〈첫 離別공부〉[27], 〈이슬비 속 창포꽃〉[28] 또한
그렇다. 한편 '고향'과 '일본여성'이 있다는 것은 고향과 근대가 공존

------

24) 『팔할이 바람』, pp.36−39
25) 『冬天』, 민중서관, 1968. pp.16−18
26) 『안 잊히는 일들』, p.26
27) 앞의 책, p.27
28) 『늙은 떠돌이의 詩』, (민음사, 1993. p.112) 이 시의 창작연도는 1993년 4월 23일(79세)
　　로 되어 있는 걸로 보아, 이 일본인 여선생은 서정주의 시정신을 평생 좌우했다고 볼 수
　　있다.

하는 아이러니칼한 면을 보여준다. 바로 이 점이 서정주의 비극성인 것이다.

여기서 고향 '질마재'의 시적 공간은 근대 지향성의 일방적 횡포를 막아내는 작업29)이 이루어지는 공간이다. 서정주의 전통에 대한 탐구가 전근대에 대한 미화 또는 반근대의식과 결부되어 있었기 때문에, 그의 반근대주의가 현실의 모순에 대한 실천적 인식을 결락하고 있으며 나아가 체제에 순응하는 태도로 나아갈 수 밖에 없30)게 된다.

Ⅲ. 두 세계의 공존

서정주의 시정신은 '父의 부재'로 인해 모친의 세계로 귀의함을 앞에서 보았다. 전자는 변하는 부분으로 '바람' 이미지로 대변된다면, 후자는 변하지 않는 정신의 순금부분이라 하겠다. 전자가 숙명적인 떠돌이 의식이라면, 후자는 고향에 대한 회귀의식이라 할 수 있다. 이 두 세계를 앞장에서 따로따로 살펴 보았으나, 이는 따로 논할 사항이 아니다. 두 세계는 그의 시 속에 많은 부분 함께 나타나고 있으며, 이것은 결핍 (父의 부재)이 모친의 세계로 귀의하게 한 것이다.

　　다섯 살짜리
　　어린 집지기의 자유(自由)가
　　어느만큼 잘 익은
　　어느 밝은 오후에

---

29) 김윤식, 서정주 『질마재 신화』고-거울화의 두 양상」, 『현대문학』, 1976. 3. p.249
　　김수이, 앞의 글에서 재인용.
30) 나희덕, 「서정주의 『질마재 신화』 연구 – 서술시적 특성을 중심으로」, 연세대석사논문,
　　1999. p.47

주춤 주춤 걸어서
집 앞 시냇가로 가보니,
역귀풀꽃 테두리한 그 맑은 시냇물에
그림자 드리운
흰 구름 한송이 떠서
나를 마중 나와
내 머리위에 올라 앉았다.
그래 이때부터 나는
이 구름을 늘 내 머리에 매달고
살아오다가 어느사이 80이 되었다.
　　　　　－ 〈어린 집지기의 구름〉[31] 전문

　이 시에도 보면 '어린 집지기' 머리 위에는 '구름'이 앉아 있다. 이처럼 서정주의 방랑은 타고난 것이다. 발은 현실을 딛고 있으나 머리는 자유롭게 떠돌아다니는 것이다. 이 구름을 머리에 매달고 살아오다가 시인은 어느새 80이 되었다. 방랑과 한곳에 정주하고픈 심정을 이 시는 리얼하게 그려보이고 있다. 그러므로 떠돌이 의식과 고향에의 안주는 둘이 아니고 하나이다. 서정주 몸 속에 이 세계는 공존하는 것이다. 길 떠난 자만이 고향을 그리워할 수 있고 그 중요성을 인식하는 것이다. 시인의 자유는 세계를 방랑할 만큼 크나 고향을 노래한 것 또한 그에 못지 않게 크다.

단풍에 가을비 내리는 소리
늙고 병든 가슴에 울리는구나.
뼉다귀 속까지 울리는구나.
저승에 계신 아버지 생각하며

---

31) 『80소년 떠돌이의 詩』, 시와 시학사, 1997. p. 43

내가 듣고 있는 가을비 소리.
손톱이 나와 비슷하게 생겼던
아버지 귀신과 둘이서 듣는
단풍에 가을비 가을비 소리!
           – 〈가을비 소리〉[32]

  떠돌이 의식이 크면 클수록 육체는 힘들어져 병이 들고 만다. 긴 여로에 육체가 견딜 수가 없어 고장이 난 것이다. 이것은 〈染病〉에서도 나타나 있음을 보았다. 어렸을 때부터 육체의 한계를 넘나드는 병 체험을 이미 경험한 바, 이는 사물에 대한 감수성이 뛰어나 의식의 무게를 육체가 감당할 수 없어 정신과 육체 사이에 균열이 생기면서 병으로 발생한 것이다. 따라서 "아버지 귀신과 듣는/ 단풍에 가을비 가을비 소리!"는 서러울 수밖에 없고 그 결핍된 부분은 어머니를 비롯한 모친의 세계로 메꿀 수밖에 없게 된다. 이런 죽음에의 목도("아버지귀신") 부분(그의 정신세계에는 아버지가 살아 있지 못하다.)이 서정주의 '영통' 또는 '혼교'의 세계까지 가능하게 한다. 이미 1942년 해인사 시절 영과의 교통 속에 혹독한 병을 앓은 바 있어, 그는 이성보다 본능이나 직관에 뛰어난 점을 보여주고 있다. 이는 그의 '형이상학적 지향'과도 관계가 있다. 그러므로 서정주의 '역사의식'은 육신을 초월한 영적인 것의 계승과 그에 대한 자각을 의미한다[33]고 하겠다.

---

32) 『늙은 떠돌이의 詩』, p.92
33) 이광호, 「영원의 시간, 봉인된 시간 – 서정주 중기시의 '영원성' 문제」, 『미당연구』, 1994. p.364

서정주 시정신

인쇄일 초판 1쇄 2002년 07월 02일
         2쇄 2015년 02월 12일
발행일 초판 1쇄 2002년 07월 12일
         2쇄 2015년 02월 20일

지은이 김 정 신
발행인 정 찬 용
발행처 국학자료원
등록일 1987.12.21, 제17-270호
서울시 강동구 성내동 447-11 현영빌딩 2층
Tel : 442-4623~4 Fax : 442-4625
www. kookhak.co.kr
E- mail : kookhak2001@hanmail.net

ISBN 978-89-8206-739-6[93810]
가 격 10,000원

*저자와의 협의 하에 인지는 생략합니다.
*잘못된 책은 구입하신 곳에서 교환하여 드립니다.